KB008966

부탁해요

PLEASE MS.JEM

미스젬

fio
ret

부탁해요, 미스 젬! 4

초판 1쇄 인쇄 2017년 11월 21일
초판 1쇄 발행 2017년 11월 28일

지은이 주희서
발행인 오영배
기획 박성인
책임편집 김수현
디자인 권지연
일러스트 laphet
제작 조하늬

펴낸곳 (주)삼양출판사 · 피오렛
주소 서울시 강북구 도봉로 173
대표 전화 02-980-2112 **팩스** / 02-983-0660
편집부 전화 02-980-2116 **팩스** / 02-983-8201
블로그 blog.naver.com/dan_gul
출판등록 1999년 3월 11일 제9-00046호

ISBN 979-11-283-9310-5 (04810) / 979-11-283-9306-8 (세트)

+ (주)삼양출판사 · 피오렛의 서면 허락 없이는 어떠한 형태나 수단으로도 이 책의 내용을 이용하지 못합니다.
+ 지은이와 협의하에 인지는 생략합니다. 잘못된 책은 구입한 곳에서 바꾸어 드립니다.
+ 이 도서의 국립중앙도서관 출판시도서목록(CIP)은 서지정보유통지원시스템홈페이지(http://seoji.nl.go.kr)와 국가자료공동목록시스템(http://www.nl.go.kr/kolisnet)에서 이용하실 수 있습니다. (CIP제어번호: 2017029816)

fi ret 은 (주)삼양출판사의 로맨스 판타지 문학 브랜드입니다.

Contents

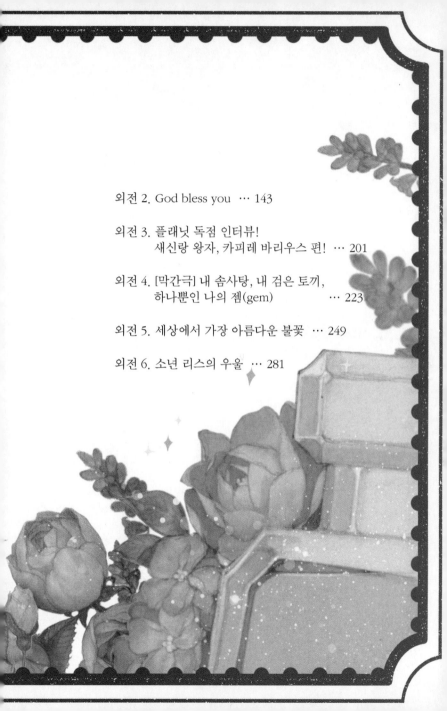

31.
진실 게임(2)

먼지 낀 환풍기가 맹렬하게 돌아갔다.

카피레가 바닥을 주먹으로 내리쳤다. 입구를 제외하면 밖과 이어진 곳이라곤 저 손바닥만 한 환풍기와 천장에 뚫린 구멍이 다였다.

본은 뛰어난 기사지, 원숭이나 메뚜기가 아니었다. 2층 높이를 점프해 천장까지 올라가는 건 무리였다.

또 여기 갇히는가. 또 실패하고야 마는가.

카피레는 머릿속이 진흙탕이 되었다. 실험관에 갇혀 유리 놈의 조롱을 받아야 했던 그 날의 기억이 해일처럼 덮쳤다. 말없이 닫힌 문을 바라보던 본이 불쑥 뱉었다.

"귀 막고 기다리십쇼."

"……뭐?"

생각할 틈도 없었다. 본이 그대로 멧돼지처럼 문을 향해 돌진했다. 곧이어 쿵, 하는 소리가 터졌다.

벽이며 천장 할 것 없이 부르르 진동했다. 천장에 뚫린 구멍에서 돌가루가 우수수 떨어졌다.

카피레는 눈을 의심했다. 철문이 발로 밟은 음료수 캔처럼 찌그러져 있었다. 못마땅한 낯으로 어깨를 돌리던 본이 "흐읍!" 하고 숨을 들이마시곤, 찌그러진 문짝에 주먹을 내질렀다.

크고 무거운 것이 나자빠지는 소리가 고막을 땅땅 때렸다. 무시무시한 충격파에 카피레의 앞머리가 위로 풀풀 날렸다.

먼지구름이 피어올랐다. 콜록콜록하며 눈물 콧물을 닦아 내면서도, 카피레는 어안이 벙벙했다. 반파된 문 너머로 시커먼 복도 풍경이 모습을 드러냈다.

본이 카피레에게 눈짓했다.

"얼른 튑시다."

오늘따라 본의 전신 근육이 평소보다 단단해 보였다. 얼굴에 늠름한 기운이 그득했다. 백전무패의 영웅이 강림한 양, 이보다 더 든든할 수가 없었다.

때맞춰 실험관에서 붉은빛이 깜박였다. 문을 부수는 과정에 뭘 건드렸는지 애애앵, 하는 경고음도 울렸다. 카피레가 부리나케 본의 뒤를 따랐다.

둘은 미친 듯이 달렸다. 계단을 넘고 저택 뒷문을 빠져나가 우거진 숲을 헤쳤다. 저택이 나무에 가려 꼭지만 겨우 보일 즈음에야 둘은 달리기를 멈추었다.

카피레가 나무를 짚고 간신히 섰다. 다리가 금방 부러질 것처럼 후들거리는 것은 물론, 심장이 입으로 튀어나올 듯 숨이 찼다. 한 발자국만 더 디뎠다간 폐가 터져 죽을지도 몰랐다.

그에 반해 본은 호흡만 약간 거칠 뿐, 지친 기색 하나 보이지 않았다.

본이 습관적으로 카메라와 무기, 기타 등등 소지품을 정리하다가 멈칫했다. 낡은 손수건에 꽁꽁 싸인 손가락 때문이었다.

퍼뜩 지나간 생각에 본이 카피레를 불렀다. 고개를 바닥에 처박은 채 손사래를 치던 카피레가 한참 뒤에야 대꾸했다.

"……뭐, 왜, 뭐."

"이걸 증거로 쓸 방법은 없을까요."

카피레가 뭔 소리냐는 듯 잔뜩 찡그린 얼굴로 고개를 들었다. 본이 손바닥에 놓인 것을 가볍게 쥐었다 폈다.

냄새나는 손가락 하나. 무서우리만치 가벼운 동시에 심장이 꽉 조일 정도로 무거웠다.

본이 "그러니까, 유리를 잡는데 말입니다" 하고 조심스레 카피레 눈치를 살폈다. 카피레는 그저 조용히 본을 쳐다보았다.

"……왕비의 시체를 도의에 어긋난 연구 목적으로 사용했다. 그러다 실패하자 증거를 인멸하려다 들켰다. 이런 건 어떻습니까?"

선왕은 정신을 놓아 증언할 수 없고, 증거는 카피레 손에 있었다. 현재 왕가의 실권은 모두 보르누에게 있었다. 보르누 역시 유리에게 이를 갈고 있는 터. 잘만 요리하면 그럴듯한 작품이 나올지도 몰랐다.

카피레는 본이 손바닥에 쥔 손가락을, 초상화와 박제로만 기억하던 어미의 흔적을 보았다.

어렸을 적엔 자주 거울을 보며 어머니를 상상했더랬다.

"돌리를 쏙 빼닮았구나."

그게 아비의 입버릇이었다. 왕은 어미의 초상화를 앞에 두고 하염없이 카피레를 쓰다듬곤 했다. 이유야 어쨌건, 카피레는 그 시간을 싫어하지 않았다. 그도 분명 어미를 그리워했다.

직접 볼 수 없으리라 생각했던 어미의 흔적이었다. 비록 토막 난 손가락 하나만 남았을지언정……

카피레는 입술을 깨물었다. 살아생전엔 사랑의 묘약에, 죽어서는 박제로 놀아난 어미의 시체였다.

단 하나 남은 어미의 손가락을 증거로, 놈을 무너뜨리는 무기로 쓴다는 데 본능적인 거부감이 일었다.

땀이 식어 바람이 차게 느껴졌다. 나뭇가지가 몸을 흔들어 나뭇잎을 떨구었다. 색 바랜 나뭇잎이 카피레 어깨에 앉았다.

카피레가 나무를 짚고 일어나 본 손바닥에 놓인 손가락을 집어 품에 갈무리했다.

"……일단 돌아가자. 찾아볼 게 많아. 저리 뒤집어 놨으니 놈이 어떻게 나올지도 모르고."

본이 무거운 표정으로 고개를 끄덕였다. 둘은 곧장 지름길로 부지를 빠져나왔다. 대기하고 있던 차를 타고 안나 부인 저택으로 돌아오기까지는 금방이었다.

카피레는 이게 겨우 몇 시간 사이에 일어난 일이란 걸 믿을 수 없었다. 얼른 젬을 보고 잔소리를 들어야 현실감이 돌아올 것 같았다.

본과 카피레가 지친 기색으로 차에서 내렸다. 저택이 입구부터 소란했다. 오가는 이들이 뭐라 소곤대며 한숨을 쉬거나 하다가 카피레를 보곤 급히 입을 다물었다.

"뭐야, 왜 저래? 야, 내 얼굴에 뭐 묻었냐?"

카피레가 두 팔을 벌려 본에게 보였으나 본은 고개만 갸우뚱했다. 땀과 먼지로 꼬질꼬질한 것을 제외하면 딱히 문제될 점은 없었다.

급한 걸음으로 중앙 계단을 내려오던 마담 D가 카피레와 본을 발견하곤 우뚝 멈추었다. 깨끗한 손톱이 난간을 꼭 쥐어 희게 질렸다.

본이 말했다.

"무슨 일 있었습니까, 마담? 저택이 소란하군요."

부인이 카피레 눈치를 살피며 입술을 깨물었다. 심상찮은 기색에 카피레가 낯을 굳혔다.

"무슨 일 있습니까? 젬은요, 돌아왔습니까?"

"그것이……."

본이 뒤를 돌았다. 조용한 저택 로비에 커다란 언성이 오갔
다.

"손님! 이러시면 곤란합니다!"

"카피레!"

익숙한 음색이었다. 카피레가 뒤돌았다. 반백 머리를 집사를
아슬아슬하게 따돌리고 뛰어오는 남자가 있었다. 코다였다.

칙칙하고 펑퍼짐한 시종복이 마구잡이로 구겨져 있었다. 안
색이 시체처럼 창백했고, 신발은 짝짝이 슬리퍼였다.

그가 "카피레!" 하고 무너지듯 카피레 팔뚝을 잡고 매달렸다.
본이 급히 떼어 내려는 것을 카피레가 제지했다. 코다의 눈동자
에 혼란이 휘몰아치고 있었다.

"사, 사실입니까? 진짜로 중매 선생이……."

"무슨 소립니까? 제, 젬이 뭔 일이라도 당했습니까?"

"중매 선생이 닥터 유리를 독살했단 얘기 말입니다!"

카피레가 "……뭐?" 하고 되물었다. 어이가 없어서 웃음이 먼
저 나왔다. 당황한 본이 눈치를 살폈다.

"하하하. 무슨 말도 안 되는 소리야? 젬이 사람을 죽여? 아서
라 아서. 녀석은 독극물 제조엔 취미 없다구. 맛은 그에 못지않
긴 하지만……."

팔뚝을 움켜쥔 손등을, 카피레가 토닥였다. 코다가 대꾸 대신 입만 뻐끔뻐끔했다. 카피레가 목소리를 낮춰 속삭였다.

"······게다가 놈은 유리야. 너도 알잖아. 놈이 어디 약 하나 잘못 먹었다고 꼴까닥할 놈이야? 그랬음 내가 벌써 백번은 죽였겠다. 그렇지, 본?"

"카피레 왕자님······."

마담 D가 침중한 목소리를 냈다. 기이한 침묵이 카피레를 불안하게 했다.

"······단체로 날 놀릴 생각이라면 지금 당장 그만두는 게 좋을 거야."

카피레가 쓴웃음으로 마담 D를 보았다. 잠시 뒤, 카피레의 얼굴에서 웃음이 거품처럼 꺼졌다.

말도 안 되는 일이었다.

32.
지하 감옥

돌리는 채널마다 한결같은 이야기였다. 대낮에 왕성 한복판에서 벌어진 살인 사건이니 그럴 만도 했다. 대담무쌍한 범죄에 온 나라가 들썩이고 있었다.

게다가 피해자가 유례없는 거물이었다.

유리 헤이트 잉겔.

유라레 학계를 떠받치던 거대한 기둥이, 어느 이름 모를 살인자 손에 허무하게 무너져 버린 것이었다.

왕실에선 범인의 정확한 신상 공개를 기밀에 붙인 채 닥터 유리의 사망 원인을 우선적으로 파악 중이라는 말만 앵무새처럼 반복했다.

뉴스 진행자는 심히 불만스러운 태도로 범인에게 걸맞은 대가를 치르게 해야 한다고 역설했다. 화면 구석에 행성 마크가 빙글빙글 돌아갔다.

"꺼."

카피레가 나지막이 말했다. 본이 즉시 전원을 껐다. 응접실에 날 선 정적이 흘렀다. 본이 큼큼 목소리를 가다듬었다.

"폐하께서 최대한 편의를 봐주시겠다고 전하랍니다."

"무슨 편의?"

본이 입을 뻐끔거렸다. 마담 D가 조용히 차를 따랐다. 쪼로록 물 괴는 소리가 유난히 크게 들렸다.

"그, 그것이……."

"돌리는 채널마다 살인자를 사형시키라고 법전까지 광고하는 판인데, 무슨 편의를 어떻게 봐주겠대?"

본이 어버버하며 단말기만 꾹 쥐었다. 그의 품에서 부시럭거리는 소리가 났다. 아이 간식용으로 늘 품에 지니고 다니는 사탕 껍질 소리였다.

카피레가 마른 손으로 얼굴을 쓸었다. 반나절 새 낯빛이 시꺼멓게 죽었다.

"……젬이 지금 어디 있다고?"

"정보부 지하 감옥이라 들었습니다만…… 일단 잘 챙겨 달라고 연락은 넣어 뒀습니다."

"픽이나."

카피레가 테이블에 놓인 손수건 뭉치를 손에 꾹 쥐었다. 본이 복잡한 표정으로 그를 보았다.

"형님께 연락 넣어. 할 말이 있다고."

"알겠습니다."

본이 곧장 문밖으로 도망쳤다. 마담 D가 컵을 입에 대더니, 식어 버린 찻물을 버렸다. 벌써 몇 잔째였다. 입술을 달싹이던 부인이 겨우 목소릴 냈다.

"……진짜 죽은 게 놈이 확실한 걸까요? 뭔가 착오가 있었던 건 아니고요?"

"……."

"목격자만 열이 넘습니다. 신원 확인도 끝냈고요. 듣자 하니 요근래 건강이 썩 좋지 않았다더군요."

카피레를 대신해 코다가 입을 열었다. 마담 D가 무심결에 고개를 가로저었다. 믿지 못하는 기색이 역력했다.

복수하겠다 벼르고 벼르던 상대였다. 철벽처럼 단단해 부서지지 않으리라 각오한 상대가 하루아침에 시체가 되어 나타난 것이다.

기쁜지, 슬픈지, 화가 났는지, 마담 D는 도무지 자신의 감정을 파악할 수가 없었다. 그녀가 한 모금도 못 삼킨 찻잔을 다시 내려놓았다.

짧게 깎은 손톱과 손가락에 잉크 얼룩이 묻어 있었다. 얼룩덜룩한 손과 구겨진 소매가 지난 시간을 말해 주는 듯했다.

마담 D가 카피레를 보았다. 그는 깍지 낀 손으로 입을 가린 채 꺼진 화면을 노려보고 있었다.

그림자 드리운 그의 눈동자에 무엇이 비추고 있는지, 마담 D는 짐작조차 가지 않았다.

그때였다. 다급한 발소리가 달려와 문을 두드렸다.

코다와 마담 D가 자리에서 벌떡 일어섰다. 답하기도 전, 문이 벌컥 열렸다.

종일 바삐 움직이던 저택 집사장이었다. 늘 곱게 빗어 정리하던 머리카락이 마구잡이로 헝클어진 채였다. 주름진 관자놀이를 타고 땀방울이 또로록 굴렀다.

그가 간신히 뱉은 몇 마디 말에 코다의 낯이 파랗게 질렸다. 코다가 소파 모서리와 테이블에 다리를 쾅쾅 부딪쳐 가며 비틀비틀 방을 빠져나갔다. 곧이어 구두 소리가 복도를 달렸다.

카피레가 천천히 고개를 들었다. 마담 D는 반사적으로 그의 시선을 피해 고개 숙였다. 집사장이 참담한 낯으로 허리를 굽혔다.

멀리 폐부를 긁어내리는 듯한 울음소리가 들렸다. 엄마 잃은 아이처럼 맹목적인 울음이었다.

카피레는 속으로 그 이름을 한 번 불러 보았다.

리스페.

* * *

리스페가 새까만 시체로 발견되었다. 유리 살인 사건으로 모두가 정신없던 단 몇 시간 사이에 일어난 일이었다.

살아생전 꽃처럼 아름다웠던 미모는 이제 찾아볼 수 없었다. 너무 태운 고기처럼 피부가 검게 말라붙어 있었다. 곧게 편 팔다리가 십 년 쓴 부지깽이처럼 검고 초라한 막대기로 보였다.

누가 봐도 자연적인 시체가 아니었다.

코다는 검고 냄새나는 시체를 붙들고 울다가 정신을 잃었다. 본이 중얼거렸다.

"……시체 꼴이 퍽 수상하지 않습니까? 누가 이걸 보고 오늘 나온 시체라고 믿겠습니까? 몇백 년 전 죽은 미라라고 해도 믿을 겁니다."

카피레는 대꾸 없이 고요했다. 본이 혀를 찼다.

"아까 유리 사건, 목격자들 증언 기억하시지요? 닥터 유리의 시체도 꼭……."

"형님은?"

본이 가까스로 목소리를 낮추었다.

"……밤늦게라도 괜찮다면 시간을 내시겠다고요. 아니면 바로 통화하자고 하십니다."

"전화로 할 얘기 아냐. 약속 잡아. 최대한 빨리."

카피레가 주머니에 손을 넣었다. 부드럽지도 뻣뻣하지도 않은 손수건 뭉치를 가볍게 쥐었다. 마음은 소란한 반면, 머릿속이 맑게 개었다.

코다가 자면서도 연신 훌쩍이는 소리를 냈다. 코 삼키는 소리가 모지리와 똑 닮아 있었다. 본이 마지못해 물러났다.

카피레는 한참을 검은 미라 앞에서 돌아서지 못했다. 피처럼 붉은 석양이 물러나고, 시꺼먼 밤이 그림자를 삼킬 때까지 줄곧.

* * *

젬은 창살을 등진 채 숨겨 온 마법약을 하나씩 체크했다.

피로회복약, 울끈불끈약, 먹다 남은 발모제, 기타 등등 평소에 들고 다니던 약 대부분이 무사했다. 불행 중 다행이었다.

젬은 약병을 하나씩 코트 안쪽에 정리하며 한숨 쉬었다. "우주 제일 바보 멍청이, 우주 제일 호구, 우주 제일 못난이 젬 마키나—" 하고 노래하던 아이가 눈을 뾰족이 세웠다.

젬이 얼른 시선을 피했다.

왜 한숨 쉬어요? 왜? 듣기 싫다 이거예요?

젬은 대답할 용기가 없어, 슬그머니 숨겨 놨던 알사탕을 꺼냈다. 주머니 속에 한참을 묵혀 놨던 물건이라 겉면이 다 녹아 보기에도 찐득찐득해 보였다.

아이가 "아이고, 내 팔자야!" 하며 뒤로 벌렁 드러누웠다. 핑크색 요정 가루가 먼지처럼 폴폴 솟았다. 뒤집힌 벌레처럼 팔다리를 맹렬히 털던 아이가 나중엔 이까지 득득 갈았다.

젬은 얌전히 사탕을 주머니에 도로 넣으며 침묵했다.

그래도 아까보단 정신이 돌아왔다. 꼼짝없이 죽었구나, 했건만.

그래도 하늘이 젬을 아예 버리진 않은 모양이었다.

사나운 얼굴로 젬을 압박하던 기사는 잠시 나갔다 돌아오더니 바닥에 침을 탁 뱉었다. 그는 젬에게 안대를 씌우고선, 낯선 사람에게 젬을 인도했다.

젬은 포댓자루 같은 것에 싸여 강제로 어딘가로 옮겨졌다. 안대가 풀렸을 땐 이미 감옥 안이었다. 단단해 보이는 창살이 한쪽을 가렸고, 천장 가까이 붙은 창에도 창살이 붙어 있었다.

좁고 높은 돌방이었다. 삼면에 시커먼 냉돌에서 한기가 스멀스멀 올라왔다. 복도를 밝히는 횃불 외에는 아무것도 없이 그저 껌껌했다. 젬은 할 수 없이 벽에 바짝 붙어 무릎을 안았다.

젬이 힐끔 밖을 보았다. 거북이처럼 목을 잔뜩 빼야 겨우 복도 끝이 보였다. 저 멀리 독서 삼매경인 간수 한 명이 보였다.

어두운 벽에는 마법등 대신 횃불이 밝혔고, 어디선가 똑, 똑, 똑 물방울 떨어지는 소리가 났다.

맞은편에 다른 방도 보였으나 사위가 어두워 사람이 있는지 없는지 확인할 수가 없었다. 책장 넘어가는 소리가 났다. 젬이 꾸물꾸물 등을 돌려 안쪽을 보았다.

손바닥만 한 창으로 바람이 숭숭 들어왔다. 마법약이 없었다면 진작 감기 몸살 확정이었다.

젬이 코트를 꽉 여미자 아이가 혀를 츳츳 차면서 날아왔다.

작고 부드러운 것이 목덜미를 꼭 안았다. 요정 가루에 코가 근지럽긴 했으나 한결 따뜻했다.

젬이 유리에게 먹인 약은 다름 아닌 피로회복약이었다. 먹고 죽으려야 죽을 수 없는 약이었다. 독약 따위, 애초에 만든 적도 없었다. 젬은 무죄를 증명할 자신이 있었다.

그러나 이상하게도, 기사들은 젬을 이곳에 가두기만 했을 뿐, 무엇 하나 물어보는 법이 없었다.

처음에 딱 한 번 "젬 마키나?" 하길래 고개를 끄덕인 것이 대화의 전부였다.

왕실 공무원은커녕 졸지에 이름에 빨간 줄이 그어지게 생겼다.

젬이 무릎에 이마를 콩콩 찧을 때였다. 바닥에 의자 긁히는 소리가 났다. 간수가 누구를 맞이하는 듯했다.

젬이 본능적으로 몸을 움츠렸다.

딱딱한 굽 소리가 좁은 복도를 울렸다. 목소리가 작아 잘 들리지 않았다.

젬이 어깨를 움츠리며 무릎 사이에 얼굴을 묻었다.

경멸 섞인 시선, 살인자라 매도하던 손가락이 떠올랐다. 젬이 작게 몸을 떨었다.

'내가 안 죽였어! 난 안 죽였다구! 죽어도 싼 놈이지만, 난 아니라구!'

젬이 자기 팔뚝을 꾹 움켜쥐었다. 발소리가 등 뒤에 바로 멈추었다. 커다란 그림자가 젬 옆에 그늘을 드리웠다. 철컹, 하고 창살이 흔들리는 소리가 났다. 젬이 저도 모르게 몸을 푸드득 경련했다.

아이가 젬과 맞붙은 목을 바짝 힘주어 안았다.

"……젬. 젬이……."

젬은 귀를 의심했다. 익숙한 음색이었다. 나지막한 목소리가 다시금 조심스레 젬을 불렀다. 젬이 천천히 옆을 보았다.

창살 앞에 쪼그리고 앉은 덩치가 보였다. 역광에 가렸던 얼굴이 점차 또렷해졌다. 젬이 입술을 달싹이자 덩치가 답하듯 쓰게 웃었다.

"젬, 괜찮아?"

킨이었다.

*　　　*　　　*

킨은 형식상이라 하면서도 젬이 유리에게 먹였던 약 이름은 물론, 정황을 꼬치꼬치 캐물었다. 창살에 기대어 수첩을 넘기는 킨을, 젬이 빤히 바라보았다.

"진짜 유리가 맞아? 혹 다른 사람이었다던가……."

"안타깝게도, 닥터 유리가 확실해. 물론 난 너를 믿지만……."

"난 아니야. 진짜야."

"그래, 알아. 하지만 상황이 너무 수상해. 어떻게 멀쩡한 인간이 갑자기 혼자 거품 물고 죽어 버리냐구. 누가 건드리지도 않았는데 말이야! 시체는 눈 깜짝할 새 새까만 미라가 되어 버리질 않나…….”

“……지병 같은 건 없었대?”

킨이 고개를 흔들었다. 아무렴. 오랜 시간 불사신처럼 버텨 온 남자였다. 젬이 마른 입술을 깨물었다.

대체 이게 무슨 일이란 말인가. 쇠꼬챙이처럼 말라 버린 유리의 시체가 망막에서 지워지지 않았다. 킨이 수첩을 바지 뒷주머니에 꽂았다.

“나도 실감이 안 나. 놈이 죽었다니. 평생 귀신처럼 그 자리에 버티고 있을 줄 알았는데…….”

킨은 보르누의 명으로 정보부에서 잠시 일하는 중이라고 했다. 그가 넣어 준 상자에선 온갖 용품이 다 나왔다.

도톰한 담요, 핫팩 등을 비롯해 주전부리, 심지어 로션과 화장 도구까지 있었다. 씻을 곳도, 거울도 없는 감방에서 받기엔 참 난감한 선물이었다.

젬이 핫팩을 만지작거리다 물었다.

“……카피레는?”

킨이 복잡한 눈으로 젬을 보다 가볍게 한숨 쉬었다.

“오늘 중으로 왕자궁에 돌아온다더군. 덕분에 성이 난리도 아니야.”

“서, 성에 와도 괜찮은 거야? 공식적으로 카피렌 병원에 입원 중이잖아."

킨이 입술을 꾹 물더니 어깨를 으쓱했다.

"알아서 잘하지 않겠어? 왕자 주변에 사람이 몇인데?"

"그래도⋯⋯."

"⋯⋯네가 지금 딴사람 생각할 때야? 네 걱정부터 해, 젬 마키나."

딱 잘라 뱉는 킨의 음성에 화가 섞였다. 젬이 조용히 핫팩 가장자리를 뜯었다. 저도 모르게 눈에 확 열이 올랐다.

갑자기 세상만사가 다 서러워졌다. 알 주머니처럼 속으로 탱탱하게 익어 가던 감정이, 봉숭아 씨처럼 톡 터져 버렸다.

대체 내가 전생에 뭔 죄를 지어 이런 꼴을 당하는가.

젬이 고개를 숙였다.

"제, 젬? 울어? 나 때문이야?"

찔끔한 킨이 창살에 붙었다. 젬이 고개를 들지 않은 채 도리질만 하자, 킨이 "제, 제에엠. 내가 미안해. 응? 나 좀 봐 봐" 하며 안달복달했다.

틀린 말 하나 안 한 놈이 왜 안달복달이람?

젬이 코를 삼키며 입술을 꾹 물었다. "맛있는 걸 갖다 주겠다", "실은 젬 주려고 사 둔 선물이 있었다" 등등 달래려 애쓰던 킨이 끝내 저도 울 것 같은 소리를 냈다.

"놈은 괜찮을 거야. 닥터 유리도 없는 마당에 왕자가 두려울 게 뭐가 있겠어? 너도 알잖아. 폐하가 얼마나 동생을 애지중지 아끼는지."

젬이 훌쩍이며 고개만 끄덕끄덕했다. 잠시 바람 소리와 불티 날리는 소리가 정적을 채웠다.

얼마나 지났을까. 킨이 어쩔 수 없다는 듯 크게 한숨 쉬었다.

"……왕자에게 하고 싶은 말이라도 있어?"

젬이 슬며시 고개를 들었다. 벌게진 얼굴에 눈물이 그렁그렁했다. 빨간 가발 머리는 엉망으로 헝클어져 거지꼴이었다. 젬이 고이 아껴 왔던 베이지색 코트는 잔뜩 구겨진 데다 검은 때가 번져 있었다.

흔들리는 횃불 그림자에, 젬의 눈물진 눈동자가 빛을 반사했다. 킨이 쓰게 웃었다.

"……내가 뭐라고 전해 주면 돼?"

*   *   *

왕자궁 개인실은 카피레의 기억과 한 치도 달라진 점이 없었다. 흰색과 금색 위주로 배치된 인테리어에 창을 가린 얇은 레이스 커튼. 벽을 가득 메운 액자, 액자, 액자들.

카피레는 무심코 지나다 벽난로 앞에 잠시 멈췄다. 도미노처럼 옹기종기 모여 선 앉은뱅이 액자 사이로 바닥에 엎어진 것이 하나 보였다. 액자를 살핀 카피레가 잠시 숨을 멈췄다.

후드를 코까지 뒤집어쓴 검은 코트 차림의 젬과 환히 웃고 있는 자신, 그 옆에 멀끔히 차려입은 본이 나란히 서 있었다. 초점이 조금 흔들려 잔상이 흐릿했다.

누구 솜씨인지, 언제 찍었는지 기억하지 못할 리 없었다. 잊을 수 없는 그 날의 일이었다.

잠시 머뭇거리던 카피레가 액자를 돌려놓는 대신 맨 앞줄에 세워 놓았다.

대신 다른 액자 하나를 바닥에 엎었다. 어린 날, 왕과 함께 찍은 사진이었다.

"저것도 떼어 낼까요?"

본이 벽 쪽을 곁눈질했다. 사람 상체만 한 액자가 실내를 내려다보는 듯했다. 왕과 왕비가 함께 선 초상화였다.

카피레가 1인용 소파에 다릴 꼬고 앉아 팔걸이에 몸을 기울였다.

"됐어. 그냥 둬."

카피레가 초상화를 뚫어져라 노려보았다. 결코 이길 수 없는 눈싸움을 거는 것처럼.

본은 어깨를 으쓱하곤 방을 한 바퀴 둘러보았다. 자신이 방을 썼을 때와 달라진 점이 거의 없었다. 리스페의 흔적이라고 할 만한 것은 남아 있지 않았다.

본래 쓰잘머리 없는 인형들을 제외하면 제 물건이랄 게 없는 사람이긴 했다.

본이 애써 생각을 비웠다. 이미 끝난 얘기였다.

금일, 카피레 왕자는 기적적으로 회복해 왕성에 귀환한다. 닥터 유리 살인 사건에 묻혀 흐지부지될 왕실 뉴스였다.

오래지 않아 보르누가 도착했다. 환한 미소로 두 팔을 활짝 벌리며 등장했으나, 칼잡이 뺨치게 음산한 카피레의 분위기에 엉거주춤 팔을 내렸다.

"……이곳에서 널 다시 보게 되다니. 내가 이날을 얼마나 기다렸는지, 넌 짐작도 못 할 거다."

"형님."

보르누가 카피레 맞은편 소파에 털썩 앉았다. 문 너머로 부장이 고개를 까딱했다. 본은 그대로 문을 닫고 그 앞을 지키듯 섰다.

"……앓던 이가 빠진 기분이야. 믿겨지느냐? 놈을 더 이상 안 봐도 된단 게 믿어지느냔 말이야."

보르누는 표정 관리하려던 노력을 집어치워 버렸다. 입꼬리가 슬금슬금 올라가고, 주먹을 쥐었다 폈다 했다. 그가 나지막이 중얼거렸다.

"정말이지, 생각 같아선 명예 훈장이라도 내리고 싶을 정도야. 중매 선생. 그렇게 안 봤는데……."

"젬이 아니야."

카피레가 딱 잘라 말했다. 보르누가 멈칫해 동생을 보았다.

카피레 얼굴에 웃음기라곤 한 톨 찾아볼 수 없었다. 철천지원수가 지옥에 떨어진 날이거늘, 동생의 눈빛이 만년설보다 차가웠다.

"젬은 아니야."

"중매 선생이 널 위해 한 일이 아니란 말이야? 누구든 죽일 수 있는 독약 같은 걸 만들어 냈을 수도 있지 않아."

"그럴 리 없어."

보르누가 눈썹을 꿈틀거렸다. 보고에 따르면, 그녀는 유리에게 건넨 게 독약이 아니라 피로회복약이라고 주장한다고 했다. 말도 안 되는 얘기였다.

보르누의 머릿속에서 젬은 유리와 마찬가지로 수상한 인물이었다. 운명의 실을 읽는 중매쟁이로 생각할 때는 괜찮았다. 중매쟁이는 사람을 해칠 수 없으니까.

그러나 요정을 부리는 마법약 제조사는 달랐다.

아비를 살살 꾀어 미치게 한 유리와, 약장수 젬 마키나는 겹쳐 보이는 점이 꽤 있었다. 마법처럼 기이한 술수를 부리는 점이 그러했고, 호락호락하지 않은 인물을 말랑말랑하게 구워삶았단 점이 그러했다.

양부와 동생을 한꺼번에 잃을 뻔한 보르누였다. 그는 무엇도, 누구도 함부로 믿을 수 없었다. 같은 실수를 반복하고 싶지 않았다.

카피레가 조용히 말했다.

"젬은 유리를 죽이지 않아. 언제쯤 풀어 줄 수 있을지 말해 줘."

"안됐지만 이건 국가 중대 사안이다, 카피레. 온 국민이 촉각을 곤두세우고 있는 문제라고. 아무 조치도 취하지 않은 채 범인을 풀어 줄 순 없어."

"젬은 범인이 아니라고 했잖아."

"그건 네 생각일 뿐이지."

보르누가 표정을 딱딱하게 굳혔다. 카피레에게는 한 번도 보인 적 없는 왕의 얼굴이었다. 카피레가 미간을 찌푸렸다.

보르누의 머릿속이 불을 밝힌 듯 훤히 읽혔다. 지금 이 상황은 보르누에겐 잘 차려진 밥상이나 마찬가지였다.

눈엣가시였던 닥터 유리의 죽음을 중매 선생 탓으로 돌린다면, 산적한 모든 문제가 만사 해결이었다. 손 안 대고 코 푸는 격이었다. 예산 먹는 하마인 마과부를 한 손에 두는 것은 물론, 목소리 큰 학계 인사 또한 잠시 주춤할 것이었다. 무엇보다 더는 동생의 생사를 걱정하지 않아도 되었다.

카피레가 눈을 느리게 감았다 떴다.

"……모지리. 리스페가 죽었어."

감정을 배제한, 딱딱한 목소리였다. 보르누는 잠깐 무슨 뜻인지 알아듣지 못했다.

"……뭐? 그게 무슨 말이냐?"

"닥터 유리 놈 사망 시간과 비슷하게, 몸이 미라처럼 썩어서 죽었어. 듣자 하니 시체 상태가 찍어 낸 듯 닮았다더군. 이상한 일이지. 둘은 한참 떨어진 곳에 있었고, 바로 전까지 별다른 이상 증세를 보이지 않았는데 말이야."

보고서를 읽듯 무감한 설명에 보르누는 머리가 띵했다. 카피레와 똑 닮은 얼굴로 바보처럼 해맑게 웃던 아이의 얼굴이 떠오른 탓이었다. 그가 입술을 깨물었다.

"……그게 뭐 어쨌단 말이냐."

"놈은 육체와 영혼의 결합을 연구하고 있었어. 동시에 죽은 두 개의 몸뚱이. 찍어 낸 듯 똑같은 시체 형상."

카피레가 힐끔 보르누의 표정을 읽었다.

"놈의 실험실엔 그가 직접 만든 생생한 몸뚱이가 있더군. 난 놈이 죽었다고 생각하지 않아. 그러니까 이건……."

카피레가 잠시 뜸 들이다 뒤를 이었다.

"놈의 함정일지도 모른단 얘기야."

"너……."

"보여 줄 게 있어."

카피레가 주머니에서 손수건 뭉치를 꺼내 테이블 위에 올렸다. 검푸르게 변한 손가락이 모습을 드러냈다. 선명히 박힌 다이아몬드가 찬란한 빛을 발했다.

시큼하고 더러운 냄새가 진동을 했다. 반사적으로 미간을 찌푸린 보르누가 오래지 않아 반지를 알아보곤 눈을 크게 떴다.

카피레와 달리, 보르누는 왕비와 함께한 추억이 있었다.

보르누가 토막 난 손가락에 손을 뻗는 것을, 카피레가 제지했다.

"닥터 유리는 왕비를 죽이고 시체를 제멋대로 실험에 이용해 왔다. 왕가의 허락 없이, 멋대로 자행한 실험이야. 존경받는 대학자의 숨겨진 얼굴이, 그가 죽은 뒤에야 드러난 거지. 어때, 누가 들어도 죽어 마땅한 죄 아닌가?"

"……카피레."

"익명의 제보자가 건넨 증거가 바로 이 손가락이란 설정이야. 우연히 발견한 증거에 왕가는 크나큰 충격에 휩싸였고, 닥터 유리의 과거 행적을 모두 조사하기로 마음먹었다. 어때, 이 정도면 지금 소란을 잠재우기 충분하지 않겠어?"

보르누의 눈동자가 돌 맞은 호수처럼 흔들렸다.

*   *   *

복제 실험, 왕비의 박제.

말로만 들었지 직접 보지 않았던 만큼, 보르누의 충격이 크리라 생각했다. 카피레가 등받이에 몸을 늘어트렸다.

"왜 솔직히 말하지 않으셨습니까? 지하 실험실에서 실수로 누른 버튼이 문제였을 수도 있잖아요. 젬은 재수 없이 걸린 거고……."

"이쪽이 더 자극적일 테니까. 닥터 유리는 살아 있다. 우연히 찾은 어미의 시체 조각. 둘을 엮어 주는 게 편해. 형님은 젬을 믿지 않아. 유리 쪽으로 눈을 돌려야 해."

"카피레……."

"형님은 날 아직도 코찔찔이 어린애로 보는 경향이 있어."

카피레가 마른세수를 했다.

"젬을 희생양으로 삼을 순 없어. 절대 그냥 두지 않을 거야."

본이 말없이 고개를 끄덕였다. 그의 손이 무의식적으로 주머니 속 사탕 봉지를 쥐었다.

"젬이 어디 갇혀 있는진 알고 있어?"

본이 뒷머리를 긁적였다.

"왕성 어딘가인 건 분명합니다만, 저도 정보부 놈들이 어디다 둥지를 틀었는지 몰라서요."

"레임 경, 정보부 부장은?"

"폐하 따라 도망가더니, 전화도 안 받는군요."

"형님이 지시했겠지, 빌어먹을……."

보르누에게 한 말은 거짓이 아니었다. 비슷한 시간, 검게 탄 꼬챙이 시체는 수상하기 그지없었다.

본은 정보부에 연락해 사람 몇을 데자르 저택에 보냈다고, 연락을 기다려 보자고 했다.

카피레는 저도 모르게 손톱을 씹었다. 생각 같아선 당장 젬만 빼내 어디론가 도망가고 싶었다. 불안해하고 있을 게 분명한데, 얼굴도 못 보다니. 농담이 아니었다.

멀리 노크 소리가 들렸다. 본이 문을 빼꼼 열었다. 다른 방문객이 온 모양이었다.

본이 "당신……?" 하고 흘리는 소리가 들렸다.

카피레가 고개를 들었다. 멀끔히 차려입은 덩치가 고개를 꾸벅 숙였다.

랑퀴니에, 곰. 소식 끊겼던 킨이 거기 있었다.

*　　*　　*

젬은 남은 울끈불끈약을 몽땅 꺼내 킨에게 맡겼다. 약병이 드나들 만큼 창살 사이에 여유가 있어 다행이었다. 킨은 주는 대로 약을 챙겼다.

"이것만 전해 주면 돼?"

"응. 그리고 괜찮을 거라고."

젬이 말하다 말고 침을 삼켰다. 천하제일 떼쟁이, 야생 원숭이 카피레가 불현듯 떠올랐기 때문이었다.

"괜찮을 거라고 전해 줘."

"뭐가?"

"뭐든지. 뭐가 됐든 간에."

킨의 표정이 영 떨떠름했다. 그가 마지못해 고개를 끄덕였다.

"그거면 돼?"

"충분해. 고마워."

젬이 미소 지었다. 킨은 마주 웃으려 했으나 미소라기보다 찡그림에 가까운 표정이 되었다. 발소리가 멀어지고 곧, 철문이 달히며 벽이 울렸다.

갑자기 눈밭에 던져진 듯 몸이 시렸다. 젬이 어깨를 움츠리며 담요를 머리꼭지까지 뒤집어썼다.

바닥에 횃불 그림자가 파도처럼 일렁였다. 간수가 문 잠그는 소리가 났다. 바닥에 의자 끌리는 소리, 멀리 물방울 떨어지는 소리, 귀신 울음 같은 바람 소리, 간수가 책장 넘기는 소리가 하나씩 하나씩 정적을 채웠다.

젬이 구석에 기대어 상자를 열었다. 아이가 고개를 빼꼼 내밀었다. 맨 밑바닥에 깔린 쿠키와 사탕, 비상용 칼로리 바에 아이가 톡 쏘았다.

껍질 까 줘요.

젬은 피식 웃고 말았다. 사탕을 반으로 깨 아이와 나눴다. 향긋한 버터 향기가 입안에 가득 퍼졌다.

'더 전할 말 없어?' 하던 킨의 목소리가 잔상처럼 귀에 남았다. 실은 꺼내 달라고 말하고 싶었다. 울면서 떼쓰고 싶었다. 그리고 보고 싶다고…….

젬이 코를 킁 삼켰다.

잘 참았다고 스스로를 칭찬하고 싶었다. 안 그래도 가만히 있을 카피레가 아니었다. 그는 할 수 있는 한 뭐든 할 것이고, 그가 안 된다면 정말 어쩔 수 없는 일일 것이다.

달달한 게 몸에 들어오니 머리가 한결 개었다. 젬이 오독오독 사탕을 씹어 삼켰다.

아이가 허공에 손짓했다. 상자에 들어 있던 수건이 나비처럼 날갯짓하며 조각창에 붙었다. 바람 소리가 조금 잔잔해졌다. 아이가 퉁명스러운 목소리로 "한숨 자요" 했다.

아이 목소리에 수면 가루라도 뿌린 양, 눈꺼풀이 무거웠다.

젬이 아이를 꼭 안은 채 벽에 머리를 기댔다. 어두운 감방에 숨소리가 안개처럼 깔렸다. 이따금 창을 가린 수건이 바람에 펄럭였다.

*　　*　　*

젬은 불현듯 잠에서 깨었다. 마주 본 벽에 검은 그림자가 춤을 추었다. 요란한 코 골음이 돌벽을 진동시켰다. 간수가 잠에 빠진 모양이었다.

왜 이리 온몸이 쑤신지 어리둥절하던 젬은, 악몽이라 여겼던 일이 현실이었음을 자각했다. 품에서 코 골던 아이가 끙끙 신음하다 입맛을 쩝쩝 다셨다.

젬은 뒤통수를 벽에 콩 박곤 다시 잠을 청하려 했다. 코딱지만 한 감방에선 제정신으로 할 수 있는 일이 많지 않았다. 하다 못해 부엌이나 화장실에 갇혔더라면…….

젬이 금서를 숨긴 배 쪽에 손을 올린 때였다. 철컥, 하고 멀리서 문 열리는 소리가 났다.

'누가 왔나?'

젬이 귀를 쫑긋 세웠다. 가벼운 발소리가 계단을 내려오는 듯했다. 간수의 코 울음이 배경처럼 깔렸다. 젬이 벽을 따라 엉덩이를 움직였다. 복도가 좁은 탓에 입구는커녕, 바닥에 일렁이는 횃불 그림자만이 보였다.

젬이 눈을 가늘게 떴다. 누구지? 젬을 취조하려는 기사? 혹은 킨일지도 몰랐다. 아니면, 혹시, 정말 만에 하나 젬이 그리는 사람일 수도 있었다. 킨과 만난 카피레가 제 성을 못 참고 여기까지 달려온 것일 수도 있었다.

으음, 젬 왜 그래요?

아이가 기지개하며 하품했다. 젬이 숨죽여 밖을 응시했다. 가볍고 부드러운 발소리, 기사의 것처럼은 들리지 않았다. 느긋하게 계단을 내려온 발소리가 점차 가까워졌다.

간수의 코 고는 소리가 일순 뚝 그쳤다. 뒤이어 픽, 하고 제법 강한 진동이 벽을 따라 울렸다.

젬은 몸을 바짝 긴장했으나, 그 뒤는 고요했다.

복도에 비친 그림자가 점차 인간의 형상을 갖추었다. 세게 뛰던 심장 고동이 점차 가라앉았다.

차분한 걸음걸이, 자그마한 체구, 가벼운 소리로 미루어 킨이나 카피레일 가능성은 적었다.

마침내 발소리의 주인이 시야에 들어왔다. 젬은 눈을 크게 떴다.

상대는 막 성장기에 접어든 소년처럼 보였다. 피에 젖은 실내복 차림에 맨발이었다. 걸음걸음마다 발자국에 피가 찍혔다.

손에 무기 같은 건 보이지 않았다. 짙은 갈색 머리카락이 눈을 아슬아슬하게 가렸고 살짝 벌어진 입매가 꿈을 꾸듯 몽롱했다.

이런 곳에 웬 꼬마가?

게다가 보통 심각한 몰골이 아니었다. 피투성이 옷으로 보아 어딘가 다친 게 분명해 보였다.

입구에 우뚝 선 소년이 주변을 두리번거렸다. 그림자 속에 숨은 젬을 눈치채지 못한 듯했다. 비몽사몽한 아이를 망토 속에 숨기며 젬이 창살 가까이 몸을 붙였다.

"꼬마야, 너 괜찮니? 어디 다쳤어? 혹시 누가 쫓아오니?"

소년이 고개를 돌려 젬 쪽을 보았다. 머리카락에 눈이 가려 표정을 읽기 어려웠다. 젬은 오싹한 기분을 감추려 부러 목소리를 낮추었다.

"여긴 함부로 들어오면 안 돼. 얼른 저 간수 아저씨 깨워서 의무실 데려다 달라고 해."

"……."

소년은 대답이 없었다. 애가 혹시 험한 꼴을 봐서 정신이 나갔나. 이 정도면 간수 쪽에서 눈치채고 쫓아올 만도 하건만, 복도엔 인기척 하나 없었다. 끊겨 버린 코 골음이 왠지 불안했다.

소년이 창살에 한 걸음 가까워졌다. 가벼운 발소리가 핏자국을 찍었다.

젬은 순간 눈을 의심했다. 소년의 손에 피가 잔뜩 말라붙어 있었다. 손톱에 까맣게 낀 피딱지에서 비린내가 올라오는 듯했다.

어린애답지 않게 분위기가 섬뜩했다. 손에 칼이라도 들고 있었다면 사람을 죽이고 왔다고 해도 믿을 정도였다.

젬은 가능한 한 상냥한 목소리를 내려 노력했다.

"괘, 괜찮아. 저기 있는 아저씨가 도와줄 거야. 착하지? 저기요! 여기 웬 꼬마가⋯⋯!"

"그럴 필요 없습니다."

소년이 느리게 손을 뻗어 창살을 쥐었다. 당황한 젬이 소년을 올려다보았다. 앳된 얼굴과 다르게 젬이 민망하리만치 차분하고 또렷한 목소리였다.

높이 달린 횃불 그림자가 소년의 얼굴에 늪 같은 그림자를 드리웠다.

"다른 사람 도움은 필요 없어요. 미스 젬."

"내, 내 이름을 어떻게⋯⋯."

소년이 한 발짝 다가섰다. 검고 긴 그림자가 감방 안까지 드리웠다.

"생각보다 쉽게 찾아서 다행입니다. 작은 부탁이 있어요."

⋯⋯젬, 물러서요.

아이가 낮게 속삭였다. 젬은 몸에 시멘트를 부은 양 꼼짝도 할 수 없었다. 소년이 철창에 손을 댔다. 철문이 녹슨 소릴 내며 입을 벌렸다. 소년이 안으로 들어오려는 순간, 젬의 가슴팍에서 환한 빛이 터졌다.

"아이!"

아이가 젬 앞을 가로막았다. 아까까지 졸던 것이 거짓말처럼 사나운 기세였다. 소년이 얼굴과 어울리지 않게 비릿한 웃음을 지었다.

"역시나 요정 쪽이 눈치가 더 빠르군요."

닥쳐!

아이의 머리카락이 거꾸로 솟았다. 아이가 날개를 크게 부풀려 요정 가루를 폭발하듯 내뿜었다. 대비할 틈도 없이 벌어진 공격에 젬은 졸지에 속수무책으로 당했다. 요정 가루는 적과 아군을 구분하지 못했다.

조명탄을 맞는 듯 눈이 시렵고 코에는 후춧가루를 뿌린 듯했다. 젬이 앞을 가린 채 쉴 새 없이 기침했다. 눈, 코, 입에 물이 뚝뚝 떨어지고 목구멍이 따가웠다.

일이 어떻게 돌아가는지 영문을 알 수 없었다. 젬이 콜록거리며 아이를 불렀다. 서늘한 바람이 방을 휩쓸고 지나갔다.

한결 맑아진 공기에 코가 뚫렸다. 따뜻한 무언가가 젬 얼굴을 살짝 쓸었다. 따가운 감각이 씻은 듯이 가셨다.

"……아이?"

젬이 조심조심 눈을 떴다.

소년이 천천히 손을 내렸다. 젬이 눈을 크게 떴다. 소년이 다른 한 손에 아이의 날개를 잠자리 잡듯 들고 있었다.

"······아이?"

젬, 도망가요······.

마르고 갈라진 아이 목소리에 쇳소리가 섞였다. 젬이 무심결에 아이를 향해 손을 뻗었다. 소년이 장난치듯 한 걸음 물러섰다.

"이, 이게 뭐하는 짓이야? 당장 아이를 놓지 못해!"

"설마 요정이 제 발로 미끼가 되어 줄 줄은 몰랐어요. 후후, 친절하기도 하지. 얘기가 한층 쉬워지겠군요."

"어, 어린 게 어디서 못된 것만 배워선! 여기요! 간수 아저씨! 침입자예요! 야! 자냐!"

젬이 될 대로 되라 소리쳤다. 메아리만 쩌렁쩌렁 돌벽을 때렸다.

소년이 웃음소릴 냈다.

"안됐지만, 그는 당신을 도울 수 없을 거예요. 깊은 잠을 자는 중이거든요."

"너, 너······."

"얌전히 내 말에 따라 준다면, 이 요정에겐 아무런 해도 가지 않을 거예요. 약속할게요."

소년이 벌레를 가지고 놀 듯 아이의 날개 잡은 손을 들어 보였다. 아이는 사지를 축 늘어뜨린 채 신음만 흘렸다. 날개에서 빛바랜 요정 가루가 떨어졌다.

때마침 불어온 바람에 창을 가린 수건이 바닥으로 추락했다.

새하얀 달빛이 소년의 얼굴을 비추었다.

애된 얼굴, 낯선 얼굴이었다.

젬과 눈 마주친 소년이 그린 듯이 미소 지었다. 곱게 접히는 눈웃음이, 소름 끼칠 만치 익숙했다. 젬이 무의식중에 뒷걸음질 쳤다.

'……닥터 유리?'

짙게 미소 띤 얼굴이 천천히 다가왔다. 젬의 팔뚝을 움켜쥔 손등에 딱딱한 피딱지가 굳어 있었다. 피비린내에 시큼하고 비린 약품 냄새가 섞여 있었다.

"거짓말……."

젬이 중얼거렸다. 소년의 웃음이 깊어졌다. 젬은 마지막으로 그리운 이름을 떠올렸다.

카피레.

*   *   *

킨은 못 이기는 척 지하 감옥 위치를 불었다. 등잔 밑이 어둡단 말이 딱 맞았다. 왕자궁에서 도보로 10분도 걸리지 않을 사무처 별관이었다.

그 대신, 킨은 본에게 목숨을 위협을 느껴 어쩔 수 없이 말한 것으로 쳐 달라며 여러 번 당부했다. 기껏 얻어 낸 왕과의 연줄을 이렇게 잃기는 싫다고 했다.

본은 만전을 기하기 위해 별관 입구에 다다르자마자 킨의 얼굴에 주먹을 가볍게 꽂아 주었다. 힘 조절한다고 했는데, 킨은 그대로 뒤로 넘어가 눈을 뜨지 못했다. 가는 길을 찬찬히 설명해 준 터라 안내가 더 필요 없는 게 다행이었다.

본과 카피레는 킨을 별관 로비에 대충 기대어 놓곤 등불을 켰다. 멀리서 봤을 때와 마찬가지로 별관엔 인기척이 없었다. 둘은 폐가처럼 깜깜한 복도를 더듬어 지하 입구를 찾았다.

카피레가 숨죽인 채 문고리에 손을 올렸다. 문고리가 소리 없이 돌아갔다. 카피레가 중얼거렸다.

"……열려 있어?"

본과 카피레가 잠깐 마주 보았다. 카피레가 급히 문을 열었다. 깎아지른 듯한 돌계단에 시뻘건 발자국이 이어져 있었다.

흔들리는 횃불이 벽을 따라 지하 밑바닥까지 음산히 비추었다.

검고 거대한 몸체가 비 맞은 깃발처럼 벽에 박혀 늘어져 있었다. 그 아래 펼쳐진 책날개가 핏빛으로 물들었다.

본이 날 듯이 계단을 내려가 상황을 살폈다. 기사 머리통이 벽에 반쯤 박힌 채였다.

제복에 흐트러진 흔적 하나 없었다. 오래 앉아 있던 듯 엉덩이 주름이 다였다. 본이 시신을 확인했다. 숨이 끊어진 지 얼마 되지 않아 보였다.

카피레가 발자국을 따라 복도에 섰다. 입구에서 멀지 않은 오

른쪽, 감방이 열려 있었다. 반쯤 벌어진 창살 문이 바람에 끼익
끼익 소리 내어 울었다.

철창 넘어 좁은 공간, 울퉁불퉁한 돌바닥에 작고 희미한 달빛
이 비쳤다. 아득한 조명 탓에 안까지 이어진 발자국이 꼭 탄 자
국처럼 시꺼메 보였다. 끊어진 발자국 옆에, 두꺼운 담요가 허물
처럼 떨어져 있었다.

카피레가 시선을 한 바퀴 돌렸다. 벽 구석에 놓인 분홍 상자가
눈에 띄었다. 빈말로라도 감옥과 어울린다고 할 수 없는 물건이
었다.

카피레가 멍하니 감옥 안으로 발을 디뎠다. 발밑에서 바스락
소리가 났다. 카피레가 바닥을 보았다. 구겨진 사탕 껍질이 구두
밑에 깔렸다.

카피레가 한쪽 무릎을 꿇고 앉아 담요에 손을 댔다. 아직 온
기가 남아 있었다. 본이 복도에 서서 카피레를 불렀다.

"들어온 흔적은 있지만 나간 흔적이 보이질 않습니다. 이
건……."

"……."

"카피레."

"데자르 저택에 보낸 놈들, 다시 연락해 봐."

카피레가 담요와 상자, 사탕 껍질을 하나하나 챙긴 뒤 몸을 일
으켰다. 횃불이 닿지 않는 감방, 손톱만 한 달그림자가 카피레를
발치를 비추고 있었다.

카피레가 손에 쥔 것들을 본에게 넘기려다 담요 자락을 꾹 쥐었다. 희미해져 가는 온기를 놓치기 싫다는 듯이.

"카피레……."

"……뺏길 수 없어. 더는 안 돼."

내 인생, 내 자리. 내 어미와 아비. 저와 똑 닮은 주제에 멍청하고 순했던 모지리. 그리고 이젠…….

카피레의 목소리가 짝 잃은 짐승처럼 절절 끓었다.

"절대 용서 못 해."

33.
영혼을 바쳐서라도

젬은 어둑한 방에 서 있었다. 난생처음 보는 곳이었다. 얇은 나무 벽 사이로 찬 바람이 구슬피 울었다.

목재로 마감된 자그마한 공간에 벽장이며 세면대, 테이블이 옹기종기 차 있었다. 테이블 위엔 찻주전자 대신 각종 계량 기구가 놓였고, 사슴 머리 박제가 달린 벽에는 말린 약재와 정체불명의 약병으로 가득찬 벽장이 서 있었다.

텅 빈 오두막 같던 공간에, 소년이 부린 마법이었다.

먼지가 두껍게 앉은 전구가 희끄무레한 빛을 발했다. 창은 두꺼운 커튼으로 꼼꼼히 가렸고, 문은 하나뿐이었다.

젬 맞은편에 서 있던 소년이 "왜 그러시죠?" 하며 싱긋 웃었다. 그는 당근이나 오이를 쥐듯 주먹으로 아이를 압박하고 있었다. 머리와 다리만 비죽 튀어나온 아이가 낮게 앓는 소리를 냈다. 자그마한 얼굴이 탱탱 부어 있었다.

아이가 다 죽어 가는 목소리로 중얼거렸다.

……이 자식 말 듣지 말아요.

"아, 아이를 풀어 줘요."

"금서를 펴세요."

젬이 자각 없이 고개를 저었다. 젬의 눈동자가 비 오는 날 웅덩이처럼 흔들렸다.

"저, 저는……."

"미스 젬, 저는 당신이 필요해요. 당신에겐 재능이 있다고요."

소년의 앳된 목소리에 웃음기가 섞여 있었다. 젖살 통통한 얼굴에 서린 비뚠 표정이 기이한 조화를 이루었다. 젬은 목소리를 떨지 않으려 안간힘을 썼다.

"저, 저는 시간을 돌리는 마법사를 본 적이 있어요. 셀 수 없을 만큼 여러 번 시간을 돌려 산 사람도 봤어요. 둘은 시간의 힘을 쓴 걸 후회한다고 했어요."

"제 사정까지 생각해 주다니. 상냥하기도 해라. 하지만 미스 젬, 그런 걱정은 하지 않아도 됩니다."

소년이 어깨를 으쓱했다.

그는 어린 육체로 갈아입은 닥터 유리였다. 아이가 흐느끼듯 젬을, 모지리를 불렀다. 리스페. 젬은 속으로 그 이름을 불러 보았다.

온몸을 긴장시킨 지금 이 순간, 젬은 느낄 수 있었다. 닥터 유리의 기운이 전과 사뭇 달랐다. 아이는 이미 감지했는지도 몰랐다. 유리가 '하나가 됐다'고 주장하던 리스페의 조각을.

젬이 배를 가린 손에 억지로 힘을 풀었다. 젬이 덜덜 떨리는 입술을 세게 물었다. 정신 바짝 차려야 했다.

닥터 유리는 젬에게 시간을 되돌리는 비약을 만들어 달라 요구했다. 젬이 평생 쓰지 않으리라 마음먹은 전설의 레시피였다. 젬이 눈에 힘을 줘 유리를 겨우 보았다.

"저, 저는 마법약 만드는 걸 후회한 적이 한 번도 없습니다. 앞으로도 그러길 원하고요."

"무슨 뜻이죠?"

"무, 무엇 때문에 그 약을 원하는지 설명해 주지 않는다면, 주, 죽어도, 마, 만들 수 없습니다."

유리가 주먹에 힘을 주었다 뺀 듯, 아이의 표정이 일그러졌다. 젬의 입술에 피 맛이 번졌다. 고무를 씹는지 입술을 씹는지, 고통을 전혀 느낄 수 없었다.

"그러십니까?"

"그러니까 저, 저는……."

젬이 고개를 흔들었다. 금방이라도 굴러떨어질 것처럼 눈에 물이 고였다. 젬의 숨결이 거칠어졌다. 손뼈가 부서지도록 젬이 주먹을 움켜쥐었다.

"저는……."

젬이 눈을 질끈 감았다. 참고 참았던 눈물이 두 뺨에 물길을 그렸다. 후들거리는 입술 새로 짠맛이 느껴졌다.

남은 생과 친구의 목숨이 저울에 올라 있었다. 무게 추가 중심을 못 잡고 이리저리 흔들렸다. 젬은 풍랑에 휩쓸린 나뭇잎 배처럼 짠물만 삼키고 있었다.

차라리 정신을 놓아 버리면 편할 것을, 그럴 수도 없었다. 젬은 숨을 헐떡이다 못해 허억, 허억 하고 어깻숨을 쉬었다. 그녀의 시선은 한결같이 소년의 주먹, 아이에게 꽂혀 있었다.

젬이 애원하듯 속으로 이름을 불렀다. 리스페……!

침묵하던 소년 유리가 고개를 기울였다.

"당신과 대화하는 건 싫지 않아요."

"……."

"……오랜만에 옛날 얘기를 나누는 것도 나쁘진 않겠죠."

젬이 눈물 젖은 눈으로 유리와 시선을 마주 보았다.

"제가 무엇 때문에 당신에게 부탁하는지, 내가 가장 바라는 게 무엇인지…… 당신은 알아도 괜찮겠지요. 과정이야 어쨌든, 금서의 첫 번째 후계자니까 말예요."

"……첫 번째라뇨? 분명 당신도 금서를……."

"금서의 주인은 처음부터 끝까지 한 사람뿐이었어요. 아니, 한 영혼이라 해야 할까요. 거쳐 간 몸뚱이는 꽤 여럿이었지만…… 아, 물론 당신 전까진 말예요. 미스 젬."

젬이 입을 달싹였다. 혼란한 눈빛에 소년 유리가 어깨를 으쓱하며 웃었다.

"바로 전 육체, 당신이 아는 그 몸뚱이의 이름이 유리였어요. 지금 생각하면 그렇게 오래 쓴 몸도 드물군요. 재료가 퍽 좋았지요. 정도 꽤 들었는데."

몸뚱이? 원주인?

젬이 눈을 빠르게 깜박였다. 소년이 여상한 목소리로 말을 이었다.

"뭐어, 이번 육체도 나쁘진 않아요. 그거 아십니까? 이 몸은 제법 힘이 세답니다. 제대로 성장한다면 본보다 나을지도 모르겠어요."

"무, 무슨 뜻인지 모르겠……."

"게린 헤이트와 제가 무슨 관계냐고 물었던가요, 미스 젬?"

소년 유리가 처음을 키득키득 소리를 내어 웃었다. 통통한 볼살이 동그랗게 도드라지며 보조개가 패였다.

"게린 헤이트. 유리 헤이트 잉겔. 어딘가 비슷하지 않나요?"

젬은 뒷목에 소름이 쭉 돋았다. 돌로 뒤통수를 후려 맞은 듯 머리가 띵했다. "재밌지요?" 하며 소년 유리가 벽장에 몸을 기댔다.

게린 헤이트, 헤이트 잉겔.

게린과 잉겔.

말장난. 철자를 거꾸로 나열한 말장난일 뿐이었다.

"나보다 게린 헤이트를 잘 아는 인간은 없을 겁니다. 열등감

덩어리에 누구보다 인정받고 싶어하는 늙은이였죠. 한참 전 애기지만요."

"닥터 유리……?"

"유리는 게린 헤이트가 꿈꾸던 이상 그 자체였어요. 하지만 이상은 이상일 뿐, 그 이상은 아니었죠."

젬은 눈이 핑핑 돌았다. 게린 헤이트. 유리 헤이트 잉겔. 금서의 계약자. 불로불사. 리스페. 갖가지 생각이 색깔 공처럼 튀어나와 머리를 어지럽혔다.

"제가 가장 원하는 게 뭔지 물었지요, 미스 젬?"

소년 유리가 눈을 마주 본 채 실험대로 한 발짝 다가섰다. 젬이 저도 모르게 한 발 물러섰다. 그가 눈을 접으며 목소리를 낮추었다.

"죽음입니다."

*　　*　　*

게린 헤이트는 젊어서부터 금서 연구에 매진했다. 그 덕분일까. 타고난 재능이 부족했음에도 그는 그럭저럭 마법사라 부를 만큼 실력을 키울 수 있었다.

게린 헤이트는 그것으로 만족할 수 없었다. 그의 꿈은 시시한 마법사 따위가 아니었다. 전무후무한 천재, 역사에 남을 만한 대마법사였다.

지지부진한 실력에 비해 시간은 홍수 난 계곡물처럼 빠르게 흘러갔다. 허리가 달팽이 집처럼 굽고, 머리카락은 시든 벼처럼 쇠했다. 피부는 쪼글쪼글 오래된 고무 같았고, 팔다리는 하루가 다르게 사탕수수처럼 얇아졌다.

시모 산맥에 숨겨진 요정 동굴을 발견한 건, 그에게 다시 없을 기연이었다. 벼랑 끝에 내몰린 노인에게 하늘이 마지막으로 보낸 미소 같았다.

마침내 그는 마법적 존재를 금서에 봉인하는데 성공했다. 이제 어느 누구도 그의 면전에 대고 '재능이 없다'느니 '때려치라' 따위 말을 할 수 없을 터였다.

같이 살던 꼬마 조수가 마법을 발한 건 그즈음이었다. 게린 헤이트가 일생을 바쳐 이룬 성취를 비웃기라도 하듯이, 찬란히 빛나는 재능이었다. 게린 헤이트는 꼬마를 발로 차고 때렸다. 인정할 수 없다며 실험실을 뒤집었다.

꼬마를 철창에 가두고 홧김에 숲길을 서성이던 게린은, 그러나 깨닫고 말았다.

오랜 세월, 어느 시간을 뒤져 봐도 꼬마만큼 말없이 곁을 지켜 준 이는 없었다. 게린은 인생의 종막을 향해 걷고 있었다. 그의 죽음을 애도해 줄 만한 사람이라곤, 그럴 가능성이 조금이라도 남은 사람은 빌어먹을 꼬마 조수밖에 없었다.

한참을 숲에서 서성이던 게린이 동굴로 돌아갔을 때, 꼬마는 게린의 철창에서 도망친 뒤였다.

게린은 엉망이 된 실험실을 정리하며 여러 생각을 했다. 그제야 깨달았다. 평생을 마법에 바쳤으나 손에 남은 게 하나도 없단 사실을. 마지막 온기마저 자신이 발로 차 쫓아냈단 사실을 말이다.

막연하게만 바라 오던 '불로불사의 힘'을 본격적으로 갈망하게 된 계기가 바로 이때였다. 게린 헤이트는 자신이 헛되지 않았단 증거가 필요했다. 빈손으로 무덤에 누워 흙만 움켜쥐긴 싫었다. 그럴 순 없었다.

평소 키메라와 금서를 함께 연구하던 그였다. 다년간의 실험 끝에, 그는 새 몸에 영혼을 옮기는 방법을 알아냈다. 성공하기만 한다면, 뱀이 허물을 벗듯 육체를 새로이 할 수 있을 터였다.

그러나 어떤 생물도 그 실험을 견디지 못했다. 이대로는 개죽음이나 마찬가지였다. 게린 헤이트는 심해로 가라앉는 돌덩이처럼 연구에, 스스로에 침잠했다.

결과적으로, 게린 헤이트는 소원을 이루었다.

전설로만 내려오던 불로불사의 힘을 얻은 것이다. 방대한 지식, 힘으로 충만한 금서. 게린 헤이트는 세상을 다 가진 듯했다.

모두 착각이었다.

금서의 계약은 엄격했다. 운명의 대가는 복불복이었다. 게린 헤이트는 오랜 시간이 지난 뒤에야 깨달았다. 불로불사의 대가가 무엇인지.

그는 더 이상 인간이 아니었다.

*　　　*　　　*

본래 사람과 부대끼며 살지 않은 터라 처음엔 몰랐어요. 어느 날 돌아보니 제가 지나온 길에 시체가 산처럼 쌓였더군요. 그건 분명 요정이나 짐승 시체와는 다른 느낌이어야 했죠. 그런데 전 인형 창고를 보듯이 아무 느낌이 없었어요. 인간으로서 느껴야 할 당연한 감정 작용이 일지 않았죠.

내가 놀란 건 아무것도 느낄 수 없는 나 자신 때문이었어요. 죄책감이나 연민, 그리움, 그런 감정을 지우개로 지워 버린 듯했 거든요. 어렴풋이 그런 것이 존재했다는 걸 짐작할 뿐.

후후. 그 말이 맞아요. 내 감정은 과거에 멈춰 있어요. 지금의 나는, 과거의 흔적을 따라 살고 있을지도 모르겠군요.

얘기를 계속할까요.

타고난 몸뚱이는 너무 늙고 초라해서 더 쓸 수 없었어요. 불 로불사라곤 하지만 이미 늙은 몸을 젊게 만들어 주진 못했거든 요. 다만 제겐 다른 방도가 있었죠. 바로 영혼을 옮기는 연구 말 입니다.

어떤 상처든 재생시켜 주는 힘, 늙지 않는 힘. 이것이라면 연 구를 실행에 옮길 수 있어 보였어요.

때마침 어느 고마운 여행자가 길을 지난 게 천운이었어요. 돈 은 없었지만 몸은 싱싱했죠. 뭐, 어떻게 생겼었는지도 지금은 기억나지 않지만요.

그 뒤론 물에 물 탄 듯, 술에 술 탄 듯 인간사에 부대꼈습니다. 할 수 있는 건 다 해 봤어요. 술, 마약, 여자든, 남자든, 유부녀든, 죽기 직전에 몰린 늙은이든, 누구와 몸을 겹쳐도 두려울 게 없었죠. 웬만한 일론 죽지도 않을 테고, 여차하면 몸을 갈아입으면 된다고 생각했으니까요. 못 할 게 없었어요.

그래요, 불로불사의 계약은 영혼에 서린 힘이니까요. 제가 아무리 몸뚱이를 함부로 굴려도 완전히 망가질 일은 없었습니다.

문제는 언제나 인간이죠. 인간과 인간 사이에 어쩌면 그렇게 복잡한 감정이 오갈 수 있는지, 나중엔 경이로운 기분마저 들더군요.

내가 잃어버린 것들이기도 하죠. 분노, 원망, 신뢰, 경멸. 모든 감정 중에서도 가장 강렬해 보였던 건 바로 사랑이었어요. 사랑과 증오였죠.

사랑을 아느냐고요? 후후, 죄송합니다. 실없는 생각이 들어서요. 그래요, 제게 사랑이란 걸 가르쳐 주겠다며 객기 부리던 사람이 있었어요.

몇 번째 몸뚱인진 까먹었는데, 그 인간이 내게 먹인 약은 기억해요. 아직도 그 더러운 맛이 생생하군요. 이름만 '사랑의 묘약'이지 실은 싸구려 마약과 숫말 발정제를 섞은 고약한 물건이었어요.

내 몸이 정상이 아니기에 먹고 살았지, 보통 사람이었다면 그

자리에서 똥오줌을 지린 채, 혀 빼물고 죽었을 겁니다.

그 인간은 막판에 울면서 내게 사랑을 빌었어요. 더 웃긴 건, 놈이 꼴에 나와 동시에 영원한 사랑을 맺겠답시고 그 약을 입으로 먹였단 겁니다.

아까 말한 똥오줌 지린 시체가 바로 그 인간이에요. 동반 자살 시도나 다름없었죠. 어이가 없었어요. 우습기도 했고요.

아주 잠깐은, 만약 내가 금서와 계약하기 전에 이 인간을 만났다면 많은 것이 달라졌을 수도 있겠단 생각을 했던 것도 같군요. 물론 가정에 불과한 얘기기지만요.

오래지 않아 난 육체를 바꿨어요. 연쇄 살인범으로 얼굴이 팔려서 만사가 귀찮아졌거든요.

사랑의 묘약. 달콤한 어감이죠. 난 궁금해졌어요. 감정이 희미해진 나도, 사랑을 알 수 있을까. 사랑이라면, 인간이 가진 가장 강렬한 감정이라면 내 심장을 다시 뛰게 할 수도 있지 않을까.

후후, 그래요. 시행착오가 많았죠. 제 기준에 맞춰 약을 만들다 보니 보통 인간이 먹기엔 썩 몸에 좋지 않기도 했고요.

그리 오래 연구하진 못했어요. 사랑의 묘약 효과가 생각보다 효과가 미미했거든요.

사는 게 영 재미가 없었어요. 금서 따위, 자주 열어 보지 않게 된 지 오래였고요. 솔직해 말해 꼴도 보기 싫을 때가 많았어요.

내게 남은 건 잿빛 미래뿐으로 보였죠. 즐겁지도 않은 인생을,

어쩌면 이 세상이 멸망할 때까지 그저 견디고 견뎌야 할지도 모른다고 생각했어요.

난 처음으로 후회했습니다. 불로불사를 이룬 나는, 까마득한 옛날의 초라한 게린 헤이트와 한 치도 달라지지 않은 모습이었어요.

주변엔 아무도 남지 않았고, 내가 손에 쥔 건 빛바랜 금서 한 권이 전부였죠.

한 달을 굶어도, 손목을 잘라도, 목을 반 그어도 다시 살아나는 기분이 어떤지 압니까? 정말 엿 같답니다. 아프기는 더럽게 아픈데 죽을 수도 없다니.

고통은 잠시 시간을 잊게 해 줬지만 그뿐이었죠. 나는 초침처럼, 달력처럼 그저 시간을 견딜 수밖에 없었어요.

정처 없이 여러 군데를 돌아다닌 때도 있었지만, 어느 순간엔 일탈을 그만두고 학교에, 신전에 출석 도장을 찍었어요.

오랜 시간, 늙지 않는 사람을 보면 사람들이 수군대기 마련이죠. 그럴 때면 습관처럼 아무 인간이나 덮쳐 몸을 바꿔 입곤 했는데…… 후후, 미스 젬. 그게 몇 번째였는지가 중요한가요?

어쨌든 그게 하필이면 독실한 종교쟁이 핏줄이었어요. 아는 사람도 어찌나 많은지 도무지 그 동네에서 도망칠 수가 없었죠.

아들 몸에 악마가 들렸다고, 냄새나는 물을 뿌리고 맛대가리 없는 토끼풀 같은 걸 먹이던 놈들이 마지막에 그러더군요. 너는 새로 태어날 수 있다고, 믿는다고요. 놈이 말하는 자식은 내게 몸만 남긴 채 죽어 없어진 지 오래였지만, 나는 꽤 감명 깊게 들었어요.

금서의 계약은 영혼의 계약. 그렇담 영혼을 새것처럼 만들 수 있다면, 불로불사의 힘도 사라지지 않을까?

날것처럼 펄떡거리던 욕망과 감정을 되찾을 수 있지 않을까?

내겐 무한한 시간이 있었고, 난 하고 싶은 게 별로 많지 않았어요. 다만 실험엔 돈이 아주 많이 들어갈 예정이었죠.

다행히 후원자를 물색하는 건 어렵지 않았어요. 어느 시대에나 사랑에 목 타는 청춘이 있기 마련이니까.

맞습니다. 그 몸의 이름이 유리였어요. 그렇게 내 이름은 게린 헤이트에서 유리 헤이트 잉겔이 되었지요.

데자르 백작은 좋은 후원자였어요. 그 외에도 여럿 있었죠. 연구는 차근차근 계단을 밟았어요. 왕이 내 후원자가 된 뒤엔 가속도가 붙었고요.

영혼 이동에 인공 장기, 인공 육체, 육체 강화까지.

금서의 영혼을 태아에게 이식했을 때, 그때는 정말 거짓말처럼 기쁘더군요. 나 아닌 영혼을 육체에 이식한 건 그때가 처음이었거든요.

내가 만든 육체가 진짜 사람이 된 것도 처음이었죠. 카피레 말입니다. 난 그의 영혼엔 손을 댄 적이 없거든요.

그렇게 작은 연구가 모이고 모여 지금 제가 여기 있는 거랍니다.

소년 유리가 연극 무대에 선 듯 두 팔을 넓게 벌렸다. 젬이 나지막이 물었다.

"……리스페는요?"

유리가 가늘게 눈웃음친 뒤, 제 가슴께에 한 손을 올렸다.

"가장 바라 왔던 실험을 시도 할 때가 오고야 말았죠. 영혼과 영혼의 융합. 새로운 영혼을 위한, 죽음을 위한 한 걸음이었죠."

요정의 영혼, 그것도 하나가 아닌 반쪽짜리와 인간의 영혼이 융합할 수 있을까? 애초에 물에 물감 타듯 영혼과 영혼이 섞일 수 있는 존재일까?

실은, 저도 이게 제대로 될지 의심스러웠어요. 그러나 두려움이나 위험 부담 따위, 목숨이 아까운 인간에게나 필요한 법. 일단 리스페의 몸뚱이와 나를 연결시키는 게 중요했죠. 때문에 나는, 지금껏 몸을 바꿔 온 것처럼 리스페를 유리의 육체에 담은 겁니다.

이제껏 시체만 사용해 왔던 터라, 좀 못 미더웠던 것도 사실이에요. 살아 있는 육체 간 영혼의 결합이라. 결과가 어떻게 나올지 모르는 거니까요. 솔직히 그대로 죽는 것도 재밌겠단 생각은 했지만요.

그런 눈으로 보지 말아요. 미스 젬. 제게 남은 유흥이라곤 그런 것밖에 없답니다.

실험은 반쯤 성공한 듯 보였어요. 리스페의 몸뚱이는 영혼이 완전히 빠져나가 껍질이 되었고, 제 속엔 뭔가 이질적인 것이 자리를 잡은 듯했죠. 대놓고 자기를 드러내진 않았지만, 리스페의 조각이 깃든 건 분명했어요.

제가 변화를 알아채는 것보다, 몸뚱이 변화가 빨랐죠. 피부에 잔주름이 실금처럼 새기는 것은 물론, 시력도 후각도 다 멀어지더군요. 노화. 시간 흐름의 감각. 오랜만에 느끼는 감각이었죠. 뛸 듯이 기뻤어요. 드디어 내 영혼이 계약에서 벗어났는지도 모른다고 설레었습니다.

저는 떨리는 마음으로 시험 삼아 목을 그어 봤습니다. 결과가 어땠는지 아십니까?

빌어먹을. 금방 나아 버리더군요. 피가 멈추는데 시간이 좀 걸렸을 뿐, 목숨에는 하등 지장이 없었어요.

하늘을 날던 기분이 곤두박질친 건 순식간이었죠. 며칠을 끙끙 앓다가, 어쩌면 육체 탓일지도 모른다고 생각했어요. 불로불사로 너무 오랜 시간을 보낸 몸뚱이니까요.

기왕 이렇게 된 것, 내 손으로 만든 육체에 영혼을 담고 생을 마치면 더할 나위 없겠다 싶었죠. 인생을 바쳐 연구한 모든 결과, 그 육체에 말입니다.

당신과 재회할 즈음, 난 수의를 다 만들어 놓은 상태였어요.

내가 입을 수의 말입니다. 왕비의 더미, 리스페와 카피레의 육체, 본의 몸, 그동안 연구한 보람이 있었죠.

육체를 만드는 건 어렵지 않았습니다. 굳이 건강하게 만들 생각은 없지만, 힘만은 누구 못잖게 세게 할 생각이었어요. 자살에 편하리라 여겼거든요.

나는 완벽한 새 출발, 위대한 죽음을 향한 여행을 계획했어요. 마지막으로 그 책을 다시 읽으며, 길었던 '닥터 유리'의 일생과 작별할 생각이었죠.

아, '잡히지 않는 신' 말입니다. 종교쟁이가 입이 닳도록 읽어 주던 책이 바로 그거였거든요.

젬이 입술을 깨물었다. 뇌가 액체로 변한 듯 생각이 어지러웠다. 유리가 고개를 살짝 저었다.

"……그렇게 어이없는 형태로 '닥터 유리'와 작별하게 될 줄은, 하하. 저도 몰랐습니다."

"저, 저는…… 제가 쓴 약은……."

젬이 말을 더듬었다. 엄동설한에 던져진 듯 몸이 제멋대로 떨렸다. 유리가 가엾은 아이를 보듯 연민 어린 표정을 지었다.

"내 죽음은 당신과 상관없는 일이에요. 우연이 빚어낸 촌극에 가깝죠. 중요한 건 그게 아닙니다. 다시 눈을 떴을 때, 저는 새 몸뚱이에 들어와 있었어요. 거짓말 같은 순간이었죠. 난리가 난 실험실에, 나 홀로였어요. 손을 들어 갓난아기처럼 보드라운 손바닥을 본 순간, 그 순간엔 당신도, 무엇도 생각이 안 나더군요. 과정이야 어쨌든 가장 먼저 할 일은 정해져 있었으니까요. 오랜, 너무도 오래 기다린 순간이었어요. 흑백사진처럼 무감한 시야에 오직 시퍼런 칼날만이 선명하게 빛났죠. 난 그걸 배에 힘차게 꽂았어요. 막 태어난 듯 보드랍고 연약한 몸뚱이가 제멋대로 경련하고 꿈틀거렸죠. 눈물 나게 아픈데, 오줌이 나올 것처럼 황홀하더군요. 가까스로 칼을 그은 뒤, 그대로 뽑았어요. 피가 폭죽 터지듯 사방팔방 뿌려지고, 하하, 덕분에 실험실은 엉망이에요. 냄새도 지독하고요. 정말, 다시 들어가고 싶지 않을 정도로……."

"그 말은……."

젬의 시선이 소년의 옷자락에 꽂혔다. 피에 젖은 흰 원피스에 칼자국이 분명했다. 젬은 저도 모르게 고개를 저었다. 소년 유리, 아니 게린 헤이트가 그린 듯한 미소를 지었다.

"아무래도 내 실험은 또 실패로 돌아간 모양이에요. 리스페는 아무리 불러도 답이 없고, 난 끝없이 죽지 못하는 신세랍니다. 내가 왜 당신에게 부탁하는지, 이제 아시겠어요. 미스 젬?"

"닥터 유리……."

"난 육체의 시간을 돌리길 바라는 게 아녜요. 시간을 돌리는 힘을 그런 시시한 데 사용할 생각은 요만큼도 없어요. 난, 그 시절로 돌아가길 원해요."

유리가 벽에 기댔던 몸을 바로 세웠다. 젬이 입술을 질끈 물었다.

"내가 금서와 계약하기 전으로, 금서에 청춘을 바치기 전으로."

"닥터 유리……."

"이런 식으로, 기생충처럼, 세상이 멸망할 때까지 숨 쉬고 싶지 않아요. 당신도 날 싫어하지 않았나요? 생각해 봐요. 당신에게도 나쁜 얘기가 아니네요. 난 살아 있는 한 몸을 바꿔 입을 거고, 연구를 계속할 거예요. 내 실험이 성공할 때까지, 끝없이, 기계처럼. 할 수 있는 일이 그것밖에 없으니까. 만약 당신이 날 도와준다면, 당신이 날 과거로 보내 준다면 난 거기서 죽을 테고, 그런 일은 일어나지 않을 거예요. 당신이 손을 더럽힐 필요도 없어요."

소년 유리가 한 걸음, 한 걸음 내디딜 때마다 나무 바닥이 끽 끽거리며 신음했다. 그 소리가 젬의 고막을, 심장을 긁었다.

이윽고 그가 테이블을 사이에 두고 젬 앞에 섰다. 그가 주먹 쥔 손을 풀었다. 축 늘어진 아이가 날개를 파르르 떨었다. 유리가 쪼그라든 요정 날개를 집어 들었다. 아이는 죽어 가는 짐승처럼 몸에 힘을 주지 못했다.

"자, 내 얘기는 여기까지예요. 이제부턴 당신이 선택할 문제예요."

젬이 흔들리는 눈으로 아이를 보았다.

"당신이 뭘 걱정하는지 알고 있어요. 운명의 대가가 두려운 거죠? 무엇을 값으로 치러야 할지 무서운 거죠?"

게린 헤이트의 목소리가 밀어를 속삭이듯 달콤했다.

"그래 봐야 짧은 인생 아닌가요? 당신은 길어 봐야 오십 년 안에 죽을 거예요. 바로 오늘, 내일일 수도 있겠죠. 불행이 커 봤자 얼마나 하겠어요. 설사 당장 죽는다 해도, 당신은 수십, 수백의 사람을 살리는 것과 마찬가지라고요."

젬의 흔들리는 눈동자를, 유리가 핥듯이 관찰했다.

유리가 테이블에 놓인 작은 마법등을 켰다. 오렌지색 조명이 음침한 방을 따뜻하게 물들였다. 부드러운 빛이 소년 유리의 얼굴에 일렁였다.

아이답지 않게 날카롭게 찢어진 눈초리, 통통한 젖살, 보드라운 미소가 빛과 그림자로 물들었다. 그와 마주 보던 젬이 떨리는 손으로 품에서 금서를 꺼냈다.

젬은 너덜너덜한 가죽 표지를 손으로 한 번 쓸고는 천천히 책장을 열었다. 소년 유리의 미소가 칼에 베인 듯 짙어졌다.

*　　*　　*

"모두 연락이 끊겼습니다. 세 명이 한꺼번에요."

"준비해."

내내 다리를 달달 떨며 손톱만 깨물던 카피레가 자리에서 벌떡 일어섰다. 별관을 비롯한 유라레 왕성이 한바탕 뒤집힌 상태였다.

창밖에 이리저리 방황하는 마법등이 보였다. 근위대 전원이 흔적을 수색 중이었으나 별 성과가 없었다.

카피레는 머리를 굴리고 또 굴렸다. 머릿속 주사위가 계속해서 한 면을 가리키고 있었다. 왕성 한복판에서 쥐도 새도 모르게 감옥을 턴다. 이런 기막힌 일을 꾸밀 작자는 많지 않았다. 게다가 이 감쪽같은 솜씨. 유리, 놈밖에 없었다.

카피레가 이를 갈았다. 놈의 시체가 눈앞에 있었다면 사지를 잘라 버렸을지도 몰랐다. 본이 카피레 눈치를 살피며 주섬주섬 무기를 챙겼다.

데자르 저택 동태를 살피러 떠났던 정보부 직원 셋이 행방불명됐단 소식이었다. 정보부 부장은 뒤로 넘어가기 직전이었고, 카피레는 더 들어 볼 것도 없다고 판단했다.

태아처럼 웅크리고 있던 실험관 인간이 카피레의 뇌리에서 사라지지 않았다.

홧김에 실험실에서 막대를 휘두른 게 아무래도 원인 같았다. 잠깐 화를 못 참은 바람에 모든 일이 꼬여 버린 것이다.

덕분에 젬은 종신형 범죄자 후보도 모자라 미친놈한테 납치까지 당한 상태였다.

빌어먹을! 제기랄! 꼭지 돌아 버린 야생 고릴라가 포효하기 직전이었다.

카피레가 문고리를 잡은 동시에, 반대편에서 문을 당겼다. 하마터면 넘어질 뻔한 카피레를 본이 얼른 지탱했다. 상대가 놀라 외쳤다.

"이렇게 급히 어딜 가려는 거야."

"……형님."

카피레가 저도 모르게 시선을 피하며 입술을 깨물었다. 창밖에 춤추는 도깨비불만 봐도 그림이 나왔다. 이 사달이었다. 보르누가 모를 리 없었다.

"잠시 볼일 좀 보고 오겠습니다."

"화장실이라면 안쪽에도 있지 않아."

"농담 따먹기 할 시간이 없군요."

"……내가 널 억지로 가둬야겠느냐?"

카피레가 보르누를 노려보았다. 평생 처음 본 동생의 표정에 보르누의 눈동자가 약하게 흔들렸다.

"사람 빌려 달란 소리 안 합니다. 본이면 충분하니까."

"누가 사람이 아까워 이래? 널 위해서가 아니냐. 닥터 유리가 살아 있을지도 모른다 말한 건 네가 아니야. 몸 사릴 줄은 모르고 어딜 가려고!"

"……날 위해서가 아니라 형님 욕심은 아닙니까?"

카피레가 어깨를 쥔 보르누의 손을 힘주어 떼었다. 보르누의 손이 허공을 맴돌았다. 보르누는 생전 처음 겪는 일에 뭐라 말을 잇지 못했다.

"너……!"

"형님, 그만해. 난 이미 다 잃어 봤어. 부모도, 친구도, 내 자리도 뺏겨 봤다구! 그때 가장 가까이 있어 준 사람이 누군지 알아? 날 지켜 준 게 누군지 아니냐고!"

"카피레!"

카피레는 눈에서 힘을 풀지 않았다.

"……난 포기 못 해, 형. 절대로."

"나더러 네 위험한 꼴을 또 보란 말이냐? 형이 걱정하는 건 아무것도 아니란 말이야!"

보르누 눈에 급기야 물이 고였다. 다 큰 어른이 분을 못 이기는 어린애처럼 얼굴이 벌게졌다. 카피레가 입술을 세게 물었다.

*　　*　　*

왕세자는 친부모를 잃고 양자로 들어온 케이스였다. 당연히 입지가 불안했다. 카피레가 태어나기 전에도 그랬고, 후에는 더 심했다. 비록 카피레가 곧 죽을지 모르는 시한부라 해도 친자란 이름이 그랬다.

양아비는 무심했고, 양어미는 금세 세상을 떴다. 왕세자는 동생을 동생으로 보기 어려운 처지였다. 친부모도 세상을 떠난 마당에, 왕세자 자리에서 버려진다면, 보르누가 어떻게 될지는 불 보듯 뻔했다.

보르누는 자리를 지키기 위해 필사적이었다. 왕이 정보부를 통째로 쥐어 주고, 위를 세워 줌에도 원로원은 정통을 외치기 바

빴다. 어미 없이 외로워하는 동생보단 당연히 공부가 우선이었
다.

본이 성에 들어오기 전에 있던 일이다.

카피레가 심하게 아픈 적이 있었다. 선왕은 항상 바빴고 보르
누 역시 마찬가지였다. 카피레는 애초 열 살을 넘기기 힘들다 점
치던 아이였다. 죽을 듯 살 듯 생명을 이어가는 아이에게 사람들
은 점차 무뎌지고 있었다.

보르누는 그날 밤 궁인들이 '힘들 것 같다나 봐. 어쩌면 오늘
밤……', '어쩜……' 하고 수근대는 소리를 들었다. 보르누는 일
말의 찝찝함을 견디지 못하고 조용히 왕자궁으로 향했다.

때마침 시중드는 이가 모두 자리를 비운 때였다. 레이스와 동
물 인형 등으로 아기자기하게 꾸민 개인실에, 어둑한 앉은뱅이
마법등 하나만이 불을 밝히고 있었다.

반쯤 열린 커튼으로 낮게 뜬 달이 보였다. 달빛이 침대맡을 비
추었다.

카피레는 온몸이 빨갛게 익어 삶은 문어처럼 보였다. 어미를
쏙 빼닮은 눈동자가 보르누를 보고 희미하게 접혔다. '형님' 하
는 소리가 금방이라도 꺼질 듯 연약해서, 보르누는 심장이 꼭 죄
었다.

열에 들뜬 눈은 이게 꿈인지 생신지 분간을 못 하는 듯 보였
다. 카피레는 형님에게 한껏 투정부렸다.

왜 이제 왔느냐고, 보여 주고 싶은 게 있었는데 다 버렸다고

원망하는 소리를 늘어놓았다. 보르누는 뭔 말인지도 모르고, 그저 바보처럼 미안하단 말만 기계적으로 반복했다.

카피레가 툭 뱉었다.

"……형님, 나, 왕실 묘지는 싫어. 거긴 너무 넓고, 멀단 말이야. 내가 죽으면, 궁 어딘가에 묻어 줘. 하얀 꽃이 많이 핀 곳이 좋아. 기왕이면 언덕이면 좋겠어. 성을 굽어 볼 수 있는 곳이면 어디든 상관없어."

"새파랗게 어린 게, 무슨 소리야."

보르누의 목소리에는 힘이 없었다. 어린 보르누는 저도 모르게 동생이 죽었을 때 자기가 보게 될 이득을 계산하고 있었다. 동시에 그런 생각을 한 자신에게 구역질이 솟았다.

"시녀들이 그랬어. 어머니 묘지엔 시체가 없다고. 거긴 너무 춥고 쓸쓸해. 난 혼자 있기 싫단 말이야."

카피레가 손가락을 움찔거렸다. 그 움직임이 보르누와 닿고 싶은 것처럼 보여 보르누는 저도 모르게 손을 뻗었다. 어디서 헛소문을 들었냐며 타박하는 것도 잊었다. 카피레가 배시시 웃었다.

카피레는 뭔가 말하려는 듯 입을 달싹이다 그대로 정신을 잃었다. 보르누가 깜짝 놀라 궁인을 부르기 무섭게 깡마른 꼬마 시종이 튀어 왔더랬다. 그가 바로 시종장의 아들, 코다였다.

코다는 익숙한 듯 카피레를 돌보며 착착 움직였다. 조그만 것이 어쩌나 야무진지 보르누는 멍하니 선 채 바보처럼 자리만 지

컸다.

한숨 돌린 코다가 보르누에게 말린 나뭇가지를 건넬 때까지, 보르누는 자리에 인형처럼 꼼짝없이 서 있었다. 안 그래도 아픈 사람 병실에 왜 이런 쓰레기 같은 걸 꽂아 놨나 의아하던 차였다.

"혹시 왕자님께 꽃구경 가자고 말씀하신 적 있습니까?"

코다가 물었다. 보르누는 무슨 말인지 몰라 고개를 기울였다. 카피레가 형님과 같이 꽃을 보기로 했었다며 연초부터 기다렸다고, 꽃이 질 때쯤 그나마 화려한 꽃가지를 골라 방에 모셨다고 했다. 아무리 버리라 해도 고집을 부려서 오늘까지 갖고 있었단 얘기였다.

보르누가 자세히 다시 보니 건포도처럼 말라붙은 꽃봉오리 같은 게 보였다.

봄꽃.

지금은 가을 초입이었다.

보르누는 차마 가지를 힘주어 쥐지 못하고 입술만 깨물었다. 언제 보자고 했는지조차 기억나지 않았다. 왕자궁에 온 것도 거의 반년 만이란 걸 그제야 깨달았다.

보르누가 뭐라 말하려던 때, 밖에 소란이 일었다. 닥터 유리가 모습을 드러냈다. 보르누는 말라비틀어진 가지만 달랑 쥔 채 왕자궁을 나서야 했다.

얼마 뒤, 카피레는 기적적으로 일어섰다. 보르누가 동생을 챙기기 시작한 건 그때부터였다. 짜증스럽고, 제멋대로에 까칠한 동생이었으나, 그건 그것대로 좋았다.

차갑고 외로운 궁에서 카피레는 보르누의 커다란 위안이었다. 그때껏 외면한 것이 바보 같을 정도로.

*   *   *

아무리 예민하고 신경질적이라지만 카피레가 형에게 언성을 높인 적은 없었다. 보르누가 "카피레……" 하며 다시 어깨에 손을 올리려 할 때였다. 카피레가 두 눈을 크게 떴다.

퍽, 소리와 함께 보르누가 바닥에 무릎을 꿇었다. 놀란 카피레가 급히 형님을 부축했다. 본이 재빨리 손을 내리곤 주변을 살폈다. 카피레가 소리 죽여 성을 냈다.

"너 미쳤어? 왕족 상해죄로 손목 잘리고 싶어!"

"그럼 어떡합니까! 1분 1초가 아쉬운 상황이라고 한 건 카피레잖아요!"

본이 보르누를 번쩍 들어 소파에 눕혔다. 카피레가 서둘러 보르누에게 담요를 덮어 준 뒤, 눈초리에 살짝 배인 눈물 자국을 대충 닦아 주었다.

"차는 수배해 놨습니다."

"……본."

"그렇다고 제게 반하진 마시고요."

"……나중에 상해죄 벗겨 달라고 빌지나 마라."

카피레가 빠른 걸음으로 방을 가로질러 문을 열었다. 본이 서둘러 그 뒤를 쫓았다.

*　　*　　*

유리의 눈동자가 뱀의 혀처럼 반들반들했다. 먹이를 보고 침흘리는 짐승과 다름없었다. 이 자식 말 듣지 말라고, 남은 인생 망치고 싶냐고, 악쓰는 아이의 목소리가 안개 낀 것처럼 멀었다.

젬은 페이지를 한 장 한 장 넘길 때마다 수명을 태우는 기분이 되었다. 모든 감각이 혼곤하고 먹먹했다.

닥터 유리의 죽음? 바라던 바였다.

어쩌면 그의 말이 맞을지도 몰랐다. 수많은 사람을 불행으로 몰고, 죽음으로 이끈 사람이었다. 죄책감은커녕 시체 옆에서 과자나 까먹을 인간이었다.

그가 아니었다면 아이와 리스페는 둘로 나뉘지 않았을 것이다. 시모 산맥 깊은 곳에서 요정들과 함께 조용히 살고 있었을지도 몰랐다.

마담 D 역시, 속이 시커먼 남편과 엮일 일 없이 진짜 사랑하는 사람을 찾았을지도 몰랐다. 선왕은 어떻고, 꼭두각시 인형처럼 놀아난 왕비는 또 어떤가.

그리고 카피레.

느릿느릿 책장을 넘기던 젬의 손가락이 멈칫했다.

사랑의 묘약 없이도 왕과 왕비가 결혼할 가능성은 있었다. 그들 사이에 아름다운 아기가 태어날 가능성도 있었다.

그러나 그렇게 태어난 왕자가 젬이 알고 있는 카피레일까?

젬의 복잡한 속내를 대변하듯, 금서는 온갖 잡다한 레시피를 내보이고 있었다. 죽음에 이르는 설사병약, 얄미운 입을 꼬매 버리는 약, 죽어 가는 요정을 위한 특효약, 사랑하는 사람과 추억을 실감 나게 되살리는 약, 검은색, 밤색, 붉은색 약, 약, 약······

약?

젬이 책장을 넘기다 말고 멈칫했다. 문득 뇌리를 스친 생각에 등줄기를 타고 소름이 달렸다. 젬이 책을 펼친 채 내려놓았다. 유리가 실험대 모서리를 세게 쥐었다.

"찾았습니까?"

"······자, 잠시만요."

젬이 코트 단추를 뚝뚝 풀더니 옷을 활짝 열었다. 유리가 눈썹을 찌푸렸다. 젬이 코트 안쪽에 빽빽하게 걸린 약병을 빠르게 훑었다. 아이가 꾸물꾸물 고개를 들었다.

······젬?

젬이 떨리는 손으로 약병을 하나 들었다. 입구까지 가득 찬 오렌지 색 약병이었다. 그 옆엔 반쯤 비워진, 그보다 조금 짙은 색 약병이 꽂혀 있었다.

젬이 꽉 찬 병을 열어 킁킁 냄새 맡곤 살짝 찍어 맛보았다. 유리가 눈썹을 꿈틀거렸다.

"뭐하는 겁니까?"

"……닥터 유리. 아니, 게린 헤이트."

젬이 병을 안주머니에 도로 넣으며 나지막한 소리로 말했다. 흔들리는 눈동자가 소년 유리를 응시했다.

"그리고 리스페."

"지금 뭐하는……?"

유리가 말을 하려다 말고 입을 가렸다. 그의 눈동자에 혼란이 감돌았다. 젬이 떨리는 목소리로 말했다.

"……아이를 봐줘요."

유리가 꽃이 피듯 천천히 주먹을 펼쳤다. 아이가 가까스로 날개를 펴 추락을 면했다. 테이블에 비틀거리고 선 아이에게 젬이 얼른 손을 뻗었다.

아이가 젬의 손가락을 두 손으로 쥐며 혼잣말처럼 중얼거렸다.

……대체 이게 어떻게 돌아가는 일이죠?

"……내가 착각하고 있었어. 또 말도 안 되는 실수를……."

젬 스스로도 믿기지 않는 듯 얼떨떨한 목소리였다.

……제발 이 상황에서 무서운 말 좀 하지 말아요!

아이가 이를 갈았다.

"……피로회복약이 아니었어."

피로회복약이라뇨? 또 무슨…….

무슨 소리냐는 듯 눈을 깜박이던 아이가 '어?' 하고 표정을 굳혔다. 유리는 손바닥을 편 채 자리에 굳어 있었다. 젬을 보는 눈빛이 복잡하게 일렁이고 있었다.

젬이 침을 꼴깍 삼켰다.

"피로회복약이랑, 절대복종약 색깔이 똑같아서……."

절대복종약.

복용자의 이름을 정확히 부르는 것만으로, 상대의 말을 무조건 따르게 되는 약이었다. 일찍이 중앙병원 잠입 사건 때 부장과 코다를 상대할 심산으로 카피레가 주문한 약이었다.

적은 양으로도 효과가 발군이라 많이 남겼던 게 원인이었다. 젬은 혹시 모를 일에 대비해 약병을 다양하게 구비하는 편이었고, 유리에게 약을 먹일 땐 상황이 상황인지라 정신이 하나도 없었다.

금서의 약은 영혼에 작용하는 법. 닥터 유리는 몇 방울로 충분할 절대복종약을 반병 이상 섭취한 상황이었다. 그리고 지금, 젬은 닥터 유리의 진짜 이름을 알고 있었다.

젬이 테이블을 손으로 짚으며 천천히 걸음을 옮겼다.

"게린 헤이트, 그리고 리스페……?"

소년 유리가 녹슨 기계 돌아가듯 고개를 돌렸다. 젬은 테이블 가장자리를 따라 천천히 돌았다.

유리의 고요한 눈동자가 젬을 뚫어져라 응시했다. 젬이 떨리는 입술을 어떻게든 자제하려다 포기했다.

그러다 울먹이는 소리로 물었다.

"……리스페, 거기 있어요?"

소년 유리의 눈빛이 아주 잠깐 흐려졌다. 젬은 경련과 닮은 유리의 고갯짓을 놓치지 않았다. 그것은 끄덕임처럼 보였다.

젬의 손에서 힘이 풀렸다. 아이가 허공을 날았다.

젬, 이럴 때가 아녜요.

"하, 하지만 리스페가……."

젬…….

아이가 입술을 질끈 물었다. 그리고 낮게 고개를 저었다.

리스페의 기운이 느껴지는 건 사실이에요. 하지만 그건 아주 작은, 미약한 조각일 뿐이에요. 못난이 인형에 붙었던 꿈 조각처럼, 그저 그뿐이라고요!

"있긴 있단 거잖아!"

정신 똑바로 차려요, 젬. 모지리가 진짜 원하는 게 뭐라고 생각해요? 아무리 절대복종약을 먹었다 해도 그 뒤로 몇 시간이나 지났는데요! 얼마나 시간을 끌 수 있을지 모른단 말예요!

아이가 몸을 떨어 가며 악을 썼다. 날개에서 창백한 빛 가루가 파스스 떨어져 테이블에 흩어졌다. 안 그래도 팅팅 부은 얼굴에 눈물이 흥건했다. 젬이 저도 모르게 주변을 두리번거렸다.

소년 유리의 눈동자는 마네킹처럼 미동 없었다. 그의 시선이 젬에게 못처럼 박혔다. 젬은 무심결에 테이블을 짚었다.

펼쳐진 금서가 테이블 위를 가로질러 젬 앞에 멈추었다. 맞은

편에서 젬을 노려보던 아이가 보란 듯이 손을 내렸다. 아이에게서 한 번도 본 적 없는 눈빛이었다.

책 펴요, 젬. 집중하고, 흔들리지 말아요.

"유, 유리를 죽일 만한 레시피가 나올 리 없어. 너도 알잖아. 이 인간 불로불사잖아."

……젬 손을 더럽히기 싫은 건 아니고요?

"……뭐?"

젬은 귀를 의심했다. 젬의 얼굴에서 표정이 씻은 듯이 사라지며 석고상처럼 핏기가 가셨다.

아이는 입술이 찢어지도록 이를 악물고 있었다. 작고 얇은 날개가 파르르 떨리며 평소보다 짙은 빛 가루를 뿌렸다.

"너, 지금 그거 나한테 한 말이야?"

금서와 계약한 이상, 젬이 못 만들어 낼 건 없어요! 만약 레시피가 나오지 않는다면, 그건 그냥 젬이……!

"너……!"

저놈이 리스페를 삼켰어! 내 반쪽을 가져갔다구! 다시는 얼굴 보고 얘기도 못 해! 제기랄! 그런데 저놈이랑 하나가 됐다구? 평생 저렇게 살아야 한다구? 세상이 끝날 때까지 놈의 일부로, 놈 속에서 기생충처럼 살아야 한다고!

아이가 목이 찢어져라 악을 썼다. 자식 잃은 어미처럼 비통한 울음이었다. 젬이 할 말을 잊고 입술을 달싹였다. 금서를 세게 움켜쥔 젬의 손가락이 희게 질렸다. 아이는 그것을 놓치지 않았다. 분노한 요정이 낮게 중얼거렸다.

　……젬이 못 하면 내가 해요.

아이의 몸에서 번쩍이는 빛이 일었다. 희고 붉은 금가루가 한데 섞였다. 휘몰아치는 요정의 분노에 젬은 온몸이 따가웠다. 창을 가렸던 두꺼운 커튼이 바람에 나부꼈다. 얇은 유리창이 부르르 떨리는 소리를 냈다.

유리가 무표정한 낯으로 고개를 들었다. 눈물로 얼룩진 아이와 소년의 시선이 마주쳤다. 소년의 눈초리가 문득 가늘게 접혔다. 단단히 다물었던 입술이 느슨한 미소를 그렸다. 아이의 눈이 뒤집혔다.

　죽어!

아이가 벽 쪽으로 튕기듯 몸을 날렸다. 아까까지 시체처럼 늘어져 있던 몸이라곤 믿을 수 없을 만치 번개 같은 움직임이었다. 젬이 잠시 놓친 순간, 아이가 길고 가는 톱날을 쥐고 유리에게 돌진했다.

말릴 새도 없었다. 아이가 유리에게 날을 세웠다. 젬은 반사적으로 눈을 질끈 감았다.

폭발하듯 거대한 빛 가루가 젬 눈앞에서 휘몰아쳤다.

사방에서 끼익끼익 나무 우는 소리가 요란했다. 가발이 통째로 날아갈 것처럼 머리가 위로 솟았다. 눈, 코, 입이 따갑고 온몸이 근지러웠다. 동시에 눈물이 터졌다.

몰아치는 바람이 아이의 울음처럼 느껴졌다. 젬은 가슴에 칼이 박히는 듯했다.

가벼운 것이 벽에 맞아 퉁기는 소리가 났다. 눈꺼풀을 파르르 떨던 젬이 천천히 눈을 열었다.

헐떡이는 아이의 뒷모습이 보였다. 경련하듯 요동치는 요정 날개가 소년 유리의 얼굴을 가리고 있었다. 피 묻은 톱날이 벽 아래 아무렇게나 떨어져 있었다. 점점이 뿌려진 핏방울이 눈에 띄었다.

똑, 똑, 소리가 떨어졌다. 젬이 바닥을 보았다. 물방울처럼 톡톡 떨구던 핏방울이 곧이어 비처럼 후두둑 내렸다. 유리의 것이었다.

아이가 뒤돌아 젬을 보았다. 금방이라도 무너질 듯 아슬아슬한 표정에, 젬이 소리 없이 아이를 불렀다.

'모이라이.'

아이가 홀린 듯 날아와 젬의 목을 안았다. 피 냄새가 확 끼쳤다. 손잡이도 없는 톱날을 어거지로 쥔 탓에 아이의 손도 만신창이었다.

아이가 리스페의 이름을 부르며 끅끅 울음을 삼켰다.

나무 바닥에 소낙비처럼 떨어지던 핏방울이 서서히 그쳤다. 소년 유리는 아까와 한 치도 다르지 않은 표정으로 그 자리에 서 있을 뿐이었다. 아슬아슬하게 매달려 있던 한쪽 귀가 기이하게 올라붙으며 우드득 소리를 냈다.

나무 바닥에 떨어진 톱날에 피에 젖은 살점이 붙어 있었다. 아이가 한겨울 벌거벗은 사람처럼 달달 떨었다.

죽일 수 있을 리 없건만. 날을 쥐고 달려든 그 마음을 젬은 이해할 수밖에 없었다.

핏자국을 따라가던 젬의 시선이 금서에 닿았다. 그녀는 잠시 눈을 의심했다.

펼쳐진 페이지에 유리의 핏자국이 튀어 있었다. 젬이 눈을 깜박인 사이, 핏자국이 얇은 것처럼 사라졌다.

젬은 이런 현상을 본 적이 있었다. 어느 달밤, 금서로 요정을 불러냈던 날이었다. 젬이 급히 금서를 덮었다가 조심스레 다시 펼쳤다.

……젬?

젬은 대답 없이 페이지를 훑었다.

못난이 인형이 보여 준 꿈에서, 리스페는 젬에게 말했었다. 유리 헤이트를 끝내고 싶다고. 어떻게든. 어떤 방법으로든.

꼭 이런 일이 일어날 것을 미리 안 것처럼.

젬이 책장을 넘기다 말고 침을 꿀꺽 삼켰다. 아이가 고개를 저었다.

말도 안 돼……

금서는 온통 하얀 백지를 내보이고 있었다. 레시피는 단 세 장뿐이었다.

불로불사의 약, 시간을 되돌리는 약, 무에서 유를 창조하는 약.

"벌금은 모두 왕자님 이름으로 청구하겠습니다."

"맘대로 해!"

카피레가 너덜너덜해진 차 문을 짜증스레 닫았다. 멀미 탓인지 다리가 휘청여 잠시 차체에 어깨를 기대고 숨을 골라야 했다.

본이 멀쩡한 얼굴로 차에 내렸다. 신호 위반, 속도 위반, 기물 파손 기타 등등에 아랑곳 않고 무조건 밟아 달려온 길이었다. 여기저기 부딪친 탓에 전조등이 하나 나갔고, 차 옆구리가 움푹 팬 상태였다.

"마지막에 올린 보고론 저택 귀퉁이에서 괴성이 났다고요. 원인을 찾아보겠다 떠난 뒤론 연락이 끊겼습니다."

"빌어먹을⋯⋯."

카피레가 겨우 몸을 세웠다. 한 짝만 남은 차 라이트가 깜박이며 정면을 비추었다. 멀리 우거진 가로수길 사이로 끈적한 어둠이 가라앉았다. 밤에 보니 귀신 나오는 흉가가 따로 없었다.

"업어 드릴까요?"

본이 중얼거렸다. 카피레가 "까불지 마" 하고 본을 흘겨보다가 가로등 없이 펼쳐진 자갈길을 보곤 소리 죽여 이를 갈았다.

"⋯⋯어차피 쳐들어온 건데 아예 저택 앞까지 이거 타고 달리는 건 어때?"

"그것 참 좋은 생각……."

본의 말을 끊듯이, 차 범퍼가 들썩이며 작게 바람 빠지는 소리가 들렸다. 벌어진 본넷 틈으로 흰 연기가 피어올랐다. 카피레가 "뭐, 뭐야 이거!" 하고 외치자마자, 차 앞바퀴가 바닥에 주저앉으며 미끄럼틀처럼 기울었다.

푸시식, 하는 연기 소리가 바람에 섞여 흩어졌다. 본이 킁킁 코를 벌름거렸다.

"……이런. 힘들겠는데요?"

"망할! 어쩐지 운전을 개떡같이 하더라니!"

카피레가 홧김에 바람 빠진 바퀴를 발로 찼다. 요란한 소리와 함께 깜박이던 전조등까지 아예 나가 버렸다.

본이 비상용 마법등에 불을 켜곤 카피레 앞에 쪼그리고 앉았다. 카피레는 캄캄하게 펼쳐진 길과 본의 등을 번갈아 보다가 "빌어먹을!" 외쳤다.

본은 바람을 업은 듯 빨랐다. 겨우 도착한 저택 어귀에서, 본이 카피레를 내려 주었다. 깨진 유리창, 돌 사이로 침범한 담쟁이 넝쿨, 빠르게 훑어봐도 불빛이라곤 보이지 않았다. 심지어 본과 카피레가 다녀간 흔적도 그대로였다.

잘못 짚은 걸까? 유리에게 내가 모르는, 다른 은신처가 있었나? 카피레가 입술을 깨물었다. 본이 이마에 땀을 훔치며 중얼거렸다.

"분명 소리가 들린 곳이 서관 근처라고 했던 것 같은데……."

"서관이면 이쪽 맞잖아."

지하 실험실이 있는 건물이었다. 카피레가 마법등을 뺏어 문 안쪽을 비추었다. 벌레 기는 소리까지 들릴 만큼 사방이 고요했다. 스산한 분위기, 바람에 밀린 경첩이 끼이익 쇳소리를 냈다.

어찌할 것인가. 카피레가 미간을 찡그린 찰나였다. 본이 문을 간단히 떼어 바닥에 버렸다.

"일단 갑시다. 저택에 불빛이라곤 안 보이니, 지하실에 있을지 도 몰라요."

* * *

젬은 눈앞이 까매졌다. 새하얀 백지가 자신을 비웃는 듯했다. 덮었다 다시 펴길 반복해도 변함이 없었다. 이게 무슨 운명의 장 난이란 말인가.

책이 소리 나게 덮었다. 아이가 한 짓이었다.

아, 아까 내가 한 말 잊어버려요.

"아이?"

뭐에 쓰였던 게 틀림없어요. 내가 누누이 말했죠? 이 약들은 만들 생각도 말라고. 엉뚱한 생각일랑 말아요.

아이가 속사포처럼 빠르게 중얼거렸다. 아이가 원한 건 닥터 유리를 죽일 방법이었지, 자살행 티켓이 아니었다. 무엇을 앗아 갈지 모르는 전설급 레시피였다.

아이가 닳아빠진 가죽 표지를 철천지원수 보듯 노려보았다. 반쪽이 아무리 소중하다 해도 이건 아니었다. 하나 남은 젬 마저 잃을 수는 없었다.

젬은 대답하지 않았다. 그녀가 아이에게서 부드럽게 금서를 당겼다.

"젬!"

젬이 새하얀 백지를 넘기다, 시간을 돌리는 레시피에서 멈추었다. 아이는 처음으로 젬이 무슨 생각을 하는지 읽을 수 없었다. 젬이 조용히 시선을 들어 유리를 보았다.

유리는 그저 고요한 눈으로 젬을 마주 보았다. 기대도, 원망도 없이 잔잔한 표정이었다. 젬이 한숨처럼 물었다.

"……살아 있는 한, 실험을 계속할 거라고 했나요?"

"물론입니다, 미스 젬. 나는 포기하지 않을 겁니다. 알다시피, 내게 남은 건 그것뿐이니까요. 끝없는 시간과, 보잘것없는 희망."

"이런 생각은 안 해 봤나요? 시간을 돌리는 약 대신, 함께 견딜 사람을 구한다거나……."

분명 영혼과 육체를 잇는 기술이 있다고 했겠다, 불로불사의 마법이 없더라도 닥터 유리라면 길고 긴 시간을 버티게 할 수 있지 않을까? 유리처럼 불로불사를 원하는 인물이 세상 어딘가 또 있지 않을까?

유리는 고개를 저었다.

"저도 그런 생각을 안 해 본 건 아닙니다만, 대부분 실험조차 견디지 못하더군요. 쓸데없는 시체가 하나 늘어날 뿐이었죠. 난 영원히 혼자일 겁니다."

그 표정이 외롭거나 괴롭다기보다 그저 공허했다. 떼어 낼 수 없는 무언가를 억지로 쥐고 선 모습이었다. 그의 눈빛이 황폐한 사막을 연상시켰다. 젬이 입술을 뗐다.

"……내가 리스페와 대화할 수 있나요?"

"이런, 이런. 미스 젬."

유리의 목소리에 희미하게 웃음기가 섞였다.

"……리스페란 자아는 이미 없는 것과 마찬가지예요."

젬이 흰 눈으로 유리를 노려보았다.

"게린 헤이트. 진실만 말하세요."

"……영혼 융합은 분명 성공했어요. 리스페는 제 어느 부분을 구성하고 있는 게 틀림없습니다. 하지만 그를 의식적으로 불러 낼 수 있느냐 묻는다면 글쎄요. 제 대답은 '모르겠군요'입니다."

"……리스페."

소년 유리가 보란 듯이 고개를 저었다. 젬은 입술을 깨물었다. 아까 스치듯 본 끄덕임은 착각이었던 걸까. 젬은 저도 모르게 페이지 귀퉁이를 세게 구겼다.

시간을 돌리는 마법.

마틴의 심드렁한 표정이 머릿속을 스쳤다. 그와 반복되는 청춘을 살던 로이의 모습 역시. 젬은 순간, 시간이 정지한 듯 숨을 멈췄다. 아이가 젬의 옷자락을 잡아당겼다.

젬, 젬…… 바보 같은 생각 말아요. 내가 다 잘못 했으니까……

"게린 헤이트. 눈을 감아요."

"분부대로."

소년 유리가 순순히 눈을 감았다. 살짝 비뚤게 붙은 왼쪽 귀엔 이제 붉은 기도 남지 않았다. 젬이 심호흡하며 금서를 테이블에 내려놓았다. 그녀가 느린 걸음으로 벽에 다가섰다. 갖은 약재와 병이 늘어선 선반에 손바닥만 한 재료 칼이 걸려 있었다.

젬이 떨리는 손으로 재료 칼을 쥐었다.

안개 낀 새벽, 후련한 얼굴로 배웅하던 마틴과 로이의 모습이, 몸조심하라 신신당부하던 카피레와 본의 얼굴이, 예쁘다고 속삭이던 카피레의 수줍은 목소리가 차례로 머릿속을 채웠다.

젬 마키나!

*　　　*　　　*

급한 걸음으로 마지막 계단을 내려선 카피레였으나, 눈앞의 광경에 어깨에 힘이 절로 빠졌다.

"이게 뭐야……."

"핏자국 같은데요."

실험실 입구는 본이 부순 그대로였다. 바닥에 쌓인 철골과 돌가루 너머로 뻥 뚫린 해골 입처럼 시꺼먼 어둠이 보였다. 그 안에서 비릿한 냄새가 흘러나오고 있었다.

카피레가 돌무더기를 한번에 넘어 문 안을 비추었다. 꼭 집어 말하기 힘든 위화감이 전신을 달렸다. 뒤따라 들어간 본이 벽을 더듬어 불을 켰다.

창백한 조명이 실험실을 밝혔다. 카피레는 그제야 위화감의 정체를 알았다. 그의 기억 속 실험실은 늘 푸른빛이었다. 푸르스름한 빛으로 조명을 대신하던 실험관 탓이었다. 크고 단단하게만 보이던 그 모습이 흔적도 없었다. 유리관이 반쯤 부서져 있었다.

용액은 기화했는지 흔적조차 없었고, 실험관 아래 페인트 통을 쏟은 듯 피가 웅덩이져 있었다. 벽이며 파이프 관 아래까지 핏자국이 선명했다. 갑자기 올라오는 쇠 비린내에 카피레는 울컥 구역질이 솟았다.

그가 쓴물을 삼키며 주변을 살폈다. 인기척이라곤 없었다. 카피레가 입술을 세게 물었다. 핏자국이 망막에 박혀 머리를 어지럽게 했다.

"젬의 피가 아닙니다."

본이 카피레 어깨를 툭 쳤다. 카피레가 몸을 움찔 떨었다.

"어떻게 확신해?"

"놈이 사람 죽이고 우리한테 시체 숨기는 것 봤습니까? 이 정도 출혈이면 치사량에 가까워요. 아마 유리의 것이겠죠."

카피레가 반쯤 넋을 놓은 채 검은 실험대 아래와 반파된 실험관 구석을 살피다 중얼거렸다.

"여기가 아니면 대체 어디지? 놈이 몸을 숨길만 한 곳이……."

"마과부는 가장 먼저 뒤졌고……."

"제기랄!"

카피레가 뒷머리를 마구 헝클었다.

"이럴 때를 대비해서 미리 조처했어야 했어. 위치 추적기라든 가, 하다못해 그럴싸한 마법약이라도!"

공용폰에 내장된 위치 추적기로 충분하다 여겼건만, 젬의 휴대폰을 근위대가 압수해 갈 줄 누가 알았겠는가. 카피레가 얼굴을 벅벅 문지르다 짓씹듯 중얼거렸다.

"다른 곳을 찾아보자. 너도 정보부에 다시 연락 넣어 봐. 새로 알아낸 건 없는지……."

카피레가 말하다 말고 벽을 짚었다. 주먹에 파르스름한 핏줄이 도드라졌다. 급격한 스트레스에 호흡이 어려운 듯했다. 그가 허억, 허억 숨을 몰아쉬며 한 손으로 주머니를 뒤졌다. 본이 얼른 다가가 그를 부축했다.

"제길, 병뚜껑이나 따 봐."

"뭡니까."

"약장수 특효약이지 뭐긴 뭐야."

카피레가 한입에 약을 비우곤 소매로 입술을 닦았다. 본이 빈 약병을 받아 쥐곤 잠시 침묵했다. 기력을 되찾은 카피레가 다리를 털고 일어섰다.

"뭐해?"

"이럴 때 할 말이 아닌 건 압니다만……."

본이 빈 약병을 가죽 주머니에 정리하며 나지막이 뱉었다. 지친 친구의 뒷모습에 젬의 쓸쓸한 미소가 겹쳤다. 지금이 아니면 말할 기회가 없을 것 같은 예감이 일었다.

"이번 일이 끝나면, 젬에게 더는 이상한 마법약을 부탁하지 않는 게 좋겠습니다."

"……갑자기 무슨 개소리야? 걔가 금화 주머닐 얼마나 좋아하는데."

"금화야 다른 핑계로 주셔도 되잖습니까."

"차라리 멍멍 짖어라, 새끼야. 바빠 죽겠는데 헛소리하고 있어."

카피레가 귀를 후비곤 성큼성큼 앞장서 계단을 올랐다. 캄캄한 벽에 괴물처럼 커다란 그림자가 춤을 추었다.

"저번에 젬 땜빵, 왜 그러냐고 물어보신 거 기억하십니까?"

"……내가 물었던 거 젬한테 꼰지른 건 아니겠지."

경직된 등을 보며 본이 눈썹을 세웠다.

"절 뭐로 보는 겁니까? 문제는 그게 아녜요. 탈모도 그렇고, 아이 반응이 수상한 것도 그렇고, 젬이 그 낡은 책으로 만드는 약이 원인일지도 모른단 말입니다. 닥터 유리의 노트랑 똑 닮은 그 수상한 책 말예요."

"걘 평생 마법약을 만들어 왔다고 했어. 말이 돼?"

"카피레. 젬이 지금껏 당신에게 만들어 준 게 보통 마법약이 아닌 건 당신도 알잖습니까."

카피레가 마지막 계단을 앞에 두고 발을 멈추었다. 그림자 진 등 너머로 어두운 1층 창문이 보였다.

열린 문틈으로 나뭇가지 흔들리는 소리와 섬뜩한 바람 소리, 시린 새 울음이 들려왔다. 먼지 낀 콧속에 시원한 공기가 들어와 정신이 한결 맑아졌다.

카피레의 뇌리에 스치듯 지나간 풍경이 있었다. 칼바람 소리 요란하던 트리비아의 밤, 새집 머리 마틴과 둘이서 금서니 마법이니 뭐니 속닥이던 젬의 목소리였다.

카피레가 고개를 반쯤 돌려 본을 내려다보았다. 그늘진 역광에 비친 눈초리가 얼음칼처럼 서늘했다. 본이 마른침을 삼켰다.

"……그게 무슨 뜻이야?"

"그러니까 제, 제 말은……."

본이 저도 모르게 말을 더듬었다. 안 그래도 한참 예민할 양반을 괜히 건드린 건 아닌가, 하고 잠깐 후회할 때였다.

카피레 뒤에서 불그스름한 황금빛이 섬광처럼 터졌다. 카피레가 불에 댄 듯 뒤돌았고, 본은 손등으로 눈을 가렸다.

강렬한 빛이 시야를 하얗게 물들였다. 곧이어 쿠르릉거리는 돌풍이 파도처럼 밀려와 깨진 창문을 흔들었다.

미친 듯이 춤추는 나뭇잎 소리와 혼비백산한 새 울음이 바람에 섞였다. 문틈으로 몰아친 바람이 머리카락을 뒤집었다. 카피레가 억지로 눈을 부릅떴다.

거짓말처럼 빛이 사라졌다. 멀리 잔상처럼 깜박이는 빛 가루가 보였다. 빛의 진원지는 가까운 숲 속이었다.

카피레는 저도 모르게 외쳤다.

"저기다!"

"카피레!"

카피레가 문을 박차고 숲을 향해 뛰었다.

숲에 그림자처럼 숨어 있던 오두막집이 기억 속에 되살아났다. 벽에 십자 모양으로 박혀 있던 소녀의 시체 역시.

아냐, 그럴 리 없다. 늦지 않을 것이다.

찢어진 풀 냄새와 나무 냄새가 코를 아프게 자극했다. 카피레의 심장이 뼈를 부술 듯 세차게 뛰었다. 머리가 어지러웠다.

어느새 자기 앞을 달리고 있는 본의 등을 죽자 사자 따르며 카피레는 끝없이 되뇌었다.

제발 사지 멀쩡히만 있어 달라고. 아니, 목숨만 붙어 있으면 된다고.

마법약 부작용이든, 탈모든, 희대의 살인 사건 범죄자든 내가 다 알아서 해 줄 테니까.

젬 마키나.

제발.

*　　*　　*

"제가 풀밭에서 먹인 약이, 얼마나 갈까요?"

"글쎄요, 잘 모르겠군요."

"……절 죽이고 싶진 않나요?"

"후후. 그런 일은 절대 없을 겁니다."

"카피레나, 다른 사람은요?"

"사람 일은 모르는 법이니, 함부로 말할 수 없군요."

잠깐 뒤 젬이 물었다.

"……제 말을 믿나요?"

"난 당신이 마음에 들어요, 미스 젬. 그리고 당신은 거짓말을 못 하죠."

소년 유리는 아직 눈을 감은 채였다. 요정의 분노 탓에 풀려 버린 커튼 자락이 밤바람에 잘게 파도쳤다. 바닥에 흩어진 말린 약재가 피냄새와 섞여 쏩쏠한 비린내를 흘렸다. 아이는 달달 떨리는 손으로 젬의 옷자락을 붙들고 있었다.

방 전체에 뿌려진 요정 가루와 깨진 유리 조각이 먼지 낀 조명 아래 은은하게 빛났다.

"……전 당신을 이해할 수 없어요. 당신을 용서하고 말 것도 감히 제 소관이 아니고요."

젬이 한숨처럼 말을 이었다.

"당신을 위해 내 영혼을 바칠 생각도 없어요."

"거절하겠단 뜻이군요."

젬이 재료 칼을 힘주어 쥐었다. 스스로 믿을 수 없을 만큼 차분한 목소리가 나왔다.

"……아무 일도 일어나지 않은 과거로 당신을 보내 달라는 부탁이라면, 그래요. 난 시간을 돌릴 생각은 없어요."

"아쉬워라."

"눈뜨지 말아요."

"이런, 실례."

아이가 저도 모르게 젬의 옷자락을 세게 당겼다. 소년 유리의 말투가 안부 인사를 나누듯 온화하고 천진해서, 젬은 죄 없는 입술을 잘근잘근 씹었다.

자신이 지금 하려는 일이 정말 옳은 일인지, 그른 일인지 판단조차 불가능했다.

젬이 떨리는 손으로 펼쳐진 페이지를 쓸었다. 시간을 되돌리는 약…….

젬이 마음을 굳힌 듯 책 옆에 칼을 내려놓았다. 바로 코트를 열었다. 손이 잘 닿지 않는 곳, 코트 맨 아래쪽에 습관처럼 상비하던 약이 있었다.

젬이 약병을 꺼내 테이블 위에 올려놓았다. 시골 밤하늘을 녹여 담아 놓은 듯한 남색 병이었다. 잘게 부서져 부유하는 금가루가 꼭 별무리처럼 보였다.

젬이 잠시간 말없이 약병을 응시했다.

기억을 잊게 하는 약, 일명 기억상실약이었다.

카피레가 기억을 찾고 싶다 고백했을 때, 만약의 사태에 대비해 만들어 놨던 약이었다. 젬은 기억을 찾은 카피레가 후회할까 봐, 자신을 원망할까 봐 무서웠다. 혹은 기억을 찾는 대신 자신과의 추억을 잊진 않을까 두려웠다. 그때를 대비해 만든 보험이었다.

마틴에게 약을 넘겼을 땐 허탈한 동시에 안심했다. 카피레의 기억을 맘대로 주무를 수 있는 약을 제 손에 쥔 게 한편으론 무서웠던 것이다.

우여곡절 끝에 제 손에 돌아온 약이었지만, 젬은 평생 쓰지 않을 작정이었다.

'추억의 증거로만 삼을 생각이었건만…….'

"미스 젬?"

유리의 목소리가 젬을 재촉했다. 젬이 힘주어 뚜껑을 열었다. 은은한 약 냄새가 공기 중에 퍼졌다.

젬은 일부러 발소리를 내며 유리 앞에 섰다. 소년 유리가 눈꺼풀을 파르르 떨었다. 젬이 '쉬이' 하는 소리를 냈다.

"……이대로 당신을 놓아 줄 순 없어요. 당신 말대로 시간을 돌릴 수도 없고요."

"그것 말고 당신이 해 줄 수 있는 게 또 있던가요?"

젬이 심호흡했다.

"시간을 돌리는 대신, 아무것도 모르던 때로 돌아가는 건 어때요."

"……무슨 뜻이죠?"

"모든 것을 잊을 수 있는 약이 있다면요? 당신이 잊길 원하는 기억이라면 모두 없던 것처럼 지워 줄……."

젬……?

아이가 신음처럼 젬의 이름을 불렀다. 젬은 유리에게서 시선을 떼지 않았다.

그건 분명 닥터 유리가 간절하게 바라던 영혼의 해방은 아니었다. 그에게 주어진 시간은 변함없이 영구하며, 그가 '잃어버렸다'고 고백한 인간성 역시 없던 일처럼 되찾을 순 없을 터였다.

무엇보다 그가 지금껏 해 온 일들. 카피레와 리스페, 마담 D, 선왕과 왕비, 그가 죽이고 몸을 빼앗은 모든 목숨은……

젬이 입술을 깨물었다. 약병을 쥔 젬의 손이 미세하게 떨리고 있었다.

소년이 천천히 눈을 떴다. 유리알처럼 말간 눈동자에, 울 것 같은 표정의 여자가 비추었다.

"……내게 처음으로 돌아가 같은 고통을 반복하란 겁니까?"

"……지금보단 낫지 않겠어요?"

"늙지도, 죽지도 않는 육체에 고민하다 언젠가 또 같은 짓을 저지를 게 뻔한데도요?"

"그럴지, 그렇지 않을지 당신이 어떻게 장담하죠?"

젬이 얼굴을 콱 찡그리곤 되는 대로 뱉었다.

"……당신이 또 악마가 될지, 아님 깨끗이 개과천선해 딴사람이 될지 누가 아냐고요."

하, 하고 헛숨을 터트린 유리가 이내 어깨를 떨었다.

"……귀여워라."

"농담 아네요!"

"알아요."

소년 유리가 웃음기 띤 얼굴로 젬을 바라보았다.

"압니다. 미스 젬."

젬이 유리를 노려본 채로 재료 칼을 다시 들었다.

"……약에 피를 넣으면 효과가 좋아진다고 했던 말, 기억하고 계시겠죠."

젬이 망설임 없이 손바닥을 그었다. 가늘고 붉은 실선을 타고 핏방울이 송골송골 맺혔다. 유리의 눈웃음이 경련했다.

붉은 핏방울이 남색 약에 뚝뚝 떨어졌다. 먼지처럼 미세한 금가루에 반짝임이 더해졌다. 아이가 조용히 그녀의 어깨에 앉았다.

젬은 유리와 눈이 마주치자마자, 말없이도 그의 대답을 짐작했다. 영원과 같은 찰나였다. 짧고도 깊은 침묵이 둘 사이를 스쳤다.

"예상했던 것 이상으로, 나는 지쳐 있었는지도 모르겠군요."

"……게린 헤이트."

"……기억 잃은 나를 깊은 지하에 가둬 개, 돼지처럼 키워도 좋습니다. 스스로를 축생이라 생각하면, 복잡한 생각은 덜할 테니까. 영겁의 시간도, 덜 고통스러울지 모르죠."

젬이 병을 힘주어 쥐었다.

"닥터 유리……."

"부탁해요, 미스 젬. 나를……."

중얼대던 유리가 말을 뚝 멈추었다. 창을 흔드는 바람 소리에 이명이 섞였다. 젬은 덩달아 긴장해 검은 창을 보았다. 밖에서 뭔가가 반짝거린 것도 같았다. "……뭔 소리 못 들었어요?" 하고 아이가 혼잣말처럼 중얼거릴 때였다.

그동안 인형처럼 서 있던 게 거짓말처럼, 유리가 젬에게 성큼 다가섰다. 소년의 앙상한 다섯 손가락이 갈퀴처럼 젬을 덮쳤다.

잔뜩 긴장하고 있던 아이가 쏜살같이 몸을 날린 것과 동시였다.

아이가 젬 앞을 가로막기 직전, 유리가 남색 약병을 낚아챘다.

젬이 눈을 크게 떴다. 유리의 앙상하고 차가운 손과 제 손이 스치는 감각, 가까이 선 그에게서 풍기는 녹슨 쇠를 닮은 피비린 내, 눈앞을 가리는 투명한 요정 날개, 날개가 뿌리는 빛 가루까지 젬은 모든 것을 생생히 느낄 수 있었다.

시간을 느리게 재생한 것처럼, 젬은 소년 유리가 병을 입에 대는 것을 보았다.

가녀린 목이 뒤로 젖히며 목울대가 오르내렸다. 아이가 유리를 공격하려는 듯 온몸을 긴장시키며 빛을 발했다. 젬이 저도 모르게 손을 뻗으려는 순간이었다.

"젬!"

뒤에서 "쾅!" 하는 소리와 함께 찬 바람이 들이쳤다.

엉킨 시간이 갑자기 원래대로 돌아온 듯 감각이 멍했다. 젬이 홀린 듯 뒤돌았다. 꿈에 그리던 목소리가 거기 있었다.

어깨숨을 헐떡이며 문에 몸을 기댄 카피레가 보였다. 찬바람 탓인지 양 볼이 빨갛고, 흐트러진 머리칼엔 찢어진 나뭇잎이 붙어 있었다. 잠시 비틀대던 그가 몸을 바로 세웠다. 곧이어 밤공기와 함께 젬에게 달려왔다.

젬은 머릿속이 하얗게 비었다. 단 몇 걸음을 사이에 두고, 젬이 몸을 날려 카피레 목을 감쌌다.

카피레 몸에 붙은 바람 냄새, 숲 비린내가 코에 확 끼쳤다. 시린 한기가 몸을 식혔다. 매달리듯 달려든 젬을, 카피레가 단단히 지탱했다. 젬이 두 손에 잔뜩 힘을 주었다.

젬의 뒤에서 무언가 쓰러지는 소리가 들렸다. 젬이 화들짝 놀라 눈물 젖은 얼굴로 뒤를 돌아보았다.

깡마른 소년이 나무 바닥에 널브러져 있었다. 텅 빈 약병이 데구르르 굴러 테이블 기둥에 부딪혔다. 밤하늘을 닮은 남색 약물은 흔적조차 남지 않았다.

카피레가 젬의 어깨를 세게 안았다.

"이 새끼구만……?"

그르릉 끓는 목소리에 젬이 겨우 정신을 차렸다. 소년 앞에 선 아이가 조용히 젬을 돌아보았다.

닥터 유리와 게린 헤이트, 그리고 리스페의 이름이 머릿속을 뱅뱅 맴돌았다.

아이는 말 대신 눈으로 묻고 있었다. 젬 마키나, 너는 어떻게 할 거냐고.

"이 새끼가 유리지? 놈이 널 납치한 거 맞지? 마, 맞다. 젬, 너 그보다 어디 다친 덴 없고?"

"……카피레."

젬이 저도 모르게 카피레의 어깨를 짚었다. 불안한 카피레의 눈동자가 젬의 눈시울을 달구었다. "저어" 하고 멋쩍은 소리가 둘을 불렀다. 젬이 화들짝 놀라 뒤돌았다.

어느새 소년의 등에 올라탄 본이 민망한 낯으로 웃었다. 품에서 새끼줄을 꺼내 손에 감고 있었다. 금방이라도 상대를 포박할 자세였다. 그가 부러 줄을 팽팽히 당기며 젬을 보았다.

"어떡할깝쇼."

"잠깐! 잠시만요, 본."

젬이 소년의 옆에 앉아 몸을 뒤집었다. 본이 떨떠름하게 물러나 새끼줄을 손에 감았다. 카피레가 중얼거렸다.

"젬, 지금 뭐하는 거야?"

"쉿."

젬이 입술에 검지를 댔다. 소년을 바로 눕힌 순간, 굳게 닫혔던 속눈썹이 파르르 떨렸다. 나비가 처음으로 날갯짓하듯 가녀린 눈꺼풀이 서서히 몸을 열었다. 젬은 숨도 쉬지 못하고 집중했다.

숨겨 있던 눈동자가 드러났다.

닥터 유리와 전혀 다른 색, 전혀 다른 빛깔이었다. 부드러운 밤색 눈동자에 불안한 젬의 얼굴이 비추었다.

젬이 뭐라 입을 열려 할 때였다. 도자기 인형처럼 굳었던 소년의 표정이 설탕이 녹듯 부드럽게 무너졌다.

소년이 헤, 하고 웃었다. 바보처럼. 천하제일 모지리처럼.

밤색 눈동자가 희끄무레한 전등 빛을 반사했다. 젬은 일순, 소년의 눈동자에 요정 가루 같은 빛이 반짝이는 것을 보고 깜짝 놀랐다. 착각이었다. 젬 뒤에 있던 아이의 날개가 비친 거였다.

물기가 잔뜩 고인, 잘 닦은 유리 구슬처럼 말간 창에, 젬과 아이가 있었다.

젬은 아무 말도 할 수 없었다. 이상하리만치 가슴이 꽉 막혀 숨쉬기도 어려웠다.

소년이 갓난쟁이 아가처럼 손을 뻗었다. 아이가 몸을 움찔 떠는 것을, 젬은 고스란히 느낄 수 있었다.

뒤에서 칼 뽑는 소리가 났다. 본이었다. 소년은 아랑곳 않고 아이에게 닿으려는 듯 손을 허공에 저었다. 으바바, 하고 옹알이 같은 소리가 뒤이었다.

무거운 발소리가 젬 옆에 섰다. 눈썹을 세로로 세운 카피레였다.

"……이건 또 무슨 개수작이람. 젬, 이거 뭐야? 유리 새끼 맞지?"

아이가 불안한 눈으로 젬과 소년을 번갈아 보았다. 젬은 소년의 손짓에서 눈을 뗄 수 없었다. 피딱지 낀 앙상한 다섯 손가락에 핑크색 요정 가루가 묻어 있었다.

아이의 눈동자가 비 맞은 호수처럼 일렁였다. 칼을 든 본이 카피레 옆에 섰다. 젬이 저도 모르게 고개를 저었다.

"······유, 유리는 죽었어요."

"······젬?"

"아이와 리스페가, 어쩌다 보니, 그러니까, 이 아이는······."

바보 같은 소년의 미소를, 아이가 말없이 보았다. 젬이 주먹이 힘을 주었다. 카피레가 "하하, 젬 농담도······" 하며 소년의 멱살을 잡아 일으키려 할 때였다.

젬이 카피레의 소매를 잡아 내렸다. 카피레가 언성을 높였다.

"젬, 대체 지금······!"

"카피레······!"

젬이 결국 아기처럼 얼굴을 일그러뜨렸다.

"카피레, 제발······."

보기 흉할 텐데, 하는 생각은 잠깐이었다. 차갑고 단단한 품이 젬을 꼭 안았다. 땀과 바람 냄새에 섞인 카피레의 체향에 눈물샘이 폭발했다.

젬은 감정이 복받쳤다. 더는 아무 말도 꺼낼 수 없었다. 마음에 돌덩이가 얹힌 듯 괴롭고 무거웠다. 귀를 간질이는 옹알이 소리가 젬을 더욱 미치게 했다.

얼굴과 맞닿은 카피레의 가슴팍이 잠깐 새 눈물로 흥건해졌다. 등을 쓸어 주는 감촉이 따뜻하고 든든했다. 카피레가 신음하듯 무거운 한숨을 삼켰다. 젬은 이를 악물었다. 카피레와 하나가 될 기세로 그를 꼭 안았다.

그러나, 자신은 그와 같은 전철을 밟을 순 없었다.

아무것도 모르는 유리를, 리스페의 조각이 섞인 유리를 개, 돼지처럼 가둔다고 그게 영원할 수 있을까? 젬이 죽으면? 아이가 사라지면? 감시가 영원할 수 있을까? 만약 그렇게 되면 개, 돼지로 자란 소년이 어떤 선택을 할 것인가.

리스페의 조각이었다. 게린 헤이트처럼, 유리 헤이트 잉겔처럼 살게 둘 수는 없었다. 전과 같은 전철을 밟을 순 없었다. 리스페의 조각은 단 하나의 희망이었다.

젬이 온몸에 힘을 주었다. 머리에 열이 절절 끓었다. 형체 없는 무게에 온몸이 짓눌릴 것 같았다.

그의 죄는 시간이 심판해 줄 것이다. 어떤 잘못도 후회하지 않는다는 닥터 유리에게, 젬은 공들여 인간성을 가르쳐 줄 생각이었다.

먼 훗날, 그가 기억을 찾는다면 죄책감에 몸부림칠 수 있도록, 기억을 찾는다 해도 함부로 사람을 해칠 수 없도록.

리스페의 조각이 온전한 인간성이 되도록. 그것이 그를 지탱하는 기둥이 될 수 있도록.

죄지은 자가 잘못을 뉘우칠 수 있도록. 제정신으로 영겁의 시간을 괴로워할 수 있도록.

이 선택이 옳은지, 그른지 젬은 알 수 없었다. 아마 죽는 순간까지 답을 모르리라 짐작했다.

아이가 소년의 손길을 피해 젬의 목깃에 숨었다. 카피레의 품은 따뜻했고, 밤바람이 등을 시렵게 했다. 본이 탐탁잖은 얼굴로 칼을 칼집에 꽂았다.

삐걱이는 나무 문 사이로 검고 너른 숲이 펼쳐졌다. 높이 뜬 달이 그 위를 비추고 있었다. 유난히 밝고 온화한 빛이었다.

젬은 월광에 비친 이 풍경을 영원히 잊지 못하리라 생각했다.

34.
운명의 실

희대의 왕성 내 살인 사건에 이어, 궁내 탈옥 사건까지 벌어진 셈이었다. 귀신같이 냄새를 맡은 기자들이 벌떼처럼 몰려들어 왕성의 보안 상태를 공격했다.

보르누는 새벽같이 중대 발표를 터트렸다. 그간 조사해 온 닥터 유리의 부정에 관한 자료였다.

피해자 명단에서 카피레의 이름을 뺀 것은 보르누 독단이었다.

연속으로 이어진 중대 사건에 유라레 사람들은 정신이 혼미할 지경이었다. 게다가 주인공이 유라레의 전설이라 일컫던 닥터 유리라니!

찌라시로만 여겼던 뜬소문이 하나둘 사실로 밝혀지며 유라레 전체가 발칵 뒤집혔다. 파도 파도 쏟아지는 닥터 유리의 부정에 하늘을 뚫던 그의 명예는 하루아침에 지하로 곤두박질쳤다.

사건 수사 본부가 내놓은 왕비의 박제된 손가락과 지하 실험실에 숨겼던 기계 장치들은 빼도 박도 못할 증거물이었다. 증거 확보에 결정적인 역할을 한 정보부 직원 3인이 사지가 꽁꽁 묶인 채 저택 구석에서 발견되면서 수사는 드라마틱하게 진행되었다.

이미 죽은 닥터 유리는 말이 없었고, 그와 관련된 사람들은 쉬쉬 몸 사리기 급급했다.

마과부는 하루아침에 초상집으로 변했고, 왕성 내 살인과 탈옥을 감행한 희대의 범죄자는 대중의 기억에서 흐지부지 흐려졌다.

수사 본부는 왕성 내 시녀 중 범인과 같은 인상 착의는 없다고 보고했다. 결국, 범인은 시녀로 분장해 들어온 외부 암살자로 결론 내렸다.

빨갛고 결 나쁜 머리카락에 구겨진 베이지색 코트 차림 여자를 제대로 기억하는 목격자는 없었다. 목격자의 증언 속 범인은 하나같이 사납고 괴물 같은 인상으로만 묘사되었다.

살인 사건 직후 왕성 내에서 체포, 탈옥까지 마친 인물이라 남은 기록도 거의 없었다.

정보부 부장, 레임 경은 엉터리 몽타주를 내놓는 것으로 범죄자 추적을 설렁설렁 끝내 버렸고, 그렇게 빨간 머리 살인마는 왕실 미스테리 역사에 한 획을 추가했다.

합동 수사본부에서 큰 역할을 담당한 랑퀴니에는 차기 마과부 부장 후보로 이름을 올렸다. 그는 그날 즉시 젬에게 달려가 프러포즈했고, 바로 차였다.

정확히 말하자면 젬은 제대로 못 알아들었고, 들개처럼 냄새 맡고 찾아온 카피레가 킨의 엉덩이를 걷어차 쫓아냈다.

난리 중 기적적으로 왕자궁에 생환한 카피레는 나름 평화로운 생활을 유지하고 있었다. 그의 곁엔 전 중매 선생이자 현 왕실 마법약학자 젬 마키나가 있었다.

닥터 유리와 사이가 돈독했다 알려진 카피레인 만큼, 사람들의 관심도 들끓었다.

이에 카피레는 왕의 허락 아래, 정양을 핑계로 아예 궁에 틀어박혀 버렸다. 아마 마담 D의 찌라시도 한몫했을 거라고 카피레는 이죽였다.

마담 D도 딴엔 미안했는지 자꾸 뭘 보내왔다. 그 내용물 대개가 커플 잠옷, 커플 티 세트, 커플 슬리퍼 따위였는데 카피레는 제법 마음에 들었는지 젬에게 커플 아이템을 못 입혀 안달이었다.

아무리 방 안에서만 입는다 해도, 왕자궁은 둘만의 공간이 아니었다. 젬으로서는 미치고 팔딱 뛸 노릇이었다.

아이는 '진짜 못 봐 주겠네!' 하며 젬과 같이 있지 않는 시간이 늘었다. 꼭 그 이유 때문만은 아니었으나 젬에겐 아쉬운 일이었다. 카피레만 좋다고 커플 아이템과 닭살 행각에 열을 올렸다.

참고로 마담 D는 기쁘고 홀가분한 마음으로 찌라시 제작을 그만뒀다 고백했다.

얼마 뒤, 그녀는 안나 부인의 도움으로 화려하게 사교계에 귀환하게 되는데, 이건 그 뒤의 이야기.

소란이 가라앉을 무렵, 죽은 닥터 유리의 처분이 결정되었다. 그의 시체는 묘지에 묻히지 못하고 산에 버려질 것이며, 재산은 전부 국고에 환원될 예정이었다.

유리 헤이트 잉겔의 양자 본 잉겔 경은 유리가 살아 있을 당시 파양 절차를 밟았으므로 이번 일과 관계없다며 보르누가 직접 비호에 나섰다.

막상 본은 별생각이 없었다. 손가락 하나로 해골도 부술 그에게 대놓고 시비 걸 사람은 많지 않았고, 카피레를 따라 두문불출하느라 사람 만날 일도 별로 없었다.

모든 소란이 잠잠해질 즈음, 카피레 왕자가 폭탄을 터트렸다. 난데없는 약혼 발표였다. 몇몇 사람은 '아, 그러고 보니 작년 이맘때쯤 중매 선생이 왕자궁에 들었더랬지……' 하고 기억을 되살렸고, 몇몇은 '왕이 아직 미혼인데 말도 안 된다!'며 목에 핏대를 세웠다.

왕만 바라보다 혼기 놓치기 일보 직전까지 몰린 몇몇 영애는 손수건을 물어뜯었다.

대체 유라레 왕실의 살아 있는 보물, 카피레 바리우스의 운명의 상대가 누구냐!

＊　　　＊　　　＊

카피레는 날을 잡고 물어보았다. 네 두피 상태와 요정의 반응이 심상찮다. 금서와 네 몸이 관계가 있느냐 없느냐.

젬은 거짓말에 소질이 없었고, 카피레는 젬의 감정을 훤히 읽는 사람이었다. 젬은 어쩔 수 없이 금서에 관한 일을 더듬더듬 고백해야 했다.

카피레는 실로 오랜만에 야생 고릴라가 되어 날뛰었다. 벌거 벗고 가슴을 두드리지 않았다뿐이지, 기세만 보면 맨손으로 나무도 뽑을 법했다.

"지금까지! 왜! 아무 말 안 한 거냐고!"

"괘, 괜찮다니까요, 카피레?"

"그걸! 지금! 말이라고 해!"

평소 물 마시듯 젬의 마법약을 펑펑 들이켜 왔던 카피레는, 자기가 젬의 목숨을 먹고 있었는지도 모른다 생각하자 온몸에 소름이 돋았다.

그는 '앞으론 절대 안 된다. 금서는 압수다. 아니, 아예 마법약을 만들지 마라!' 하며 언성을 높였다.

젬은 기가 막히고 코가 막혀 '절대 그럴 순 없다!'며 큰소리를 빵빵 쳤다.

아이는 멀리서 둘을 구경하며 코를 팠다. 젬이 온몸을 파르르 떨며 분노했다.

"사람 밥줄을 끊어도 유분수지! 약장수한테 약을 만들지 말라니요!"

"안 돼! 넌 오래오래 살아야 한단 말이야!"

"아, 오래 살면 되잖아요!"

"아무튼 만들지 마!"

"싫어!"

"나도 싫어! 이게 뭐야! 뭐냐 말이야! 큰맘 먹고 반지까지 준비한 날에!"

"바, 반지라고요?"

얼결에 흘려 버린 선물 선언에 공기가 삽시간에 핑크빛으로 물들었다.

아이가 코 파다 말고 썩은 표정으로 혀를 찼다.

카피레가 낯을 붉히며 우물쭈물 젬의 시선을 피했다.

"……대머리가 되는 건 상관없어. 근데 나보다 먼저 죽는 건 절대 용서 못 해. 그러니까 제발 그거 쓰지 마, 젬……."

"카피레……."

카피레가 주머니에서 자그마한 상자를 꺼냈다. 도자기처럼 희고 고운 손이 풍 맞은 것처럼 달달달 떨리고 있었다. 잘 정돈된 분홍색 손톱이 처음 본 날처럼 아름다워서 젬은 저도 모르게 입을 가렸다.

카피레가 상자를 열었다. 자그마한 다이아몬드가 박힌 백금 반지였다.

"너 손 쓰는 일도 많고, 장신구도 별로 안 좋아하니까…… 목걸이 줄도 같이 챙겼어. 그러니까……."

"이 깜찍한 귀염둥이 같으니!"

"뭐, 뭐?"

"카피레!"

젬이 마음의 소리를 숨기지 못하고 연인의 품에 돌진했다. 폴짝 뛰어 카피레 목을 안고 볼에 쪽쪽 뽀뽀를 날렸다. 가까스로 중심 잡은 카피레 얼굴이 홍당무로 변했다.

"너, 너……."

젬이 상자 속에 든 반지 중 큰 쪽을 카피레 약지에 끼워 주었다. 그리고 손을 내밀었다. 카피레가 달달달 떨리는 손으로 젬 손에 반지를 끼워 주었다.

카피레가 어버버 입을 달싹이며 목까지 시뻘겋게 굳혔다. 마음을 읽을 수 없어도 부끄럽고 좋아 죽겠다는 심정이 절절히 전해졌다. 젬이 씩 웃었다.

"대답은 예스예요!"

"뭐?"

"방금 프러포즈하려고 한 거 아네요?"

"야! 무드 없게! 아, 진짜!"

"아, 기다려요? 취소, 취소?"

카피레가 "취소해!" 하곤 입술을 꾹 깨물었다.

젬이 실룩실룩 올라가는 입꼬리를 억지로 내리며 카피레를 올려다보았다. 카피레가 젬의 왼손을 쥔 채 입을 붕어처럼 뻐끔 거렸다.

"제, 젬 마키나. 나, 나나 카피레 바리우스는……."

아이는 견디다 못해 방 밖으로 날아갔다. 내가 무슨 영화를 얻자고 거기 앉아 있었나, 분이 끓고 한숨이 터졌다.

"아, 예쁘다!"

멍한 목소리가 들렸다. 아이가 뒤돌았다. 희미한 미소를 띤 소년, 리스가 잰걸음으로 복도를 뛰어왔다. 아이가 심드렁한 목 소리로 말했다.

내가 그렇게 부르지 말라고 했지?

"아, 맞다! 요정님! 헤헤."

리스가 멋쩍은 듯 뒷머리를 긁으며 웃었다. 리스는 젬을 제외 하곤 유일하게 아이와 의사소통이 가능한 인간이었다. 아마 영 혼에 섞였다는 리스페의 조각 탓이 아닐까, 하고 젬과 아이는 추 측하고 있었다.

"누님은요? 왕자님 방?"

그게…….

아이가 슬쩍 시선을 피했다. 열 살 남짓해 보이는 소년 리스는 현재 젬 마키나의 동생 자격으로 왕자궁에 체류 중이었다.

젬은 기억을 모두 잃어버린 유리를 가까이서 돌보기로 했다.

그것은 완전한 용서도, 완전한 복수도 아니었다. 본과 카피레는 의심의 눈길을 거두지 않았으나, 리스가 간간이 내보이는 리스페의 흔적에 대놓고 추궁하지 못했다.

젬은 말과 글조차 잊어버린 리스를 하나부터 열까지 돌봤다. 씻는 법, 용변 보는 법, 하늘, 바람, 구름이 뭔지, 꽃은 어떻게 감상하는지 등등. 갓난 새끼 돌보듯 조심스러웠다.

평생 백치로 살면 어쩌나 고민한 것은 잠시였다. 리스는 마른 스펀지처럼 지식을 흡수했다.

알에서 깬 새가 처음 본 사람을 어미로 따르듯이, 리스는 젬을 누님으로 부르며 졸졸 따랐다.

겉보기엔 사이좋은 오누이었다. 그러나 젬은 리스의 애정 표현을 있는 그대로 받아들일 수 없었고, 그건 아이도 마찬가지였다. 리스에게서 가끔 스치는 유리의 흔적 탓이었다.

리스에게 대놓고 티 낸 적은 한 번도 없지만…….

아이가 잠시 고민하다 장난스레 씩 웃었다.

개인실에 왕자랑 같이 있어. 둘이 아주 재밌는 놀이를 하던 모양인데…….

"누님이요? 지금?"

입을 비죽인 리스가 그대로 복도를 쌩 가로질렀다. 아이가 키득키득 웃으며 그 뒤를 따랐다.

잠시 뒤, 야생 원숭이가 바닥을 뻥뻥 차는 소리가 왕자궁을 쾅쾅 울렸다.

아이가 조용히 안쪽을 훔쳐보았다. 아이의 시선이 왕자의 약지에 꽂혔다. 단순한 생김새의 백금 링. 거기에 길고 선명한 실이 묶여 있었다.

인연의 실. 집중하지 않아도 눈에 보일 만큼 색이 또렷했다. 그것은 더 이상 왕자 자신에게 매여 있지 않았다. 짙고 두꺼운 인연의 임자가 분명 있었다.

요정으로서의 능력이 제자리를 찾은 건, 닥터 유리가 리스가 된 바로 그 날 이후였다. 그날의 사건과 어떤 연관성이 있는지도 몰랐다.

그러나 아이는 무엇도 확신할 수 없었다. 소년 리스의 몸에 깃든 리스페의 영혼 역시, 아이는 딱 잘라 말할 수 없었다.

아이는 자신이 본 것을 아무에게도 말하지 않았다. 운명을 훔쳐 보는 데는 대가가 따르는 법. 그걸 깨달은 젬이 더는 중매 선생으로 일하지 않을 것을 알기 때문이었다.

삐진 척하는 카피레를 젬이 살살 달래는 게 보였다. 그 얼굴에 환한 미소가 가득했다.

지난 일이 거짓말처럼 맑고 따뜻한 공기가 주변을 감싸고 있었다.

아이는 지난 1년이 아득하게만 느껴졌다. 마치 운명의 여신이 짠 거미줄에 올라타 한차례 춤을 춘 것처럼, 기나긴 꿈을 꾼 것처럼. 그러나……

리스가 문틈에 숨은 아이를 발견하곤 배시시 웃었다. 아이가 어깨를 으쓱했다.

젬과 카피레는 운명은 바뀌는 것이란 걸 몸소 증명했다.

그것 하나만으로도 젬 마키나는 금서의 주인이 될 자격이 충분했다.

하늘이 높은 날이었다.

—3부. 금서의 계약자 끝

에필로그

젬 마키나는 십몇 년 뒤, 개인 실험실에서 "으아아악! 만세에에!" 하는 비명을 지르며 뛰쳐나와 계단을 오르락내리락하게 된다. 세기의 발견 때문이었다.

그것은 바로 현자의 돌.

젬은 황금알을 낳는 암탉 대신 닿는 것마다 황금과 영약으로 바꾸는 정체 불명의 물질을 손에 넣은 것이었다. 유라레 왕국 최고 부자 순위에 지각 변동이 일어난 순간이었다.

그로부터 얼마 뒤, 마법약학은 마법석 물량 부족에 시달리던 마과부와 전격 협력 체계를 갖춰 제2의 전성기를 맞는다.

젬 마키나는 결혼 후에도 불임 커플을 위한 베이비트리, 부작용 없는 수면제, '더 이상 대머리 유전은 없다' 발모제 등등을 개발, 왕실 명예 박사 학위를 받았다.

젬 마키나는 왕자비라기보다 '닥터 젬'으로 더 이름을 알렸으며, 훗날 유라레 학계에 빠져서는 안 될 마법약학자이자 연금술사로 역사에 기록된다.

마지막으로 젬과 카피레가 결혼하던 해, 시커먼 박쥐 코트는 그해 최고의 패션 아이템이 되었다고 한다.

믿거나 말거나.

외전 1.
[막간극] 사실 본은 별생각이 없었다

"웬일로 밖에 나와 계십니까?"

"쉿, 쉬잇!"

레임 경이 검지를 세워 입에 댔다. 본이 냉큼 레임 경 곁에 붙었다. 천장이 높고 너른 본궁 복도였다. 바닥엔 무늬가 화려한 돌이 깔렸고, 키 큰 창으로 맑은 햇살이 물길처럼 쏟아졌다.

알현실과 접한 집무실 앞이었다. 평소라면 일하느라 없는 시각, 레임 경이 복도에 서 있다니 드문 일이었다.

"손님이 와 계시네. 그것도 여자!"

"오오, 그것 참."

본이 고개를 끄덕이자 레임 경이 흐뭇한 미소를 지었다.

"대체 어떤 처잔지 얼굴 구경 좀 하려고 기다리고 있었다네.

폐하껜 적당히 적극적인 여인이 필요해. 워낙에 숫기가 없지 않으신가."

레임 경이 습관처럼 콧수염을 쓰다듬었다. 그랬나? 본은 그냥 입을 다물었다. 안 그래도 보르누의 혼인 압박이 심해지는 요즘이었다. 원로원들 등쌀에 잠도 잘 못 자겠다고 투덜대더니, 웬일로 마음이 바뀌셨는가.

"그런데 자네, 뭐 뿌렸나? 뭐 이리 상큼한 냄새가……."

"아, 젬의 신작입니다. 하도 맛없다, 향이 지독하다 항의가 들어오니 관심이 생겼나 봐요. 이건 수분촉촉 미용수란 건데……."

막 아침 훈련을 마치고 온 터라 머리도 아직 덜 마른 채였다. 코를 킁킁거리던 레임 경이 "츳츳. 칠칠치 못하긴. 머리부터 가서 말리고 오게" 했으나 본은 외려 머리를 툭툭 털며 "5분만 있으면 바짝 마릅니다"고 대꾸했다.

"그건 그렇고, 대체 어느 집 영애가 무슨 용무로 폐하를……."

본이 목소리를 낮춤과 동시에 안쪽에서 문이 열렸다. 급히 뛰쳐나오던 여인이 복도에 부채를 떨어뜨렸다. 본이 반사적으로 한쪽 무릎을 꿇어 부채를 주웠다. 상아로 만든 손잡이에 희디흰 레이스로 짠 부채였다.

"실례합니다" 하며 고개를 든 순간, 본은 깜짝 놀랐다.

차갑게 생긴 미녀가 울음 터지기 직전인 낯으로 그를 내려다보고 있었다. 드레스를 움켜쥔 손가락이 분을 참듯 부들부들 떨리고 있었다.

본이 어색하게 희디흰 레이스 부채에 먼지를 털었다.

"주세요."

여인이 독수리가 먹이 낚아채듯 부채를 앗았다. 본이 엉거주춤 자리에서 일어섰다. 성의 없이 예를 표한 뒤 자리를 떠나려는 여인을, 본이 저도 모르게 붙잡았다.

가늘고 여린 손목이 한 손에 남아돌았다. 여인이 본을 앙칼지게 노려보았다.

"뭐죠?"

"무례를 용서하십시오, 영애. 이것을 잊으신 것 같아⋯⋯."

본이 자연스레 주머니에서 약병 하나를 꺼내며 여인의 귀에 속삭였다.

"나쁜 기억을 몰아내고 마음을 진정시켜 주는 약입니다. 부디 당신의 도움이 된다면⋯⋯."

"놓으세요!"

얼결에 부채와 약을 한 손에 쥐게 된 여인이 어깨를 들썩이며 씩씩댔다. 그 낯이 잘 익은 토마토처럼 익어 있었다. 아까보다 훨씬 생기 넘치는 표정이었다.

"실례했습니다."

본이 정중히 예를 표했다. 여인이 도망치듯 복도를 달렸다. 본이 천천히 상체를 세웠다. 레임 경이 기막힌 목소리로 물었다.

"⋯⋯자네 방금 뭐한 건가?"

"마음안정약 하나 건넸을 뿐입니다. 폐하께서 실수하신 거면 큰일 아닙니까. 딱 봐도 지체 높은 집안 아가씰 텐데요. 귀찮은 일은 피하는 게 상책 아니겠습니까."

"글쎄. 그럴 필요 없었을 것 같은데."

레임 경이 마뜩잖은 낯으로 콧수염 끝을 손가락으로 비볐다. 본이 의아한 낯을 하자 레임 경이 바로 답해 주었다.

"재무대신 따님일세."

"아하."

본은 깨끗이 인정했다.

"제가 괜한 짓을 했군요."

재무대신은 보르누와 오랫동안 정치적으로 대척점에 선 인물이었다. 골수 혈족 주의자에 원로원에서 입김이 센 편이라 친왕파에게 사사건건 시비 걸고 다니기 일쑤였다. 요즘은 특히 더 심했다. 다름이 아니라 닥터 유리, 그리고 본 때문이었다.

집무실 창밖으로 푸른 하늘이 펼쳐졌다. 보르누는 책상을 등진 채 정원을 내려다보고 있었다. 양산을 쓴 작은 인영 하나가 시녀 하나를 대동하고 나무 그림자 아래로 사라졌다.

"부르셨습니까?"

보르누는 깊은 생각에 빠진 듯 답이 없었다. 본이 집무실을 한 바퀴 둘러보았다.

왕비가 좋아하던 꽃과 그림으로 집무실을 장식했던 선왕과 달리, 보르누의 방엔 군더더기가 하나도 없었다. 책상 위에 놓인 가족사진 액자 몇 개가 전부였다.

반질반질한 원목 탁상에 식어 빠진 홍차 두 잔이 마주 놓여 있었다. 입 댄 흔적이 하나도 없었다. 본이 허락 없이 소파에 털썩 앉았다. 레임 경의 눈썹이 하늘로 승천할 듯 바로 섰다.

본은 일어서는 대신 홍차 잔을 들어 요리조리 살폈다. 킁킁거리며 냄새도 맡아 보았다. 몸을 움직인 직후 곧장 달려오느라 안 그래도 목이 타던 차였다.

"과연 재무대신의 딸이야. 눈물 연기를 퍽 잘하더군. 달콤한 말도 살살 뱉고 말이야."

"진심일 수도 있지 않겠습니까?"

"뱀이 토끼를 낳을 리 있겠나. 난 바보가 아니네, 레임 경."

보르누가 콧방귀를 뀌었다.

"본, 내 오늘 자네를 부른 건 다름이 아니라……."

창에서 몸 돌리던 보르누가 눈을 크게 떴다. 마침 왕의 찻잔을 원샷하고 입맛을 쩝쩝 다시던 본이 고개를 갸웃했다.

"다시 내려 드릴까요?"

"이 멍청아! 당장 토하지 못해!"

"왜, 왜 그러십니까? 다 식어서 맛도 없었습니다."

"츳츳, 내 언젠가 네놈이 크게 혼날 줄 알았느니라."

레임 경이 꼬숩단 표정으로 보르누 편에 섰다. 보르누가 다짜고짜 책상을 넘어 본의 어깨를 흔들었다.

"야, 야. 너 괜찮은 거야? 응?"

"괜찮고 자시고 저는 완전 멀쩡……."

본이 말하다 말고 멈칫했다. 코에서 뜨운 것이 주르륵 흘렀다. 그가 급히 코를 훔치며 "에, 에잇! 폐하 때문에 콧물 나왔잖습니까!" 하다가 깜짝 놀랐다. 손등에 립스틱을 바른 것처럼 피가 번져 있었다.

"……어?"

"본!"

시야가 빙글 돌았다. 식도를 타고 불 뱀이 몸부림쳤다. 위와 아랫배까지 화상 같은 고통이 번졌다. 무릎이 절로 꺾였다.

이게 웬 날벼락이람. 가물어지는 시야로 넋 나간 표정의 보르누가 보였다.

"당장 누가! 누가 제수씨 좀 불러와!"

* * *

놀랍게도, 검사 결과 원인은 독약이 아니었다. 다른 의미로 더 놀라운 약물이긴 했다.

사랑의 묘약.

마과부 부장 킨은 닥터 유리의 작품이 틀림없다 자신했고, 젬 역시 마찬가지였다.

아니, 사랑의 묘약에 왜 코피가 나느냐 따졌더니, 본 경의 체질이 독특한 것을 어쩌겠느냐는 한탄만 돌아왔다.

그도 그럴 것이 본은 본래 닥터 유리의 손에 큰 사람이었다.

보르누와 본은 닥터 유리의 이름을 외며 한동안 이를 뽀득뽀득 갈았다.

잼은 만약에 보통 사람이 먹었다면 최소 삼 개월은 불타는 사랑에 빠졌을 만큼 농도가 진했다는 말도 덧붙였다.

"결벽증 환자처럼 유리 척결을 외치던 양반이 이런 꼼수를 부려? 재무대신 이 더러운 놈 같으니…… 당장 잡아넣을까요?"

레임 경이 분을 못 참겠는지 볼 근육을 파르르 경련했다. 보르누는 침묵했다. 잼이 준 중화제로 본은 금세 몸을 회복했으나 보르누 성화로 어쩔 수 없이 침대에 누운 채였다.

본은 그의 속내 어렴풋이 짐작할 수 있었다. 그는 때를 가늠하고 있으리라. 정적에게 제대로 된 한 방을 날리기 위한 가장 적절한 타이밍을.

본은 며칠 전 일을 떠올렸다. 아직도 꿈처럼 얼떨떨한 기억이었다.

보르누는 닥터 유리의 무지막지한 재산을 몽땅 회수했으나 그의 이름으로 남은 특허권 및 지적 재산권은 본에게 남겨 주려 했다. 안 그래도 뿔난 원로원에게 그게 곱게 보일 리 만무했다.

그들은 본을 죽여 닥터 유리 일가를 멸족시켜야 한다고 주장했다. 기사단과 왕족 일부가 발끈했다. 본은 양자에, 생식 능력이 없다고 해도 원로원은 들어먹질 않았다.

영향력이 대단했던 만큼 닥터 유리의 몰락은 가팔랐고, 그 파장이 컸다. 원로원에게 본은 딱 좋은 희생양이었다.

본은 미련 없이 유리와 관련된 모든 권리를 포기했으나 공격은 멈추지 않았다. 본이 카피레와 사이가 돈독한 점, 보르누가 그를 비호한 점이 오히려 악재로 작용했다.

민심과 명분, 재산을 한 손에 챙긴 왕이었다. 원로원은 왕을 견제할 수단으로 본을 꼽은 듯했다.

보르누는 원로원이 말하는 대로 끌려갈 생각이 눈곱만큼도 없었다. 그는 어릴 적부터 원로원 공격을 한 몸에 받아온 사람이었다. 적통이 아닌 양자란 이유였다.

보르누는 더 이상 과거의 약자가 아니었다. 또, 원로원 전부가 적도 아니었다. 카피레 팬클럽 회원으로 다진 인맥이 원로원 내부에도 적지 않았다. 본도 그것을 모르지 않았다.

보르누는 본에게 제안했다. 내 옆자리를 지켜 주지 않겠냐는 말이었다. 그는 이미 왕이었고, 이해관계 복잡한 귀족가 영애를 비로 들여 권력을 분산할 이유가 없었다.

본은 명실공히 유라레에서 손꼽히는 무인이었으며, 이렇다 할 배경도 없었다. 게다가 호적이야 어쨌든 생물학적으론 여성이었다.

근사한 야경과 와인은커녕 보고서 가득한 집무실 책상 앞이었다. 잠깐 정적이 흘렀다. 유리창 너머로 우거진 나뭇잎이 합창을 했다. 레임 경이 잠시 자리를 비운 틈을 타 벌어진 일이었다.

잠시 눈을 깜박이던 본이 고개를 기울이고 물었다.

"……저 본입니다. 폐하. 대낮부터 술이라도 드셨습니까? 쿵쿵."

"난 지극히 제정신이네."

"제가 여자로 보이십니까?"

보르누가 미간을 찡그렸다.

"난 장님이 아니야. 자넬 보고 있는 거야. 원로원 등쌀에 시끄러워 못 살겠어. 이번 기회에 우리 둘 다 발 뻗고 자 보자구."

"전 충분히 잘 먹고 잘 자고 있는데요."

"아무튼 얼른 대답하게. 자네한테 자질구레한 왕가의 의무를 강요할 생각은 없어. 애초 그런 기대도 없고. 그저 내 옆자리를 지켜 주면 족하네. 검과 신의로 말일세."

본이 힐끔 보르누 눈치를 살폈다.

"후회하실 텐데요."

"그건 내가 알아서 할 문제야. 자네라면 믿을 수 있어. 내겐 그게 가장 중요하네."

멋대가리 없는 프러포즈였다.

본은 당연히 죽을 때까지 자신은 혼자일 거라 생각했다. 카피레와 젬 곁에서, 아이와 함께. 세월 가는 대로 왕가를 수호하다 죽겠거니 막연히 상상했다. 그의 미래 계획에 왕비란 이름은 없었다.

본은 생각해 보겠노라 답했고, 보르누는 그것으로 만족한 기색이었다. 그는 '제수씨 약혼 발표가 끝나면 본격적인 얘기를 하자'며 일방적으로 축객령을 내렸다. 본은 닫힌 문앞에서 한참 동안 멍하니 있었더랬다.

마치 그때로 돌아간 것처럼 본은 정신이 아리까리했다. 그러나 당장 확인해야 할 일이 먼저였다.

"……카피레 약혼 파티가 곧 열릴 예정이지요. 사교계 영애들이 한자리에 모인다 들었습니다."

보르누가 고개를 들어 본을 보았다. 본이 눈을 깜박이며 물었다.

"폐하. 본궁 입단속은 단단히 시키셨겠지요?"

*　　*　　*

철을 씹어도 멀쩡할 줄 알았던 본이 그리 코피를 쏟을 줄이야. 젬도 깜짝 놀란 사건이었다. 보기보다 가볍게 떨쳐 내서 다행이었다.

폐하가 어찌나 호들갑을 떠는지 젬도 눈물을 쏟을 뻔했건만, 막상 본은 10분도 안 돼서 정신을 차리곤 얼음을 동동 띄운 레모네이드와 과자를 주문해 두 접시나 해치웠다.

대체 무슨 경위로 숭한 약을 먹었느냐 넌지시 물었으나 본은 묵묵부답으로 답했다. 보나 마나 폐하가 함구령을 내렸겠거니 하여 결국 젬은 모른 척할 수밖에 없었다. 일이 바쁘기도 했다.

젬은 카피레의 약혼녀로 사교계 데뷔를 앞두고 있었다. 카피레는 그런 거 신경 꺼도 된다고, 종친 허락만 받으면 결혼까진 일사천리라 가슴을 땅땅 쳤으나 코다의 의견은 달랐다.

"얼굴을 보이는 것과 그렇지 않은 건 차이가 큽니다. 입방아 찧을 거리를 부러 만들어 줄 필요는 없지요."

그는 젬에게 사교계의 여왕이 되란 말 따위 하지 않았다. 당당히 얼굴만 비춰도 충분하다고 했다.

앞으로 어떤 일이 있을지 모르는데 그때마다 사교계를 피해선 안 된다 덧붙였다. 일리 있는 말이었다.

"고마워요, 코다."

코다는 입술을 꾹 물더니 묵묵히 고개만 숙였다. 비밀리에 리스페의 장례를 치른 뒤, 카피레의 시종으로 돌아오기까지. 그에게도 많은 우여곡절이 있었다. 전신에 서린 우울한 공기가 짙고 무거웠다.

요즘 그의 모습은 수도사를 연상시켰다. 즐거움을 멀리하고 스스로를 채찍질하는 결벽함이, 그를 전과 달리 보이게 했다.

"후견인은 데자르 백작 부인께 부탁드리겠습니다. 기꺼이 응해 주시겠지요."

"부탁할게요. 항상 고마워요."

"……저야말로."

"네?"

코다는 대답 대신 정중히 허리 숙여 인사했다.

마담 D는 두 손 걷어붙이고 젬을 도와주었다. 수도에서 내로라하는 디자이너를 불러 드레스를 상의하고 머리며 화장도 손수 감독했다.

"굳이 여러 사람이랑 대화할 필요 없어요. 나와 카피레 왕자가 붙어 있을 테니까. 혹시 또래 영애가 말 걸면 쉽게 마음 열지 말아요. 지금 사교계 영양 중에 카피레 왕자 약혼녀에게 호감 가질 만한 사람은 거의 없거든요."

훗날 젬이 평가하기에, 여러모로 피가 되고 살이 되는 충고였다.

*　　*　　*

카피레의 약혼 파티는 예정대로 진행되었다.

본은 홀을 한 바퀴 돌며 마지막 점검에 나섰다. 연주에 한창인 왕실 실내악 연주자들과 스치듯 눈이 마주쳤다. 지휘자가 엄지를 들어 올리고 찡긋 윙크하기에 그대로 되돌려 줬더니 음이 잠깐 흔들렸다. 음식을 내려놓는 척 비뚤어진 꽃꽂이를 고치는 시종이 보였다.

완벽하게 세팅된 테이블에서 좋은 향기가 풍겼다. 밝은 색감으로 마감한 회장 인테리어는 싱그럽고 풋풋한 느낌을 주었고, 그 위에 샹들리에가 대낮보다 환하게 빛을 뿌렸다. 나쁘지 않았다.

한 바퀴 둘러본 본이 벽에 기대어 은근슬쩍 복장을 점검했다. 입이 썼다.

영애들의 선망 어린 시선이 나쁘지만은 않다고 생각했던 적이 있었다. 실은 지금도 그렇지만, 시기가 좋지 않았다. 닥터 유리 사건의 여파가 아직 채 가시지 않은 때였다.

그런 일이 있은 뒤, 처음으로 출석한 무도회였다. 본래 이런 자리를 즐기지 않는다 해도 자리가 자리였다. 젬과 카피레가 약혼 발표를 하는데 본이 빠질 수는 없었다.

젬은 딴사람처럼 아름다웠다. 마담 D가 일주일을 바친 보람이 있었다.

젬은 화려한 미인은 아니었으나 이렇게 보니 피부가 희고 눈, 코, 입이 오밀조밀 조화로운 편이었다. 몸집이 작아 키가 훤칠한 카피레와 마담 곁에 서자 상대적으로 가녀려 보이는 효과까지 나왔다.

누가 저 여인을 개구리 괴인 괴담의 주인공, 녹즙 인간으로 보겠는가.

처음엔 마냥 헤벌레하던 카피레 표정이 시간이 갈수록 심통난 원숭이로 변해 갔다. 그 속내가 빤히 읽혔다. 약혼녀가 제 눈에만 예뻐 보이는 게 아니란 걸 눈치채곤 열이 오르는 거였다. 과연 우주 제일 떼쟁이, 제멋대로의 화신다웠다.

연회장도, 오늘의 주인공도 완벽했다. 이만하면 약혼 선물로 모자라진 않겠군. 본이 지나던 웨이터에게 포도주를 한 잔 받았다. 일주일 생고생이 아깝지 않았다.

결혼이라.

본은 중심과 조금 떨어진 곳에서 포도주를 홀짝였다. 크고 둥근 기둥엔 본 이외에 기댄 사람이 없었다. 주변에 힐끔대는 시선에 온몸이 개미 물린 듯 따끔거렸다.

이해 못 할 바도 아니었다. 그 역시 요즘 자기 평판이 어느 지경인지 정도는 알았다. 본이 회장을 둘러보며 가볍게 잔을 입에 댔다.

화려하게 차려입은 한 여인이 자연스레 본의 곁에 섰다. 톡 쏘는 듯한 향수 냄새가 화장품 냄새와 섞여 코를 찔렀다. 본이 시선을 내려 옆을 봤다가 입에 문 포도주를 뱉을 뻔했다.

이 여인이 왜 제 곁에 붙었는가.

못 알아볼 리가 없었다. 본에게 치명적인 코피를 하사한 바로 그 여인이었다. 재무대신의 외동딸, 엘 영애였다.

여인은 부채를 살랑이며 회장 한가운데를 보고 있었다. 사람에 둘러싸인 젬과 카피레였다.

"……퍽 고심한 모양이에요. 장식도, 음식도, 음악까지 조화가 완벽해요. 이런 파티는 하나의 예술과 같죠. 유라레 보물의 약혼 발표에 어울리는 무대예요. 아주 아름다워요."

여인이 혼잣말처럼 중얼거리며 부채를 팔랑거렸다. 본이 준비한 걸 알고 하는 말인지, 모르고 하는 말인지 알 수는 없으나 보는 눈은 있었다.

본이 기사의 예를 갖춰 손을 내밀려던 때였다. 여인이 소리 죽여 속삭였다.

"……그날 내게 건넨 약은, 대체 뭐였죠?"

반짝이는 샹들리에 탓인지 여인의 얼굴이 유난히 희었다. 그러니까, 핑크색 볼 터치가 이상하리만치 도드라졌단 뜻이었다.

요즘 유행인가? 본이 고개를 한쪽으로 기울였다. 여인이 "제 말 들으셨나요?" 하고 재촉했다.

"레이디의 어지러운 마음을 달래 줄 약이었습니다."

착각이 아니었다. 여인의 볼 터치가 확연히 짙어졌다. 본이 풀 먹는 소처럼 눈을 깜박였다. 볼 터치가 아니었다. 얼굴에 홍조가 떠오른 것이었다.

본은 안 그래도 엘 영애에게 묻고 싶은 점이 많았다. 그날 집무실에서 왕과 여인 사이에 어떤 말이 오갔는지 차마 보르누에게 묻진 못한 터였다. 진짜 사랑의 묘약을 타 놓고도 먹이지 못하고 자리를 떠나야 했다니. 무슨 사정일지 짐작이 안 갔다.

이렇든 저렇든, 여인은 왕에게 먹이려던 약물이 죄 버려진 것으로 알고 있을 터였다. 본래 그것이 법도기도 했다.

보기와 달리 퍽 대범한 아가씨란 말이야. 감히 왕에게 사랑의 묘약을 먹이려 하다니. 덕분에 보르누는 뚜껑이 날아가기 직전이었다. 무엇보다 '사랑의 묘약'이란 이름이 그의 역린을 건드렸다.

그 점은 본 역시 마찬가지였다. 이미 끝난 줄 알았던 닥터 유리의 망령이 되살아나 밤잠을 괴롭혔다. 발칙한 여인이었다.

게다가 행동력이 상상을 뛰어넘었다. 자기가 언제 그랬냐는 듯 새침 떨 줄 알았건만 되레 본에게 먼저 접근하다니.

여인이 눈을 빠르게 깜박이며 "그럴 리 없어요" 했다.

"냄새만 맡아도 마음을 어지럽히던걸요. 시중에 파는 약도 아니었고요. 무엇보다 우린 그날 처음 본 사인데……."

"처음 본 게 아닙니다. 영애."

본은 사실을 짚어 주었다. 아무리 본이 무도회 기피증이 있다 해도 여인은 왕비 후보로 꼽히던 몇 안 되는 후보였고, 그는 카피레 왕자의 제일 가는 기사였다.

세 손가락에 꼽을 정도긴 했으나 본은 그녀 곁을 스친 적이 있었고, 여인도 분명 알 거라 생각했는데.

헌데 갈수록 이상했다. 여인의 눈빛이 한층 더 몽롱해지는 게 아닌가. 본은 저도 모르게 포도주를 뒤로 숨겼다. 여인이 술이 약해 향기만으로 취하나 싶어서였다.

여인이 부채를 펴며 앞을 보았다. 그날 떨어뜨렸던 흰색 레이스 부채였다. 손에 땀이 나는지 장갑 낀 손을 연신 쥐었다 폈다 가만히 못 뒀다. 불길한 예감이 실거미처럼 본의 발끝을 타고 올라왔다.

눈이 마주치자 여인이 살풋 눈웃음치며 "그날과 같은 향이 나시네요. 아주 독특해요. 후후……" 했다.

범인은 수분촉촉 미용수였다. 가는 곳마다 칭찬이니 젬이 들으면 참 좋아할 터였다. 본이 침을 꼴깍 삼켰다. 젬의 물건에 수상한 향이 섞였을 리는 없으니 답은 하나였다.

본은 이런 경험이 많았다. 그러나 이건 아니었다.

여인의 아비는 '닥터 유리의 마지막 화근을 없애야 한다! 본 잉겔의 양팔을 잘라야 한다!'고 소리 높여 외치는 강성 원로였고, 그녀는 왕비가 되고자 왕에게 사랑의 묘약을 먹이려 했던 범죄계의 새싹이었다. 여인 덕에 잊고 살던 코피 맛을 맛본 게 불과 얼마 전 일이었다.

본은 눈앞이 노랬다.

본이 빳빳이 경직된 걸 아는지 모르는지, 여인이 발간 얼굴로 빠르게 부채를 부쳤다.

"……이런 곳에서 또 뵐 줄은, 미처 몰랐어요. 감사 인사를 드리고 싶었답니다. 제 인생에서 가장 비참할 뻔한 순간을, 기사님이 구해 주셨거든요."

"흠흠. 영애."

"이마에 달라붙은 촉촉한 머리카락이며 상큼한 향기까지…… 눈으로도 향기로도 잊을 수 없더군요. 당신 같은 신사분은 난생처음 봤어요."

본은 눈앞이 깜깜했다. 방금 발언으로 확실해졌다. 여인은 단단히 착각하고 있었다.

본이 몸을 살짝 돌려 여인을 내려다보았다. 끓는 설탕물처럼 달콤한 눈빛이 본을 올려다보았다. 본이 침을 꼴깍 삼켰다.

"……전 신사가 아닙니다. 영애."

"후후, 그러신가요?"

"그러니까, 음, 전 사내도 아닙니다."

"무슨 농담도."

여인이 부채로 입을 가리며 까르르 웃었다. 하늘이시여, 왜 제게 이런 시련을 주시나이까. 차라리 운동장을 백 바퀴 돌고 기사단 전원과 팔씨름하는 편이 나았다.

본이 굳은 표정으로 고개를 가로저었다. 여인이 부챗살 너머로 눈웃음쳤다.

"저는 성의 있는 거짓말을 선호한답니다. 기사님."

"제 이름은 본입니다."

부채에 가려진 입매가 돌처럼 굳었으리란 걸 쉬이 짐작할 수 있었다. 여인의 눈가가 가늘게 경련했다. 본은 한 걸음 물러서서 목례했다.

"얼마 전까진 잉켈이란 성을 썼지요. 엘 영애. 그러니까 저는……."

여인이 손에 든 부채를 땅에 떨어뜨렸다. 본이 말을 멈추었다. 왁자한 주변 소음이 먼 나라 일처럼 느껴졌다. 본이 어쩔 수 없이 무릎을 굽혔다. 부채에 막 손이 닿은 찰나였다.

"……더러워."

여인의 중얼거림이 고막을 스쳤다. 여인은 그대로 몸을 돌려 회장을 빠져나가 버렸다. 본이 자리에서 일어나 남은 포도주를 한입에 비웠다.

구석이라 생각했건만 이쪽을 보는 시선들이 따가웠다. 사정을 아는 사람에게는 이보다 재밌는 구경거리도 없었을 터였다.

왕의 비호를 받는 닥터 유리의 전 양자 본 잉겔과 강성 원로 재무대신의 딸 조합이었다.

무심결에 뒷목을 벅벅 긁던 본이 이쪽을 보던 쳄과 눈이 마주쳤다.

'괜찮아요?'

쳄이 입 모양만으로 소리 없이 물었다. 옆에서 카피레가 목 긋는 시늉을 했다. 본은 아무 일 없었다는 듯 생긋 웃었다.

그는 지나던 웨이터에게 빈 잔을 맡기고 발코니로 향했다. 마침 빈자리가 있었다. 밤공기를 깊이 들이마신 본이 부채를 한 손으로 동강 내 발코니 아래로 버렸다. 손에 실밥이며 나뭇조각이 붙어 탈탈 털기까지 했다.

더럽다는 말은 중의적으로 해석할 수 있었다. 귀족 출신이 아닌 본의 혈통을 뜻할 수도, 그와 양부로 인연 맺은 닥터 유리의 탓일 수도 있었다. 혹은 그런 자신에게 흔들린 그녀에게 한 말일 수도 있겠다.

뭐, 아무럼 어떤가.

본이 크게 기지개 켰다. 조명에 손목시계를 비추었다. 보르누와 약속한 시각이 가까웠다. 본은 답을 내렸다. 손해 보는 장사도 아니었다.

*　　*　　*

젬은 데뷔 날이 어떻게 시작해서 어떻게 끝났는지 기억이 희미했다. 하루를 통째로 기억에서 지운 듯 뿌옜다.

어렴풋이 왕실 예법을 지적받은 기억은 났다. 어디서 여자가 아니라 여장 남자를 데려온 것 아니냐며 키득거린 것도 같았다. 긴장한 나머지 왕년에 카피레 행세를 할 때 배운 왕실 예법이 튀어나왔기 때문이었다.

그러나 어쩌랴. 이미 지나간 일인 것을. 젬은 그럭저럭 무사히 데뷔를 넘겼고 이후 결혼 일정이 나오기까진 자유의 몸이었다.

젬은 얼결에 받은 왕실 마법약학자 자리를 공으로 먹긴 싫었다. 그녀는 밥값을 위해 생활 밀착형 마법약 연구에 박차를 가하고 있었다. 금서가 그림의 떡이 된 이상, 그간 소홀했던 연금술 연구에도 시동을 걸 참이었다.

카피레와 피 튀기는 협상 결과, 젬은 본래 특기였던 생활 밀착형 마법약은 그대로 두되, 금서는 더 이상 사용하지 않기로 했다.

젬의 원형 탈모는 다행히 진행을 멈추었다. 발모제는 여전히 듣지 않았지만, 가발을 써야 할 정도는 아니었다.

그간 금서를 펑펑 써댄 대가가 이 정도라면 거저먹는 장사라며, 아이는 젬을 위로했고, 젬도 결국 동의할 수밖에 없었다.

젬은 마과부 구석에 빌렸던 실험실에 여전히 신세지고 있었다. 젬이 없을 때도 방을 빼지 않은 탓에 재료며 기구가 그대로였다. 하루하루 빠듯한 주문품 생산에 새 마법약 연구, 젬은 눈

코 뜰 새 없이 마법약학자의 일상을 보내고 있었다.

마담 D가 찾아온 건 그때였다.

안나 부인의 도움으로 사교계 복귀에 무사 성공한 마담 D였다. 무서운 속도로 추종자를 긁어모으고 있단 소문은 저번 무도회 때 몸소 목도한 바였다.

젬은 안 그래도 감사 인사 겸 선물로 뭘 받고 싶냐고 물어보려 했었다. 후보는 많았다. 본에게 직접 검증받은 수분촉촉 미용수, 아직 실험 중인 미라클 미백 세안제, 아무리 먹어도 살 안 찌게 하는 일회용 물약 등등.

그러나 마담의 첫 마디에, 젬은 모든 생각이 날아가 버렸다.

"아이가 갖고 싶어요."

"예?"

다짜고짜 꺼낸 본론에 젬은 들고 있던 말린 개구리 다리를 솥에 몽땅 쏟아 버렸다. 회색 연기가 펑, 하고 솟아오르며 물비린내 같은 악취가 피어올랐다. 마담 D가 눈썹을 살짝 찌푸리며 손수건으로 코를 막았다.

"다시 한 번 말씀드릴까요?"

젬는 서둘러 실험실 창문을 열었다. 레임 경을 위한 정력제 제조는 잠시 중지였다.

마담 D는 아이를 갖고 싶다고 했다. 남자와 다시 결혼할 생각은 없다고. 제 핏줄 하나만 있다면 소원이 없을 거라 담담히 고백했다. 젬이 조심스레 운을 뗐다.

"이, 입양을 생각하시는 건가요?"

"그럴 거면 선생님이 아니라 고아원을 찾아갔겠죠."

마담 D가 코를 킁킁거렸다. 악취에 익숙한 젬은 이미 코가 마비된 상태였다.

"하지만 마담께선……."

"저도 알아요. 아이는 혼자 낳는 게 아니고, 제 몸은 아이를 낳을 수 없어요. 그래서 부탁드리는 거예요. 당신은 제가 아는 한 가장 마법 같은 사람이니까."

마담이 두 손을 꼭 쥐었다. 눈물 어린 눈동자가 젬을 가만히 응시하다 떨구듯 바닥을 보았다. 작은 목소리가 속삭이듯 흩어졌다.

"제발……."

젬은 일단 생각해 보겠다 얼버무린 뒤, 마담을 실험실에서 쫓아냈다. 멍하니 솥단지에 국자를 휘젓던 젬은 생각했더랬다. 신비주의 약장수에서 생활 밀착형 약장수로 전업했다 말하는 걸 깜박했다고.

그로부터 약 한 달 후, 왕의 부름을 받고 알현실을 찾은 젬은 기시감을 느꼈다.

"내 말 이해했나?"

젬은 멍하니 천장화를 바라보다 시선을 내렸다. 황금 지팡이에 단정한 정복 차림을 한 보르누가 짐짓 근엄한 표정으로 젬을 내려다보고 있었다.

내가 잘못 들은 게 아니란 말인가?

거대한 기둥 사이마다 서 있는 시종, 바닥에 깔린 폭신한 양탄자, 발끝에 부서지는 샹들리에 조명. 보르누 곁에 서서 헛기침하는 정보부 부장까지. 모두 현실감이 없었다.

젬이 조심스레 되물었다.

"폐하, 송구하오나 제가 잘못 들은 것 같아서요. 그러니까 본 경과……."

"옳게 들었네. 카피레만 동의한다면 나머지는 문제없이 추진 가능할 걸세."

젬이 눈알을 한 바퀴 데구르르 굴렸다. 보르누가 들으란 듯 한숨을 쉬었다.

"그가 닥터 유리의 양자였던 건 변함없는 사실이야. 원로들이 본을 어떻게 보고 있는진 명확하네. 언제 터질지 모르는 폭탄 취급이야."

"그, 럼 정말로 혼인을……."

"난 이미 마음을 정했네. 본도 마찬가지야. 제수씨, 가 아니라 젬 마키나."

보르누가 헛기침한 뒤 말을 이었다.

"앞으로도 잘 부탁하겠네."

젬이 저도 모르게 레임 경을 보았다. 레임 경이 쿨럭쿨럭 헛기침하다 제대로 사레가 들렸다. 서글픈 기침 소리가 천장 높이 울려 퍼졌다.

외전 2.
God Bless You

어떻게 알현실을 나왔는지, 젬은 아직도 정신이 멍했다. 세상 편한 얼굴로 과자를 오독오독 씹는 본의 얼굴이 망막을 스치고 지나갔다.

주먹 한 방으로 백 년 묵은 나무도 동강 낼 늠름한 내 친구. 아니, 둘이 좋다면야 내가 뭐라 할 말은 없지만.

상아빛 본궁을 나오자마자 푸른 후원이 펼쳐졌다. 파릇파릇 꽃망울을 맺은 나뭇가지와 앙증맞게 모양낸 관엽 식물이 산책로를 따라 모습을 드러냈다. 쨍한 일광이 나뭇가지 사이로 자잘한 그림자를 드리웠다. 젬이 발자국 하나하나를 조각하듯 느리게 발을 옮길 때였다.

뒤에서 타다다닥, 하고 숨 가쁜 발소리가 들렸다. 거친 목소리가 "젬! 기다려요!" 하고 목청까지 높였다.

본궁 앞마당에서 100m 달리기를 할 간 큰 사람은 별로 없었다. 게다가 저 우렁찬 목소리.

젬이 퍼뜩 놀라 뒤돌았다. 코앞까지 다가온 상대가 "젬!" 하며 젬의 양어깨를 쥐었다. 본이었다.

어디서부터 뛰어왔는지 답지 않게 이마에 땀이 흥건했다. 늘 반듯하던 제복 차림도 단추가 비뚤었다. 그가 침을 꿀꺽 삼켰다. 젬까지 덩달아 꼴깍꼴깍 숨이 넘어갈 지경이었다.

"제, 젬, 침착하고 들어요. 듣고 놀라지 말아요."

"지, 진정해요, 본. 방금 폐하께 말씀 들었어요. 세상에, 내게 미리 말하지 않고……."

"그래요, 젬. 내가 바보였어요. 일이 이렇게 될 줄 전혀 예상도 못 했다고요!"

본이 몸을 부르르 떨며 진저리를 쳤다. 폐하의 프러포즈가 그리도 끔찍했단 말인가! 이 일을 어찌한담?

젬이 머리를 데굴데굴 굴리는 걸 아는지 모르는지, 본이 침을 꼴깍 삼켰다.

"……젬. 제가 어쩜 좋습니까. 지금 정문 앞에서 날 기다린대요. 나올 때까지 꼼짝도 않겠다고 협박을 했다고요."

"예? 누, 누가요?"

폐하 얘기가 아닌가? 젬이 눈을 동그랗게 떴다. 본이 눈길을 피하며 입술을 깨물었다. 세상에, 천하의 본을 협박하다니. 누군지 몰라도 목숨이 열 개는 되는 모양이었다.

당황한 본의 낯도 놀라웠다. 협박범이 누구든 눈앞에서 칼을 이로 부러뜨리거나 발차기 한 방으로 무덤 구멍을 만들어 주면 해결될 일일 것을!

"대체 누군데 그러는 거예요, 본? 폐하 얘기가 아니에요?"

"그럼 차라리 나았게요!"

본이 "으아아" 하며 머리를 벅벅 긁었다. 어쩐지 머리가 산발이더라니, 젬의 재촉에 본이 웅얼웅얼 말을 뱉었다.

"……지예요."

"예? 누구라고요?"

본이 두 눈을 질끈 감고 소리 낮춰 외쳤다.

"아버지! 친부요! 여태껏 살았는지 죽었는지 소식 한 번 없던 양반이 다짜고짜 여기까지 찾아왔다고요!"

본이 "진짜 미치겠단 말입니다! 아아악!" 하고 두 손으로 머리를 쥐가 땅굴 파듯 헤집었다. 젬은 아무 말도 못한 채 잠시 얼떨떨해 굳어 있었다.

해가 가장 높이 뜰 시간이었다.

*　　　*　　　*

새하얀 정문 앞, 해자와 성을 잇는 다리는 매일 아침 9시에 몸을 내렸다. 통근 버스와 출퇴근 차량으로 차도는 퍽 붐비는 편이지만 상대적으로 인도를 오가는 사람은 적었다.

가끔 관광객들이 단체로 인증 사진을 찍고 가곤 했지만, 요즘은 관광철도 아니었다.

노인은 다리가 내리자마자 부지런히 길을 건너와 문을 두드렸다고 했다. 그게 벌써 3시간 전 얘기라고 했다.

정체불명의 노인이 기사 본을 만나러 왔노라며, 통행증도, 초대장도 없이 뻗댔단 뜻이었다.

"그래서 지금 어디 계시는데요?"

과자 봉지를 입에 탈탈 털어 넣은 문지기가 쩝쩝 소리를 냈다. 젬은 구겨지는 과자 봉지를 유심히 보았다. 아이가 봤다면 자기도 과자 달라며 떼를 썼을 텐데.

"저기 있던 기사님들과 몇 마디 나누더니, 어느새 사라져 버렸지 뭡니까? 뭐, 알아서 돌아간 것 아니겠어요?"

"그런가요……."

기다리다 지쳐 돌아간 걸까? 정말 그렇다면은 다행이겠지만…….

젬이 터덜터덜 왔던 길을 되짚었다. 혼 나간 본의 목소리가 귓가에 아른거렸다. 다짜고짜 찾아온 사람을 만날 이유 없다며, 젬이 대신 말해 달라고 사정했더랬다.

부탁할 사람이 젬밖에 없다고도 덧붙였다. 친부가 기사 출신이라 동료 놈들에게 말해 봤자 씨알도 안 먹힐 거라는 것이다.

젬은 그간 들어 온 본의 가정 사정을 떠올렸다.

닥터 유리의 양자가 된 후, 친부는 단 한 번도 본에게 연락하지 않았다고 했다. 부지런히 편지 따위를 보내던 본도 어느 순간 기대를 완전히 버렸다고 했다.

유리는 본을 둔 거래에 관해 입도 뻥긋 한 적 없었으나, 주변 분위기로 그가 어마어마한 대가를 친부에게 지불했단 건 알 수 있었다.

친부는 자신을 팔았고, 유리는 양자로서 자신을 샀다. 본은 그 문제에 관해 생각하는 것을 포기한 지 오래라고 했다.

"그런데 빌어먹을! 제기랄! 그 똥 같은 폐하가 친부에게 연락한 겁니다. 저랑 결혼할 생각이라고요!"

본이 이를 득득 갈았다. 손뼈가 하얗게 도드라지고 검푸른 핏줄이 울룩불룩 솟았다. 주먹 한 방으로 땅을 가를 기세였다. 젬은 그저 바짝 얼어 고개를 끄덕이는 수밖에 없었다.

보르누의 말만 들었을 땐 뭔가 착오가 있는 게 분명하다 여겼건만, 본의 입에서 직접 결혼이란 단어를 들으니 파괴력이 남달랐다.

본은 절대 아비를 만날 생각이 없다고 했다. 보나마나 콩고물을 바라고 온 것이리라 단언했다. 오래전에 소식 끊긴 자식이 왕과 결혼한다고 하니, 옳다구나 나타난 게 그 증거라고, 입술을 잘근잘근 씹었다.

정말 그런 이유일까? 젬은 묻고 싶었으나 어디까지나 생각에 그쳤다. 눈앞의 본은 평소의 본이 아니었다. 사람 잡아먹는 귀신이 이러할까. 성난 짐승이 따로 없었다. 젬은 입도 뻥긋 못한 채 고개만 끄덕였더랬다.

그렇게 비장한 각오로 온 길이건만, 막상 당사자가 안 보이니 조금 허무하기도 했다.

아버지라…….

젬이 속으로 중얼거리며 왕자궁 지름길에 들어선 참이었다.

"거기! 거기 시커먼 처자! 길 좀 물읍시다!"

걸걸한 목소리가 쩌렁쩌렁 고막을 울렸다. 젬이 화들짝 놀라 뒤돌았다. 술 냄새가 물씬 풍기는 음성이었다.

머리에 풀잎 몇 장을 붙인 채 다가오는 노인이 있었다. 바람이 서늘한 날에 목까지 시뻘겋게 익어선, 땀 대신 술을 뿜는 듯 쉰 내가 진동했다. 코가 너무 익은 딸기처럼 검붉었다.

악취에 둔한 젬이었기에 망정이지, 보통 사람이었으면 기절할 수준이었다. 노인이 딸꾹 소리를 냈다.

"크으으, 요즘 시키들은 영 근성이 없어, 근성이! 어른을 뫼실 줄을 몰라! 까마득한 선배를 말이야! 딸꾹!"

"어, 어르신. 어딜 찾으시는지요?"

젬은 본능적으로 작아져 조곤조곤 물었다. 안 그래도 인적 드문 사무처 후원이었다. 노인이 뿜는 술기운이 어쩌나 대단한지 주변 새 울음도 취한 것처럼 삐롱삐롱삐로롱 사나워지는 듯했다.

노인이 게슴츠레한 눈으로 젬을 머리꼭지부터 발끝까지 죽

훑더니 툭 뱉었다.

"……왕자궁."

"예? 어디요?"

"왕자궁! 왕자구웅! 상판대기만 번드르르한 싸가지 약골 왕자! 왕자궁 말이야!"

뭣이라? 상판대기만 번드르르한 싸가지 약골 왕자?

고슴도치도 제 새끼는 함함하다고 했겠다. 하나하나 뜯어보면 틀린 말 없건만, 젬은 울컥 열이 솟았다. 젬의 대답이 늦어지자 노인이 재촉하듯 바닥을 쾅쾅 찼다.

"에이이잇! 당장 안내하지 못할꼬! 이놈이고 저놈이고 하나같이! 그 썩어 빠진 근성을 내가 직접 고쳐 줘야 쓰갔어! 어어엉!"

노인이 바닥에 떨어진 나뭇가지를 주워 쉭쉭 소리 나게 휘둘렀다. 왕년에 검깨나 휘두른 양반인지 소리가 제법 날카로웠다. 얇은 나뭇가지가 일으킨 바람이 젬의 앞머리를 흔들었다.

젬이 저도 모르게 힉, 하고 몸을 움츠릴 때였다. 화살이 날아오듯 쐐액, 하는 소리와 함께 핑크색 빛 가루가 눈앞을 스쳤다.

이 미친 늙은이가 어디서 행패얏!

"으헉!"

노인이 나뭇가지를 꼭 쥔 채 뒤로 벌러덩 자빠졌다. 든든한 핑크색 날개, 윤기 흐르는 금발 머리. 젬이 반색하여 외쳤다.

"아이!"

하여튼 혼자 두면 이렇다니까.

아이가 고개를 양쪽으로 우두둑 소리나게 꺾고는 의기양양하게 젬의 어깨에 앉았다. 젬이 아이의 얼굴에 뺨을 부볐다. 아이가 귀찮다는 듯 젬 얼굴을 밀었다.

이건 뭐예요? 성 사람 같진 않은데.

"나도 몰라. 왕자궁을 찾아온 손님 같긴 한데…….."

……손님이요?

노인은 뒤집힌 개구리처럼 꼼짝도 하지 못했다. 젬이 조심조심 노인 곁에 다가가 어깨를 흔들었다.

"어, 어르신? 저기요?"

"……끄으으윽."

경련하듯 한차례 움찔한 노인이 쿨럭쿨럭, 하고 입에서 볼케이노를 뿜었다. 각양각색의 토사물이 젬의 구두코에, 바닥에, 폭죽처럼 사방팔방 튀었다. 예고도 없이, 부지불식간에 일어난 일이었다.

코에 확 끼치는 쉰내에 젬은 빳빳이 굳어 버렸다. "으아악!" 하는 아이의 비명이 정신을 더 아득하게 했다.

*　　*　　*

활화산의 흔적은 아이와 함께 감쪽같이 처리했다. 기절한 노인을 외진 객실까지 끌고 오는데 우여곡절이 깊었다.

카피레를 욕한 데다 토사물 폭죽까지 터트린 사람을 돌봐야 한다니! 젬은 억울했으나 일을 어쩌겠는가.

홍야홍야 잠꼬대하던 노인은 사막의 조난자처럼 물을 외쳤고, 젬은 물 대신 숙취해소약을 먹여 주었다. 비몽사몽 꿈속을 헤매던 노인이 불현듯 두 눈을 번쩍 떴다.

"거대 핑크 나방이 나를 공격했도다! 괴생명체가 나타났다!"

"지, 진정하세요, 어르신!"

아이는 젬의 후드 속에 몸을 감추고 있었다. 노인이 침대 옆에 앉은 젬과 눈을 딱 마주쳤다. 젬이 어색한 미소를 짓자 노인이 "떽!" 하고 소리 질렀다.

"너, 넌 누구냐! 날 어디로 데려온 게야!"

술에 기억이 먹힌 모양이었다. 젬은 바로 답하는 대신 조용히 물컵을 건넸다. 엉거주춤 몸을 세운 노인이 물에 대고 코를 킁킁대다가 한입에 컵을 비웠다.

"그래서 예가 어디냔 말이야!"

"……어르신. 진짜 왕자궁에 볼일 있는 거 맞으셔요? 뭐 착각하신 거 아니고요?"

"에에에에에잇! 새파랗게 어린 것이 감히 으으른을 의심해! 이 몸이 누군지 알고 그런 말을 혀?! 나는 볼일이 있다 이 말이야! 고 뺀질뺀질하고 성질 드럽다는 약골 왕자랑 볼일이 있다고!"

"어, 어르신!"

깜짝 놀란 젬이 노인의 입을 막으려 했으나 이미 한발 늦은 뒤였다. 침대 기둥에 비스듬히 기대어 있던 카피레가 천천히 몸을 세웠다.

"뺀질뺀질하고 성질 더럽고 약골……."

"에그머니! 뭐야! 넌 또 누구야!"

"……날 몰라? 난 댁이 누군지 알겠는데."

카피레가 피식 웃으며 바지 주머니에 두 손을 꽂았다. 흘러내린 앞머리가 한쪽 눈을 가리자, 그가 위로 바람을 후, 하고 불었다. 영화 속 한 장면처럼 우아한 움직임에 노인은 저도 모르게 가슴팍을 움켜쥐었다.

알코올로 고문당한 내장 기관이 갑작스러운 충격에 놀라 갓 잡은 잉어처럼 펄떡펄떡 뛰었다.

"허, 허억. 내가 죽어 천국에 왔나 보구나. 이 처자는 저승사자, 이놈은 천사가 틀림없으렸다."

"흥. 보아하니 시력은 아직 멀쩡한 모양이군."

카피레가 조각 같은 손가락으로 앞머리를 살짝 쓸었다. 누가 저승사자란 말이냐. 아이는 '제 버릇 개 못 준단 말이 딱 맞다니깐요' 하고 중얼거렸고, 젬은 보이지 않게 고개를 끄덕여 동의했다.

카피레가 침대 기둥에 비스듬히 기대어 말했다.

"자식 찾으러 왔나 본데, 본은 아저씰 만날 생각이 없어."

"아무리 천사라도 너무 하는군! 내가 그 말을 믿을 것 같으냐!"

이 어르신이 본의 친부였단 말인가! 젬이 새삼 놀란 눈으로 노인을 보았다. 노인이 이불을 힘차게 젖혔다. 푹 삭은 술 쉰내가 확 올라왔다. 카피레가 미간을 찡그렸다.

"난 녀석의 아비야! 누구도 날 막을 권리는 없어!"

"안됐지만, 여긴 내 궁이고, 내 말이 곧 법이야."

카피레가 침대 기둥에 딸린 줄을 살짝 잡아당겼다. 곧장 문이 열리며 무표정 시종 코다가 들어왔다. 밀랍 인형처럼 무감한 눈빛이 노인의 노숙자 몰골을 죽 훑었다. 노인이 땅에 떨어진 홍시처럼 얼굴을 콱 일그러트렸다.

"어허! 이 몸이 누군 줄 알고! 너 지금 내가 지금 왕자 흉봤다고 이러는 거야!"

"양쪽 말을 듣기야 하겠지만, 난 아저씨 방식이 마음에 안 들어. 곤드레만드레 취해선 쉰내가 진동을 하고…… 내 성에 이렇게 무례한 손님은 없었어."

"너, 넌 대체 누구냐!"

"나?"

이제야 약효가 도는지 노인의 눈동자에 조금씩 빛이 돌아왔다. 카피레가 씩 웃으며 답했다.

"뻔뻔하고 성질 더럽고 약골에다 천사 뺨치게 아름다운 왕자님이다. 왜."

* * *

카피레는 보르누와 본의 일을 대충 짐작했다고 했다.

"본도 당연히 네가 아는 줄 알았을걸?"

"꿈에도 몰랐어요!"

카피레가 다리를 꼬며 등받이에 몸을 길게 기댔다.

"이건 본을 위해서이기도 해."

닥터 유리 사건을 전후로 보르누는 조금 변했다. 본래 의뭉스러운 구석이 있긴 했으나 사람 좋던 그가, 아비와 동생을 한꺼번에 잃을 뻔한 뒤론 의심병에 걸려 버렸다.

그는 제2의 유리, 제2의 배후 세력을 만들 생각은 요만큼도 없을 터였다. 원로원 귀족 출신 외척은 꿈도 못 꿀 얘기였다.

카피레가 쓰게 웃으며 젬에게 손짓했다. 젬이 홀린 듯 다가가자 카피레가 젬의 이마에 입 맞췄다. 눈 깜짝할 사이, 젬은 카피레의 무릎 위에 앉아 있었다.

아이는 이 자리를 피해야 하나 눈 감고 버텨야 하나 심각한 고민에 빠졌다.

"본은 희생양 삼기 딱 좋은 위치야. 닥터 유리 생전에 하나뿐인 양자에, 그럴싸한 친인척도 없지. 가진 거라곤 괴물 뺨치는 힘에다 평생직장 기사 자리가 다거든."

"……딱밤 하나로 나무를 쓰러트리는 묘기를 보여 주는 건 어때요. 바로 의견이 바뀌지 않을까요?"

"본은 지금도 별로 신경 안 써. 사실, 일부 원로를 뺀 나머지는 오히려 본에게 동정심이 충만해. 내 팬클럽으로 활동하면서 본과 친해지지 않기란 무척 힘든 일이거든……."

카피레가 의미심장한 미소를 지었다. 그 자신만만한 미소에 젬이 머리가 띵했다. 그러고 보니 그런 것도 있었더랬다. 카피레 왕자 팬클럽.

젬이 눈을 깜박이다 넌지시 물었다. 본이 정말로 보르누의 뜻에 따르겠다고 했느냐고. 카피레는 잠시 침묵하다 고개를 끄덕였다.

"본을 믿을 수 없다며 팔이라도 내놓으란 소리가 나오는 판이니까. 본이 사지 멀쩡히 유라레에 살려면 방법은 하나뿐이야. 덕분에 형님은 시끄러운 왕비 타령에서 벗어나는 거고. 상부상조라고나 할까. 무엇보다 형님은……."

"뭐가 하나뿐이냐, 이 빌어먹을 놈아!"

"막아!"

"아이쿠, 어르신!"

문이 벌컥 열리며 사람이 쏟아졌다. 양팔과 양다리에 꼬마 시종을 줄줄이 매단 노인이었다. 코다가 무슨 짓을 했는지 술 쉰내 대신 쿰쿰한 꽃향기가 풍겼다. 젬이 카피레 무릎에서 벌떡 일어섰다.

카피레가 불만스레 코를 씰룩거렸다. 뒤늦게 쫓아온 코다가 문에 기대어 숨을 헐떡였다.

"죄송합니다. 힘이 어찌나 세고 귀가 밝은지……."

"비겁하게 쪽수로 나를 몰아세우려 들어? 내가 누군 줄 알고! 나 기사 레옹! 아직 죽지 않았다! 흡! 이 정돈!"

노인이 숨을 훅 들이마시며 팔을 휘두르고 발길질을 했다. 호리호리한 꼬마 시종들이 "악!", "억!" 하며 볏짚 인형처럼 허공을 날았다.

"아무것도 아니다! 이 말씀이야!"

"세상에……."

입을 떡 벌린 젬에게 아이가 중얼거렸다.

본의 괴력이 실험으로 나온 건지 유전으로 나온 건지 모르겠는데요.

심히 동의하는 바였다. 노인이 씩씩대며 카피레 앞에 섰다. 그 기세가 어찌나 흉흉한지, 젬은 저도 모르게 카피레 뒤로 숨었다.

카피레가 심드렁하게 등받이에 몸을 기댔다.

"아까 그건 무슨 말입니까?"

"뭐가 말이냐!"

"뭐가 하나뿐이냐고 그랬잖아요. 그럼 다른 방법이 있단 말입니까?"

"있다마다! 흥!"

노인이 보란 듯이 팔짱 끼곤 성난 황소처럼 콧김을 뿜었다. 요동치는 콧털이 멀리서도 확연했다. 카피레의 두 눈에 흥미가 서렸다.

코다가 널브러진 꼬마 시종들을 정리해 바깥으로 내보냈다. 노인을 돌아보는 얼굴이 전에 없이 사나웠다. 이 가는 소리까지 뽀득뽀득 선명했다. 당장 저 노인을 잡아다 사골국을 끓여 먹고 픈 표정이었다.

"이름을 죽이면 되지 않아!"

"……예?"

젬이 저도 모르게 되물었다. 노인이 성난 도깨비처럼 얼굴을 콱 일그러뜨리곤 빽 소리쳤다.

"본 잉겔은 죽은 놈으로 치고, 새 인생 살면 되는 거 아니야! 리스타트! 내 딸로! 내 딸로!"

"기, 기사직은요, 어르신? 폐하와 혼약은 어쩌고요."

노인이 두 눈에 횃불을 활활 태웠다.

"이 상황에 그게 다 무슨 소용이야! 지금 내 말에 토 다는 거야! 응! 이렇게 하는 결혼에 무슨 의미가 있단 말이야! 응!"

"힉!"

젬 물러나요!

노인의 입에서 튀는 침 세례가 어찌나 힘찬지, 까마득한 폭포 아래 물보라가 이는 듯했다. 젬은 후다닥 카피레 등 뒤에 다시 쪼그리고 앉았다.

꼬마 시종들을 정리해 문단속한 코다가 노인 곁에 숨죽이고 서 있었다.

성난 노인은 미처 알아차리지 못했으나 젬은 바로 알 수 있었다. 코다의 눈빛이 목표를 노리는 사냥꾼과 다름없었다.

카피레가 낮게 웃으며 다리를 바꿔 꼬았다.

"그러니까, 자식의 행복을 위해 찾아오셨다, 이 말씀이시다? 사위가 왕이면 한자리 얻어 가질 수도 있을 텐데, 아깝진 않으시고?"

노인이 입술을 푸르르 떨더니 테이블 위에 놓인 찻잔을 들어 바닥에 내팽개쳤다. 상대가 왕자라 하니 물건에 대신 화풀이한 셈이었다. 깜짝 놀란 젬이 얼른 일어섰다.

푹신한 양탄자 탓에 컵은 소리 없이 목숨을 건졌으나, 코다의 얼굴에 악마가 강림했다.

"너까지 나를 자식 팔아먹은 장사꾼 취급을 해!"

"어, 어르신, 진정하세요!"

"진정 못 해! 안 해! 못 해!"

"으아아악!"

노인을 말리던 젬이 바닥에 엉덩방아를 찧자 카피레가 자리에서 벌떡 일어섰다. 노인이 움찔한 틈을 타 코다가 몸을 날렸다. 그에 질세라 아이가 노인의 안면에 요정 가루 폭탄을 터트렸다.

에에잇! 이거나 먹어라!

핑크색, 금색, 반짝이는 요정 가루가 노인의 눈, 코, 입에 골고루 뿌려졌다. 쿨럭거리던 노인이 다시금 술기운이 올라오는지 입을 막고 헛구역질을 했다. 온몸을 던져 노인을 압박하던 코다가 식겁했다.

카피레가 젬을 등으로 가린 사이, 코다가 헐레벌떡 노인을 업고 문을 향했다. 손을 대기도 전, 문고리가 돌아가며 한 사람이 나타났다.

"카피레! 수상한 사람이 쳐들어왔단……!"

본의 시선이 코다의 등에 업힌 노인에게 멈추었다. 침묵은 짧았다. 노인은 침입자를 코앞에 둔 채 2차 용암을 뿜었다. 아까다 게워 낸지라 건더기가 적은 게 불행 중 다행이었다.

코다의 어깨와 본의 가슴팍에 끈적한 액체가 뚝뚝 떨어졌다. 노인이 눈을 까뒤집고 코다 뒤에 축 늘어졌다.

엄마야. 세상에……

아이가 혼잣말처럼 중얼거렸다. 젬을 일으켜 엉덩이를 털어 주던 카피레가 조용히 종을 울렸다. 코다가 아무리 숙련된 시종이라 해도 이 상황을 혼자 해결하기엔 벅차 보였기 때문이었다.

젬은 숙취해소약 개량판 연구를 결심했다. 그 어떤 술에 먹힌 짐승이라도 순식간에 인간으로 돌려줄, 들끓는 활화산을 삽시간에 재워 줄 그런 약을 반드시 개발하고야 말겠노라.

* * *

십몇 년 만에 상봉한 부녀는 말없이 욕실로 향해야 했다. 도중에 정신 차린 노인이 "크으음, 크흠, 보니, 내 딸아" 어쩌고 하며 대화를 시도했으나 대답 없는 메아리였다고 했다. 코다가 노인을 손님용 욕실에 가둬 놓은 사이, 본은 어디론가 도망가 버렸다는 소식이 뒤이었다.

"어쩔까요? 내쫓으시렵니까?"

"박박 씻기고 따뜻한 거 먹여서 한숨 재워. 술기운 완전히 빠질 때까지. 함부로 돌아다니게 두지 말고."

"본 경은……."

"본에겐 이따가 제가 가 볼게요."

젬이 슬그머니 손을 들었다. 코다가 퇴장하자마자 카피레가 뒤에서 젬의 허리를 감쌌다. 향긋한 체향이 코에 스몄다. 카피레의 숨결이 목덜미를 간질이자 젬이 소리 죽여 웃었다.

아이가 리스를 찾아 자리를 비운 게 다행이었다.

"아이가 있었다면 카피레도 인간 활화산으로 만들어 줬을지 몰라요."

"겁주지 마. 끔찍해. 깜짝 놀랐다고. 으으."

목선을 따라 키스하던 카피레가 낮은 목소리로 속삭였다.

"그보다 너, 진짜 괜찮은 거야?"

"뭐가요?"

"……너 거짓말 못 하는 건 알고 있지? 고민 있잖아. 형님이 따로 뭐 말한 거라도 있어? 아니면 본에 대한 거야?"

젬이 뜨끔해 카피레의 시선을 피했다. 카피레가 퉁명스러운 목소리로 뒤이었다.

"다른 뭔가가 있는 거잖아. 그렇지? 너 요즘 계속 이상하다구."

"카피레……."

젬이 우물쭈물 입술만 오물거리자 카피레가 노선을 변경했다. 그가 젬을 돌려 얼굴을 마주 보았다. 우수에 찬 우주 제일 미남 아우라가 공간을 장악했다.

"……나한테도 말 못 할 일이야?"

미인의 축 처진 눈썹과 파르르 떨리는 속눈썹이 젬의 시각을 강탈했다. 탐스러운 입술 사이로 새는 한숨에 젬은 가슴이 꽉 막히는 듯했다.

비겁한 미인계 같으니!

젬은 속으로 눈물을 삼켰다. 그러나 어쩌겠는가. 젬은 한 번도 카피레의 미인계에 넘어가지 않은 적이 없었다.

"……카피레니까 말 못 한 거예요."

"그게 말이 돼? 너랑 내가 어떤 사인데!"

"결혼을 앞둔 사이죠. 카피레, 실은 마담 D가 날 찾아왔었어요."

젬이 어물어물 뱉은 말에 카피레 눈썹이 하늘로 솟았다.

"왜. 이번엔 너에 관한 찌라시 기사가 필요하대?"

"아닌 거 알잖아요. 아기가 갖고 싶다고 하더라고요."

"……정력제 의뢰였어?"

젬은 찬찬히 설명했다. 아기를 갖고 싶다던 마담 D의 고백과, 본을 왕비로 맞이하는 대신, 젬 부부 아이에게 후계 자리를 넘겨주고 싶다던 보르누의 생각을.

마담 D도 본도 닥터 유리의 희생자였다.

젬은 오래도록 고민했다. 답이 쉬이 나오지 않았다. 아기는 인형과 달랐다. 갖고 싶다고 마음대로 만들 수 있는 물건이 아니었다. 게다가 더는 금서를 쓰지 않기로 카피레와 약속까지 한 처지였다.

마담 D의 사정이 딱하고 안타까운 것과 별개로 무섭기도 했다. 인공적인 생명에 따라오는 닥터 유리의 그림자 탓이었다. 쉽게 답이 나오지 않았다. 마음이 반반으로 나뉘어 싸웠다.

카피레 표정이 못난이 감자처럼 비뚤게 변했다. 젬이 고심한 가장 큰 이유가 이것이었다.

카피레는 어미 배 대신 실험관에서 태어난 생명이었다. 죽어 버린 어미와 미쳐 버린 아비 사이에서 타인의 손 아래 목숨을 받았다.

유리가 한 것처럼 차가운 실험관에 사람을 배양할 생각은 없었다. 분별없이 남용될 사례를 만들고 싶지도 않았다. 어떻게든 방법을 찾고 싶었다.

무엇을 숨기리. 젬은 마담을 돕고 싶었다.

의도야 어찌 됐든, 생명을 다루는 일이었다. 만약 이런 상황 자체가 카피레에게 상처가 된다면, 젬은 미련 없이 손 뗄 각오를 하고 있었다. 어떻게 운을 떼야 할지 망설였을 뿐이었다.

"……그러니까 마담 D의 부탁 때문이었다고? 계속 먹구름 몰고 다닌 게?"

"솔직히 말해 줘요, 카피레. 난 상관없으니까!"

젬이 눈을 질끈 감고 큰 소리쳤다. '생각도 하지 마라!', '닥터

유리의 뒤를 이을 생각이냐!', '실망했다!' 따위 험한 소리도 각오
했다.

잠시 뒤, 가벼운 한숨 소리가 들렸다. 따뜻하고 부드러운 손
이 젬을 품에 안았다. 젬이 "카, 카피레?" 하고 이름만 불렀다. 카
피레가 젬을 안은 팔에 힘을 주었다.

"……아예 마음 정한 거야?"

"아, 아뇨. 일단 카피레랑 얘기하려고 했어요. 마담과 찬찬히
상담도 필요하고요."

"하겠다고 하면 어떡하려고? 무섭다면서."

"무섭긴 한데…… 나보다 마담이 더 무섭지 않을까요. 티는
내지 않겠지만."

"……금서 쓸 거야?"

"써도 돼요?"

젬이 반색하며 고개를 들었다. 카피레가 이마를 콩, 하고 마주
박았다.

"안 돼."

"그럴 줄 알았어요……."

"안 되는 일이긴 한데……."

카피레의 속삭임에 젬이 고개를 끄덕였다. 카피레가 살짝 몸
을 떼어 젬과 눈을 마주 보았다.

"……나 때문에 마담한테도, 형님한테도 말 안 하고 지금껏 속
앓이했단 말이지? 내가 상처받아 엉엉 울까 봐?"

"……지금 놀리는 거예요?"

"바보야. 난 지금 감동한 거야."

카피레가 젬의 이마에 쪽 소리 내어 입 맞췄다. 맞닿은 부분으로 심장 소리가 공명했다. 본래 하나였던 것처럼 두근두근 리듬도 같았다.

"난 널 믿어, 젬 마키나. 항상 그랬어."

"카피레……."

"실험관은 절대 쓰지 않을 거라는 것도 믿어. 상상력을 한 번 발휘해 보자구. 대신 이런 건 어때? 아기 열매가 맺히는 나무를 만든다든가."

카피레가 웃음 섞인 목소리로 속삭였다. 젬이 입을 달싹이다 그냥 웃고 말았다.

"금서라…… 네가 울상으로 다니는 게 나은지, 뒤통수에 분화구 하나가 더 생기는 게 나은 건지 잘 모르겠군."

"요즘은 땜빵 다 없어졌거든요? 다 메웠거든요?"

"뭐, 어쨌든 말이야."

카피레가 어깨를 으쓱했다.

"마담 D에게 행운이 있기를. 그리고 제발 남 걱정 좀 적당히 해. 이제 우리 일도 생각해야 할 것 아냐."

"응? 우리가 바쁠 일이 있던가요?"

카피레가 몸을 숙여 젬 귀가에 속삭였다.

"가족계획 세워야지."

카피레의 포옹이 깊어졌다. 젬은 잠시 멍하니 있다가 얼른 몸을 빼려 했다. 때마침 뽀뽀하려 가까워지던 카피레의 턱과 젬의 머리통이 정면으로 충돌했다.

둘은 한동안 고통에 떨며 꼼짝하지 못했다.

＊　　　＊　　　＊

안나 부인의 살롱엔 선택받은 사람만이 초대되곤 했다. 이름 날리는 음악가, 시인, 주목받는 사교계 인사들. 내로라하는 명문가 출신도 초대장이 없으면 들어갈 수 없는 자리였다.

오랜 은거를 깨고 사교계에 재등장한 마담 D와 안나 부인은 최근 물 만난 고기처럼 안팎으로 명성을 떨치고 있었다. 사교계 초짜 젬에겐 더 없는 행운이었다.

"그래서요? 그 은퇴 기사분께서 결사반대하신다? 후후후. 폐하께선 뭐라셔요?"

"저도 자세한 사정은 모른다니까요. 절대 비밀이에요, 마담."

"아무렴. 내가 여기저기 말이나 옮기고 다니는 촉새처럼 보여요? 걱정 붙들어 매라고요."

마담 D가 부채를 살랑살랑 흔들며 진한 미소를 지었다. 붉게 칠한 입술이 비뚠 호선을 그렸다. 그 미소에 이쪽을 힐끔대던 신사분 여럿이 벽을 짚었다. 이런 면에서 보면 카피레와 참 닮은 점이 많은 부인이었다.

이쪽을 주목하는 사람은 몇 신사뿐만이 아니었다. 안나 부인이 직접 초대한 사교계 영양들이 말 붙일 틈을 재듯 이쪽을 힐끔대고 있었다.

젬은 괜히 허리를 꼿꼿이 세우고 엉덩이를 들썩이다가 마담의 부채에 팔뚝을 맞았다.

"자세 바르게 해요."

"아파요, 마담⋯⋯."

"마음 약해지니까 그런 목소리로 부르지 말고요."

마담 D가 부채로 입을 가렸다. 젬의 베이비트리 계획을 듣고부터 영 표정을 주체하기 힘든 기색이었다. 당장이라도 드레스를 벗어 던지고 젬의 실험실로 달려가고픈 충동을 가까스로 누르고 있는 게 뻔히 보였다.

젬이 들키지 않게 팔뚝을 문질렀다. 사정 모르는 웃음소리가 귀를 간질였다. 젬의 속치마 안쪽에서 보시락거리는 소리가 샜다. 오랜만에 젬과 함께 나들이 나온 아이였다. 평소보다 부풀린 드레스 탓에 가능한 일이기도 했다.

'⋯⋯타르트는 취소야.'

나 안 웃었는데!

'어쨌든 취소야!'

안 그래도 과자 부스러기가 다리를 간질여 긁고 싶어 미칠 지경이었다. 아이가 '젬 마키나는 우주 제일 깍쟁이, 우주 제일 쫌생이, 우주 제일 바보!' 로 시작하는 노래를 시작했다. 아이 입막

음용으로 가져온 사탕을 꺼내야 할 때가 지금이 아닐까. 젬은 고민했다.

느끼한 미소를 날리는 신사에게서 눈을 돌리며 마담 D가 조용히 물었다.

"오늘 오는 거 확실한 거죠, 본 경? 왜 같이 오지 않았어요?"

"어쩌다 보니……."

젬이 중얼거리며 따끔따끔한 시선을 훔쳐보았다. 몇몇 영애가 이쪽을 보고 수군대는 것이 보였다.

아무렴. 유라레 왕실의 공식 보물. 인간 문화재 카피레의 약혼녀 자격으로 선 자리였다. 값비싼 드레스며 머리 장식이 철근을 두른 듯 무거웠다. 얼굴은 화장이 아니라 가면을 뒤집어쓴 것 같고, 속눈썹에 풀을 바른 듯 불편했다.

안 맞는 구두를 신은 것처럼 온몸이 쑤셨다. 그래도 이만한 것이 다행이었다. 옷차림만 신경 쓰면 되니까.

마담 D와 안나 부인을 선두로 콘 부인과 엘리지 등등. 전 중매 선생 숨은 고객들의 비호가 없었다면 젬은 진작에 벌집이 되어 나가떨어졌을 게 분명했다.

카피레가 제 형보다 먼저 약혼녀를 밝힌 뒤, 유라레는 한바탕 뒤집혔더랬다. 방송에서는 베일에 싸인 약혼녀 특집 프로그램을 계획했고, 사교계는 시장통보다 요란하게 들썩였다. 그중 다시 주목받은 이름이 중매 선생이었다.

'카피레 왕자 습격 사건' 때 행방을 감췄다는 중매쟁이. 운명의 짝을 찾아 준다는 그 인물이 싸가지 인간 결벽증 카피레 왕자에게 참된 인연을 인도한 것일까?

그리하여 약혼 발표 날, 카피레는 작고 단아한 여인과 손을 꼭 잡고 나타났다. 유난히 피부가 희고 깨끗한 여인이었다. 다름 아닌 마담 D의 손에서 다시 태어난 젬이었다. 화장이 아니라 변신 수준이었다.

문제는 사교계 인사 누구도 그 여인을 몰랐단 점이었다. 중매 선생의 본명이나 박쥐 코트의 속 모습을 궁금해하던 이가 별로 없었기에 가능한 일이었다. 그들에겐 여인의 이름조차 낯설었다.

젬 마키나.

여인의 배경을 알아야 결투장을 던질지 초대장을 던질지 정할 텐데 정보가 부족했다. 거기서 여인의 후견인으로 등장한 사람이 마담 D였다.

한때 카피레 왕자 스캔들로 큰일 날 뻔하긴 했으나 마담 D는 여전히 부유한 미망인이었고, 사교계 유행을 주도하는 여왕이었다.

사람들은 지레짐작으로 젬을 '어디 지방 소도시 관리의 딸' 정도로 여기는 듯했다. 카피레는 그날 하루 까칠한 벽 지킴이가 아니라 스윗한 약혼자로서 제 역할을 다했다. 지나치게 잘해서 탈이었다.

천상의 미모에 서린 달콤한 미소에 수많은 영애의 가슴이 무너졌다. 몇몇은 기절해 실려 나갔고, 몇몇은 손수건을 물어뜯었다.

싸가지 왕자를 길들인 작은 여인에게 감탄한 인사가 있는가 하면, 새로운 불여우가 나타났다며 눈에 불을 켜는 인사도 있었다.

승냥이 떼에겐 아쉽게도 왕자는 그 후로 약혼녀를 내보이지 않았다. 소문에 따르면 카피레 왕자가 약혼녀에게 보통 넋이 나간 게 아니라고 했다. 두 사람이 벌써 왕자궁에서 생활을 같이한다는 얘기까지 나왔다.

전례 없이 파격적인 일이었으나 보르누가 앞장서 침묵을 강요했다. 아직 왕비 자리가 비어 있는 이상, 보르누에게 밉보여서 좋을 사람이 없었다. 그저 울며 겨자 먹기로 쉬쉬할 수밖에.

그렇게 카피레 왕자의 약혼녀는 안개에 싸인 과녁판처럼 아른아른한 존재가 되고 말했다. 특히 보르누를 노리고 있던 미혼 영애들에게 그랬다.

두문불출하던 젬이 이런 자리에 나온 건 모두 본 때문이었다. 정확히는 보르누가 한 부탁이 원인이었다.

바로 며칠 전, 새로 개발한 탈모 방지 샴푸를 선보이는 자리에서 보르누가 직접 말을 꺼냈더랬다. 본이 안나 부인의 살롱에 갈 일이 있는데, 꼭 젬이 옆에서 봐 줬으면 좋겠단 내용이었다.

안나 부인도 있고, 마담 D도 있는데 왜 하필이면 자신을 붙잡느냐, 하니 보르누는 씩 웃었다. 그쪽에도 이미 부탁했다는 말이었다.

"……저는 약 만드는 것 말고는 재주가 없습니다."

"내 요즘 잠을 잘 자서 그런가 생각이 맑다네."

"그건, 참으로 축하드릴 일입니다요."

두통약 한 알도 못 먹던 사람에게 부작용 없는 젬 특제 수면제를 먹이기까지 얼마나 다사다난했던가. 젬은 새삼 눈물 나는 과거를 떠올릴 수밖에 없었다.

"믿고 싶은 사람과 믿을 수 있는 사람 사이엔 커다란 강이 있다고 믿었네만……."

"……예?"

보르누가 턱을 괸 채 장난스레 씩 웃었다. 젬으로선 처음으로 본 표정이었다. 왕이 아닌 형님 보르누의 얼굴이었다. 그가 가볍게 덧붙였다.

"요즘 그쪽 분위기가 심상찮다던데, 내 자네만 믿겠네."

보르누가 말한 날짜는 금방이었다. 마담 D는 본이 왕과 약혼 발표를 하려는 게 아니겠느냐며 흥분했다. 젬이 생각해도 안나 부인의 살롱에 들를 일이라면 그것밖에 없을 것 같긴 했다. 젬은 마담 D만 믿는단 마음가짐으로 이 자리에 섰다.

분위기가 심상찮다 했던가.

젬은 속으로 고개를 끄덕였다. 아무렴. 심상찮고 말고였다.

보르누가 내정했다는 정체불명의 약혼자 소문이 퍼진 게 불과 며칠 전이었다. 사교계 분위기는 가뭄난 가시 벌판처럼 흉흉하게 변했다.

헛소문일 거라 자위하면서도 대다수 영애가 눈을 희번덕거렸다. 서로를 보는 눈에 의심이 가득했다. 아곳, 안나 부인의 살롱도 마찬가지였다.

그중 눈에 띄는 여인이 있었다. 젬은 금방 기억을 떠올렸다. 지난 무도회에서 병풍을 자처하던 본에게 홀로 접근하던 영애였다. 또래 영애들의 중심에 서서 분위기를 주도 하는 모습이 전과 사뭇 다른 분위기였다.

순백의 신부를 연상시키는 크림색 드레스에, 화려한 레이스 부채가 눈에 띄었다. 기분 탓인지 그때보다 화장이 짙은 것도 같았다.

여인과 젬 사이에 스치듯 시선이 오갔다. 그녀는 일순 못마땅한 듯 젬을 훑었으나, 함부로 덤빌 생각은 없는 듯했다. 젬 옆에서 암사자 역을 자처한 마담 D 덕이 컸다.

젬은 들리지 않게 한숨 쉬었다.

'어쩌면 어르신 말씀이 맞는지도 몰라.'

젬이 속으로 생각했다. 본에게 들이대는 노인의 정성은 보통이 아니었다. 그는 애매한 입장에 놓인 본이 왕과 결혼해 어떤 횡액을 당할지 모른다 불안해했다.

'든든한 집안이어도 모자랄 판에 맨몸 하나로 왕 곁에 서겠다니!' 하며 듬성듬성한 수염을 파르르 떨었다.

젬은 지난 무도회를 떠올려 보았다. 자세한 사정은 알 수 없으나 여인은 도망치듯 회장을 나갔고, 본 역시 잠시 뒤 사라져 돌아오지 않았더랬다. 젬은 여인과 본이 싸운 게 아니겠는가, 하고 혼자 짐작하고 있었다.

목청 높여 '젬은 우주 제일 당분 중독자'를 외치던 아이가 노래를 뚝 그쳤다.

무슨 말예요?

'이 상황에서 본 경이 왕비가 되면, 생각해 봐. 무슨 꼴이 나겠어?'

무슨 꼴이 나긴요. 괴력 기사님이 괴력 왕비로 전직하는 것뿐이죠.

'딸 둔 귀족들은 무조건 반대할 거고, 어쩌면 본 경에게도 직접 시비를 걸지 몰라.'

아이가 헹, 하고 코웃음 쳤다.

본이 그런 거 신경 쓸 사람으로 보여요?

'이게 진짜 본이 바라는 일이라면 상관없어. 그렇지만 단순 회피용으로 꾸민 연극이라면…….'

젬이 드레스 자락을 쥐었다 폈다. 새삼 자각했다. 젬은 이 결혼 계획에 대해 본에게 아무 말도 듣지 못했다.

그때였다. 문지기가 커다란 목소리로 입장을 알렸다. 안나 부인이 소리 나게 부채를 접었다. 거짓말처럼 음악이 뚝 끊겼다.

머리를 단정히 빗어 넘긴 정복 차림의 기사가 들어왔다. 젬이 입을 떡 벌렸다. 본은 본인데, 차림이 평소와 조금 달랐다. 모자부터 신발까지 모두 제복 차림이었다. 살롱이 아니라 사열식에

선 듯 박력 넘쳤다.

그를 중심으로 웅성임이 파문처럼 번져 나갔다. 아까까지 차갑게 미소 짓던 엘 영애의 입가가 살짝 경련했다.

젬과 눈 마주친 본이 희미한 미소를 지으며 곧장 다가왔다. 안나 부인이 부드럽게 자리를 정리했다. 잔잔하고 밝은 음악 소리가 다시금 회장을 밝혀 주었다.

"늦어서 미안합니다, 젬. 마무리할 일이 있어서……."

"본! 차림이 그게 뭐예요? 이미 얘기된 거 아니었어요? 폐하께선 분명히……."

"예? 폐하께서 뭐라 하셨습니까?"

본이 의아한 듯 말끝을 올렸다. 미리 말도 나누지 않았단 말인가? 젬이 당황해 마담 D와 마주 보았다.

그러고 보니 왕은 본이 왜 참석하는지에 대해 단 한 마디도 하지 않았다. 둘의 시선이 동시에 안나 부인에게 향했다.

벽에 붙은 테이블에 앉아 찻잔을 기울이던 안나 부인이 둘을 보곤 싱긋 웃었다. 마담 D가 날 듯이 안나 부인에게로 향했다.

일단 대화부터 하고 보자. 젬이 본을 끌고 구석진 자리로 향하려던 그때였다. 한 무리가 나비처럼 사뿐사뿐 다가왔다.

"본 잉겔 경."

"엘 영애."

젬이 기가 막혀 여인을 보았다. 무리의 중심에 흰 드레스의 여인, 엘 영애가 있었다. 본이 태연히 목례했다. 본을 보는 엘 영애의 미소에 미세한 경련이 일었다.

장갑이네요.

아이가 중얼거렸다. 젬도 동감이었다. 한참 전에 버린 성을 굳이 붙여 부르는 이유야 명백했다. 닥터 유리와 연루된 인간이 어찌 이런 자리에 나왔냐는 시비였다.

본이 아무렇지 않게 여인에게 미소 지었다.

"잉겔 경. 이런 곳에서 뵐 줄은 몰랐군요. 며칠 전 원로원에서 영장을 신청한 걸로 아는데……."

"얼굴이 두꺼운 분이시네요."

"아무렴요. 누구 양자신데요. 알 만하죠."

여인 곁에 수군대는 소리가 방귀 소리만큼이나 또렷했다. 어쩜 사람을 이리 장식 취급할 수가 있나 기가 막혔다.

정신 똑바로 차려라, 젬. 지금이야말로 마담 D에게 배운 '내 할 말 똑바로 하기' 기술을 사용할 때였다. 젬이 아이의 격려 속에 숨을 가다듬으며 주먹을 불끈 쥘 때였다. 본이 귀머거리처럼 방긋 웃었다.

"이리 직접 오시다니요, 영애. 안 그래도 찾아뵈려던 참이었습니다."

"……저, 를 말씀이신가요."

여인이 입술을 깨물었다. 본이 살짝 고개를 끄덕였다.

"예, 엘 영애. 실은 폐하께서, 흠흠."

젬은 귀를 의심했다. 폐하께서 또 뭘?

수군거림이 딱 멈췄다. 주변의 시선이 한 데 모였다. 젬도 귀가 쫑긋했다. 본이 잠시 말을 멈추고 헛기침했다. 일부러 그러는 것처럼 시간이 길었다. 그래 봐야 이미 음악까지 멈춘 뒤였다.

술렁임이 잦아들고, 집요한 침묵이 본의 입술을 응시했다. 본이 다시금 큼큼, 하고 목소리를 깔았다.

"폐하께서 직접 명하셨습니다. 방금 왕명을 받은 참입니다. 급히 알려야 할 일이라 신신당부를 하시는 바람에……."

"폐, 폐하께서, 친히 말씀이십니까?"

본이 고개를 끄덕였다. 여인이 떨리는 손으로 부채를 접었다. 창백한 낯이 무엇을 상상하는지 복잡하기 그지없었다. 안 그래도 보르누의 약혼자 내정 소식이 한차례 휩쓴 뒤였다. 웅성임이 일파만파 번져 나갔다.

젬이 본능적으로 안나 부인과 마담 D를 보았다. 안나 부인이 문 쪽을 눈짓했다.

때마침 문밖을 훔쳐보던 문지기가 얼굴이 하얗게 질려 벽에 등을 딱 붙였다. 무슨 일이지? 젬이 의아하게 생각할 찰나였다.

멀리서 찰칵찰칵하는 군홧발 소리가 들렸다. 젬에게만 들리는 소리가 아니었다. 회장에 술렁임이 커졌다.

"이, 이 소리는 뭐죠?"

"모셔 가야 할 분이 있다고, 폐하께서 기사단을 직접 보내셨습니다."

"세상에……."

이, 이상하다. 젬은 멍하니 눈을 깜박였다. 분명 보르누는 젬에게 본을 봐 달라 했건만, 함부로 나설 상황이 아니었다. 젬이 어버버, 드레스 자락만 쥐었다 펴는 사이, 아이가 손가락 쪽쪽 빠는 소리를 냈다.

"그, 그래서. 폐하께서 전하실 말씀이란 뭐지요? 제, 제가 확실한가요?"

"확실합니다."

여인의 부채 바람을 정면으로 맞던 본이 코를 찡긋거리곤 말을 이었다.

"약 한 시간 전, 재무대신께서 파면당하셨거든요. 1급 범죄자 유리 헤이트 잉겔과 공모 혐의, 왕족 명예 훼손죄, 상해 혐의로 긴급 체포되셨습니다."

얼음물을 쏟은 듯 싸한 공기가 회장에 퍼졌다. 아까까지 발그레 달아올랐던 여인의 표정이 삽시간에 희게 질렸다. 여인의 곁에 바짝 붙었던 대여섯 명의 영애가 급히 뒤로 물러섰다.

"……뭐라고요?"

"거래 기록이 남아 있더군요. 압수 수색 결과 저택에서 금지된 약물도 찾았습니다. 명백한 증거인 고로, 폐하께서 영애를 급히 보자시더군요. 중요 증인으로요."

"누, 누명이야! 금지된 약물이라니, 처음 듣는 얘기예요!"

역병을 피하듯 여인을 중심으로 둥글게 원이 생겼다. 주변을 두리번대던 여인이 흔들리는 눈동자로 본을 보았다.

젬은 그제야 깨달았다. 본의 가면 같은 미소가 어디서 많이 본 것 같다 했더니, 왕과 참으로 닮아 있었다.

철컥이는 소리가 문 바로 앞에 멈추었다. 날 선 공기가 회장을 뒤덮었다. 본이 어깨를 으쓱했다.

"폐하께 직접 말씀드리시지요. 오해가 있다면 풀면 되지 않겠습니까."

"당신, 당신이 나를……."

"……영애. 조용히 따라가시는 게 영애의 명예를 위한 길일 겁니다."

여인이 부채를 부서져라 쥐었다. 화려한 레이스 천이 엉망진창으로 짓이겨졌다.

"금지된 약물이라니, 말도 안 돼요! 난 깨끗해! 증거를 내놓기 전까진 절대 가지 않겠어요. 못 가요!"

"영애……."

짧게 한숨 쉰 본이 주머니에서 새끼손가락만 한 약병을 꺼냈다. 피처럼 붉은 액체가 보석 같은 빛을 반사했다.

영애의 얼굴에서 핏기가 완전히 가셨다. 젬은 그 약을 한눈에 알아보았다. 먼지 내리는 소리마저 들릴 듯 고요한 회장에, 본의 목소리가 깨끗이 울려 퍼졌다.

"분명, 사랑의 묘약은 제조, 판매가 금지되었지요. 마법 골목에서 파는 중저가 장난감이라면야 벌금형으로 끝났을지도 모르지만, 이건 아예 차원이 다른 물건이더군요. 이런 걸 저택에 한 박스나 쟁여 놓으시다니. 그것도 벌써 한 자리가 비어 있더군요."

"그, 그건⋯⋯."

"언제 어디서 사용했는지, 이미 증언을 확보했습니다."

본은 보고서를 읽듯 담담했다.

"내부 증언은 물론, 마과부 부장에게서 확인도 받았습니다. 닥터 유리의 진품이 틀림없다더군요."

닥터 유리 사건이 유라레를 뒤집은 지 얼마 되지 않은 때였다. 그와 얽힌 왕가의 비극에 사랑의 묘약은 다시 한 번 유명세를 탔다.

사랑의 묘약 금지법이 발효된 뒤 처음으로, 왕가에서 제대로 감독에 나선 것이었다. 제재의 칼날이 광풍이 되어 몰아치는 요즘이었다. 영애가 입술을 질끈 물었다.

본이 고쳐 쥐며 뒤쪽에 고갯짓했다. 제복 차림의 기사 둘이 발걸음도 우렁차게 다가왔다.

"안타깝게도, 폐하께선 이런 류의 약물이라면 질색팔색을 하셔서요. 가는 길에 어떻게 답할지 곰곰이 생각해 보시는 게 좋을 겁니다."

"당신⋯⋯!"

본이 안나 부인 쪽을 향해 허리 굽혀 인사했다.

"즐거운 시간을 방해해서 죄송합니다, 마담. 불청객은 이만 물러나야겠군요."

"어마, 천만에요. 경."

안나 부인이 그린 듯한 미소를 이었다. 엘 영애는 겨울 고목처럼 홀로 서서 주먹을 움켜쥐고 있었다. 부채를 부러뜨릴 듯 힘준 손등에 약초 뿌리 같은 핏줄이 선명하게 도드라졌다. 여인을 둘러싼 웅성임이 노골적으로 변했다.

아이가 께느른한 목소리로 중얼거렸다.

간만에 애 보기에서 벗어나 좀 놀다 가나 싶었는데, 분위기 한번 끝내주네요.

'낸들 이럴 줄 알았겠니.'

저 여자 저거 눈 돌아가겠는데요.

제복 기사 둘이 막 여인의 양팔을 구속하려던 찰나였다. 아이의 속삭임이 끝나기 무섭게, 여인이 본에게 몸을 날렸다. 갈퀴처럼 바짝 세운 열 손가락이 본이 쥔 약병을 잡아채려 했다.

아무리 중심이 단단한 본이라지만, 몸을 막 돌리던 찰나였던 게 문제였다. 발을 헛디딘 본이 얼결에 엉덩방아를 찧었다. 여인이 사냥감을 본 짐승처럼 본 위에 올라탔다.

"마셔! 당장 마셔!"

"잠깐!"

다가오던 기사보다 옆에 있던 젬이 빨랐다.

젬은 앞뒤 생각 없이 본 위에 올라탄 여인을 발로 차 버렸다. 젬의 드레스가 펄럭인 순간, 속치마에 숨어 있던 아이가 여인의 얼굴에 요정 가루를 쏘았다. 단 몇 초 만에 일어난 일이었다.

"꺅!", "엄마야!" 하는 소리가 파도처럼 번졌다. 젬의 발길질에 여인이 속절없이 자빠졌다. 흐트러진 머리며 드레스를 정돈할 틈도 없이, 여인이 손에 쥔 것을 높이 들었다. 화려한 조명 아래 약병이 붉게 빛났다. 사랑의 묘약이었다.

여인이 "이, 이따위 것!" 하고 병을 내리치려는 순간, 여인의 표정이 몽둥이 맞은 감자처럼 일그러졌다.

푸엣취, 쿨럭쿨럭쿨럭, 하고 거한 기침 소리가 뒤이었다. 여인의 얼굴이 술 취한 듯 붉게 물들고 바닥에 눈물이 뚝뚝 떨어졌다.

젬은 속으로 아이에게 감사 인사를 전하며, 여인에게서 약병을 뺏으려 했다. 단단히 얽힌 손가락을 떼는 데 애먹던 중, 본이 아기 손에서 손가락 빼듯 병을 쑥 뽑았다. 여인이 쓰러지듯 몸을 숙여 울음을 터트렸다.

뒤늦게 여인을 붙잡은 기사 둘이 쩔쩔맸다. 울고 기침하고 버둥거리는 영애 탓에 제복이 엉망진창으로 구겨졌다.

본이 엉덩이를 툭툭 털며 속삭였다.

"……젬, 발차기가 제법인데요?"

"놀리지 말아요."

여인이 될 대로 주먹을 휘둘렀다. "아니야! 아니야!" 하고 몸부림쳤다. 본이 무심히 다가가 여인의 뒷목을 수도로 내리쳤다. 기사들 낯이 핼쑥해졌다.

"대장! 여자 목 부러져요!"

"데려가."

투덜투덜 여인을 짐짝처럼 들고 가는 두 기사에게 젬이 작은 소리로 당부했다.

"혹시 모르니까 조심해서 옮기셔요. 꼭 의사한테 보이시고 요."

기사들은 진지한 얼굴로 고개를 끄덕거렸다. 아이는 본이 세게 쳤으면 여자 목이 샹들리에까지 날아갔을지도 모르겠다 중얼거렸고, 젬은 입맛이 싹 가셨다.

본은 마지막까지 가면 같은 웃음을 지우지 않았다. 오래 벼른 일인 듯 보였으나 썩 후련한 인상은 아니었다.

결과적으로, 젬과 마담 D가 본을 도울 자리는 없었다. 살롱 분위기는 파탄 났고, 손님 대부분이 슬금슬금 엉덩이를 뺐다. 사람이 우르르 빠져나간 회장에 악단 소리까지 흐지부지 늘어졌다.

그날 이후, 젬과 본은 별명을 하나씩 얻었다. 발차기 왕자비와 손날 치기 본이었다.

* * *

재무대신은 아주 오래전, 닥터 유리에게 사랑의 묘약을 구입했다고 고백했다. 닥터 유리와 인맥도 쌓을 겸, 딸을 왕비 자리에 앉히기 위한 자릿돌 차원이었다는 것이다.

큰돈을 지불한 보람도 없이, 왕세자와 딸이 둘만 있을 적당한 기회를 도저히 잡지 못해 유야무야 시간을 버린 모양이었다.

그러던 중, 이번 닥터 유리 사건을 매개로 엘 영애가 단독으로 신청한 왕과의 면담이 시발점이 되었다. 여인은 대담무쌍하게도 본궁 한복판, 왕의 집무실에서 사랑의 묘약을 쓴 것이다.

정보 부족이 문제였다. 왕이 먹는 것에 극도로 예민하단 사실을 아는 사람은 몇 없는 탓이었다. 여인은 갖은 수를 썼으나 약을 먹이는데 실패했고, 그 약을 우연히 본이 대신 먹어 버렸다.

젬은 기억을 되살리며 고개를 끄덕였다.

"엘 영애가 한동안 두문불출하는 바람에 망명 준비라도 하는 게 아닐까 폐하께선 전전긍긍하셨답니다. 그 여인을 촉매 삼아 귀족파 뿌리를 뽑고 싶어 안달이 나셨었거든요. 안나 부인의 살롱은 좋은 미끼였지요. 폐하의 약혼자 내정 소식도 때를 잘 맞췄고요. 게다가 얼굴 잘 안 내밀기로 유명한 왕자비까지 참석한다 하니, 초대장을 받은 영애로선 안 나올 수가 없었을 겁니다."

"……전 제가 칼이라도 뽑아야 하는 줄 알았어요."

부탁한다는 게 그런 뜻이었구나. 젬은 저도 모르게 고개를 설레설레 저었다. 아이가 늘어져라 하품하며 꽃병에 기대었다. 아이를 보는 본의 얼굴에 흐뭇한 미소가 번졌다.

"폐하께서 입이 찢어지십니다. 이제야 푹 잘 수 있겠다고요. 물증이 완벽하니 빠져나갈 구멍도 없더군요. 뭐, 한동안 원로원도 조용하겠지요. 하하하."

엘 영애의 목뼈는 다행히도 무사했다. 방에 보물처럼 숨겨 놓은 약 상자가 증거로 제출되었음에도, 그녀는 끝까지 당당한 태도를 잃지 않았다.

그녀는 무죄를 주장했다. 왕이 마신 게 아니니 왕족 상해죄가 성립되지 않는다는 거였다. 그 말을 들은 본은 그저 어깨를 으쓱했다.

나머지는 변호인과 재판관이 해결할 일이었다.

젬은 본이 압수한 그 약을 희석해 없애 버렸다. 세상 그 누구도 입에 대선 안 될 약이었다.

젬은 며칠 뒤 선물을 받았다. 카피레 왕자 사진집 희귀본 중 하나인 소년 시절편이었다. 투명 책싸개를 씌운 것 외엔 본 흔적도 없을 정도로 깨끗했다. 맨 앞장에 쪽지가 한 장 끼워져 있었다.

부탁을 들어줘서 고맙다고, 평소 수면제와 발모제도 잘 사용하고 있다는 감사 인사였다. 멋들어진 필체로, 내가 가장 아끼는 보물이지만 제수씨니까 양보한다고, 대대손손 잘 물려주라고 두 번이나 강조되어 있었다.

예상치 못한 선물이었다. 무심결에 몇 페이지 넘기던 젬은 그만 책장에 코를 박을 뻔했다.

하늘이 내린 미모는 미모였다. 볼살 통통한 금발 천사가 젬을 향해 미소 짓고 있었다. 등에 날개만 달아 주면 당장이라도 하늘로 날아가 버릴 것 같았다.

젬은 대대손손 물려줄 가치를 인정하며 책을 침대 밑 보물 상자에 숨기기로 했다. 아이가 옆에서 뭐라 투덜대든 상관하지 않았다.

얼마 뒤, 보르누가 자리를 만들었다. 일명 가족 만찬이라고 했다. 참가자는 보르누, 카피레, 젬, 리스 그리고 어르신이었다.

*　　*　　*

어르신은 왕자궁 객실에 터를 잡은 뒤 하루도 빠짐없이 본에게 접근했다. 둘 사이에 무슨 말이 오갔는지는 모르지만, 어르신의 낯빛을 보아 좋은 상태는 아닌 듯했다.

리스는 숨겨 데려온 아이와 대화하느라 여념이 없어 보였고, 젬은 옆에서 치근대는 카피레를 적당히 상대하는 중이었다.

마지막으로 등장한 보르누 곁에, 홀가분한 표정의 본이 있었다. 평소와 다름없는 제복 차림이었다.

젬 맞은편에 앉은 어르신 낯이 터지기 직전의 활화산처럼 울그락불그락 했다. 눈, 코, 입에서 칙칙폭폭 증기를 뿜었다.

젬은 숨죽인 채 리스를 챙기는 척했다. 애피타이저가 나갈 때까지, 테이블엔 헛기침과 씩씩거리는 소리뿐, 오가는 말 하나 없이 조용했다. 날 선 침묵은 디저트가 나올 때까지 이어졌다.

엎히면 어떡하나, 잠시 걱정한 젬이었으나 쓸데없는 기우에 불과했다. 나오는 것마다 입에서 살살 녹았다. 옆에서 카피레가 흐뭇한 얼굴로 고기도 잘라 주고, 와인도 골라 주었다. 접시를 줄줄이 싹싹 비운 뒤, 행복한 미소로 셔벗을 머금을 때에야 자리를 자각했다.

기막힌 표정으로 자신을 보는 어르신이 있었다. 보이지 않는 시선의 주인공은 아이가 틀림없음이라…….

보르누가 온화한 미소로 고개를 끄덕였다.

"식사가 입에 맞은 모양입니다. 보기 좋군요. 후후."

"예, 예에에."

진짜 보기 좋단 뜻인지, 작작 좀 먹으란 뜻인지 갈피를 잡을 수 없었다. 아예 한 접시 더 먹겠냐 권하는 말에 젬은 필사적으로 고개를 저었다.

보르누가 부러 소리 내어 식기를 그릇에 올려놓았다.

"오늘 자리를 마련한 것은 다름이 아니라……."

"난 반댈세!"

노인이 자리에서 벌떡 일어나 외쳤다. 대기 중이던 시종이 깜짝 놀라 덜그럭하는 소리가 났다. 카피레가 옆에서 혀를 찼다. 아이가 중얼거렸다.

저 영감이 미쳤나 봐요…….

"무엇에 반대하십니까?"

보르누가 눈썹 하나 까딱 않고 물었다. 가면처럼 견고한 웃음에 젬은 저도 모르게 어깨를 움츠렸다. 카피레가 "추워?" 하며 젬의 어깨를 감쌌다. 노인이 "이이익!" 하는 소리를 냈다.

"다요! 다 반댑니다! 우리 보니를 그렇게 둘 순 없어요! 평생 남자 행세도 모자라 이젠 가짜 왕비 행세라니! 내 딸보고 평생 그렇게 살다 죽으란 말입니까!"

무슨 생각을 하는지 노인의 주름진 눈가에 물이 흠뻑 고여 또 르르 흘렀다. 검게 보일 정도로 달아오른 낯이 금방이라도 울 것처럼 일그러졌다. 앙상한 주먹을 꼭 쥔 채 부들부들 떨었다.

누가 보면 본이 돈 받고 팔려 가는 걸로 오해할 법도 했다. 영화 속 한 장면이 아닐 수 없었다. 홀로 태연하게 셔빗 그릇을 싹싹 긁던 본이 자리에서 벌떡 일어섰다.

가슴팍에 달린 기사 배지가 조명을 받아 반짝였다.

"흠흠, 오늘 이 자리를 마련한 건 다름이 아니라……."

"본! 보니! 너 정말……!"

"다름이 아니라 카피레와 젬의 결혼식 날짜가 잡혔단 소식을! 이 기쁜 소식을 알려드리고자 말이지요! 예에!"

본이 노인에게 눈을 부라렸다. 노인이 "뭐?" 하고 되묻더니 시간을 거꾸로 돌린 듯 의자에 쪼그리고 앉았다. 보르누가 흐뭇한 미소로 등받이에 등을 기댄 채 좌중을 둘러보았다.

카피레가 그제야 젬을 보고 씩 웃었다. 손을 감싼 따뜻한 온기에 젬은 정신이 아득해졌다. 이런 서프라이즈가 있나. 젬이 얼떨떨해 카피레 귀에 속삭였다.

"그, 그럼 본은요? 폐하는요? 결혼 발표는 언제 한대요?"

젬의 속삭임에 카피레가 보일 듯 말 듯 표정을 찡그렸다.

"내가 알게 뭐야. 애도 아니고 알아서 하겠지, 뭐."

*　　*　　*

어둠이 내린 복도 창으로 달그림자가 길게 비추었다. 소리 없이 문이 열리고, 작고 마른 인영이 복도를 살폈다. 벽에 기대어 있던 본이 슬그머니 몸을 세웠다.

노인이 깜짝 놀라 문고리를 세게 쥐었다.

"야, 야밤에 게서 혼자 뭘 하고 있는 게야?"

"아버지야말로. 도둑처럼 살금살금 무슨 눈치를 살피는 거예요?"

본이 문 너머 안쪽을 힐끔 본 뒤 노인의 차림새를 죽 훑었다. 왔을 때와 마찬가지로 후줄근한 셔츠에 가죽 바지, 너덜너덜한 부츠 차림이었다. 가방은커녕 그 흔한 봉다리 하나 없었다.

노인이 더듬더듬 손에 들고 있던 모자를 푹 눌러썼다. 흰 수염이 듬성듬성한 입가가 뭐라 오물거리다 굳게 다물렸다. 어스름한 탓인지 낮보다 주름이 선명했다.

큼, 소리 낸 본이 허리춤에서 술병을 들어 보였다.

"한잔할래요? 술 좋아했잖아."

"……."

"아까 거기선 결국 한 잔도 못 했고……."

노인이 엉거주춤 문을 닫았다. 둘은 몇 걸음을 사이에 두고 복도를 걸었다. 멀리서 비친 둘의 그림자가 길게 늘어져 꼭 나란히 선 것처럼 보였다.

2층 구석에 자리한 테라스 룸이었다. 왕자궁 후원이 한눈에 내려다보이는 명당이었으나 아는 사람이 몇 없어 낮에도 밤에도 먼지만 날리는 곳이기도 했다. 테이블이 두 개에 텅 빈 의자가 넷이었다.

본이 멋쩍게 기지개를 켰다.

"풍경이 좋구나."

"음."

둘이 난간에 기대어 섰다. 풍경이랄 것도 없었다. 밤이 어두워 산에 반쯤 가린 도시 야경이 먼저 눈에 들어왔다. 띄엄띄엄 궁을 밝힌 마법석 빛이 그나마 은은한 분위기를 더해 주었다.

본이 미리 준비해 온 잔에 양주를 성의 없이 따랐다. 왕자궁엔 술 마시는 사람이 없어 보르누 개인실에서 맘대로 훔쳐 온 물건이었다. 비싸 보이는 만큼 맛도 좋길 바랄 뿐이었다.

노인이 맛도 안 보고 잔을 한입에 털었다. 서늘한 밤공기 위로 "크으으" 하는 소리가 퍼졌다. 본이 저도 모르게 피식 웃었다.

"그냥 가려고?"

"……날 따라올 일은 죽어도 없다고, 그렇게 말한 건 네가 아니냐."

본은 대답하지 않았다.

만찬이 끝난 직후의 일이었다. 젬과 카피레, 리스가 왕자궁으로 돌아가고 본이 노인을 붙잡았다. 찰나간 노인 얼굴에 스친 환희를, 본은 놓치지 않았다.

이제 와서, 새삼스러운 감정이었다. 우습기도 했다. 자신도 노인도 마찬가지였다.

본은 나지막이 준비했던 말을 읊었다. 아버지가 죽었다고 생각했다고, 갑자기 나타나선 제멋대로라고, 내 일은 내가 알아서 결정한다, 기타 등등 이것저것 통보하듯 와르르 쏟아 내곤 노인을 두고 먼저 도망쳤다. 그게 겨우 몇 시간 전 일이었다.

노인의 차림을 보니 답이 명확해졌다.

"더 붙잡을 거라고 생각했는데⋯⋯."

"흥. 고집이 쇠심줄보다 더한 놈을 내 무슨 수로 이기겠느냐. 차라리 나 혼자 바다 괴물을 잡고 말지."

날 얼마나 봤다고 내 고집을 안담?

본이 노인의 빈 잔을 가득 채우자마자, 노인이 눈 딱 감고 잔을 비웠다. 사약 먹듯 오만상을 찌푸린 얼굴이 낯설고 늙었다.

본의 기억 속 아비는 엉덩이 구멍 난 팬티 차림에 어미를 그리워하는 30대 홀아비에 멈춰 있었다. 얼굴도, 키도, 목소리도 기억과 달랐다.

시원한 밤바람이 풀 냄새를 실어 왔다. 본이 불쑥 뱉었다.

"왜 답장 안 했어?"

저도 모르게 튀어나온 질문에 노인 표정이 일순 허물어졌다. 깨진 껍데기 사이로 보드라운 속살을 훔쳐본 기분이었다. 언뜻

드러난 연약한 표정에, 본은 머리를 한 대 맞은 듯했다.

틈은 순식간에 사라졌다. 본이 눈을 한 번 깜박였을 때, 노인은 고집불통 안하무인으로 돌아와 있었다.

"명망가에서 성도 받았겠다, 너야말로 뭐가 아쉬워서 편지 따윌 계속 부쳐? 새 자릴 팠으면, 새 마음으로 살아야지. 왕자님 친구까지 됐단 놈이 왕자 흉이나 줄줄이 쓰고, 질질 짜기나 하고."

"안 그래도 왕자님이 그러더라. 내가 자길 그렇게 생각했는지 몰랐대. 싸가지 바가지에 뻔뻔하고 제멋대로에……."

"흥. 딱 봐도 뺀질뺀질하게 생겼더만."

노인의 콧김에서 위스키 향이 진하게 묻어나왔다.

"성은 너무 넓고, 칼은 무겁고, 어른들은 하나같이 무슨 생각을 하는지 모르겠고, 어쩌고저쩌고, 모든 사람이 다 희고 마르고 예뻐서 이상한 나라에 떨어진 것 같다 어쩐다 저쩐다 나불나불. 제기럴! 다 똑같은 인간인데 이상하고 자시고가 어딨어?"

"내가 그렇게 썼었어?"

"그래!"

"……그랬구나."

헤어지고 딱 1년간 보냈던 편지, 답장 없던 편지였다. 자신도 잊고 있던 내용이 주름진 입술 새로 줄줄 쏟아졌다.

"안부 편진지, 하소연인지, 너덜너덜 우글우글해선 이게 편진지 쓰레긴지……."

노인이 맛있는 거 먹고 좋은 거 입는단 얘긴 왜 한 줄도 안 썼냐며 툴툴댔다. 본이 제 잔에 술을 반쯤 따랐다. 노인이 잔을 뺏었다. 제 잔에 술을 가득 채우곤 본과 잔을 바꿨다. 본이 가만히 쳐다보자 불퉁한 목소리로 덧붙였다.

"입 안 대고 마셨어."

"……그래?"

뻔히 보이는 거짓말이었지만, 본은 한 모금 술을 홀짝였다. "크으으" 소리가 절로 터졌다. 못나게 찡그린 딸의 표정에 노인은 뭐라 말하기 힘든 감정이 복받쳤다.

내가 보니와 함께 술을 마시고 있구나, 실감이 났다. 그가 상상했던 미래는 이런 게 아니었다지만…….

노인이 콧물을 킁, 삼키며 "먼지가 많구만……" 하고 중얼거렸다. 본이 잔을 내려놓았다.

"왕자님은 생각보다 좋은 놈이야. 싸가진 없어도 제 사람 챙길 줄은 알거든. 제 잘난 맛에 사는 놈이건 한데 임자를 제대로 만났어."

"그러냐."

"왕자궁도 괜찮아. 특히 요리장님이 진짜 최고야. 손도 크고 맛도 끝내줘. 이미 맛봤겠지만."

"그래. 내 끼니마다 세 그릇씩 먹어도 질리지 않더라."

"좋은 사람들도 많아. 지금은 그, 뭐냐. 그 사건 때문에 조금 그럴 뿐이고, 뒤에서 응원해 주는 사람도 얼마나 많다구. 몰래 쪽지까지 보낸다니까? 얼른 소란이 가라앉길 빈다 어쩐다, 다음 화보집 테마는 뭐냐, 선물로 고급 팬티 세트를 보내 주는 사람도 있고……."

"으, 응?"

화보집? 팬티? 노인이 눈을 깜박이건 말건 본은 느릿하게 말을 이었다.

"딱히 원망한다거나, 그런 건 아니야. 그냥, 내가 더는 보니로 살 수 없어서 그래. 난 기사 본이고, 지금 내 자리가 좋거든."

"보니……."

본이 쓰게 웃으며 고개를 저었다.

"난 보니가 아니야, 아버지."

"……그래."

노인이 작게 고개를 끄덕였다 모든 걸 포기하고 함께 살자는 게 제 욕심이란 걸 인정했다. 본의 이름은 본이 정해야 했다.

노인이 빈 잔을 꼭 쥐었다. 본이 술이 얼마나 남았나 확인하듯 병을 흔들었다. 찰랑이는 소리가 났다. 멀리서 환청처럼 벌레가 울었다.

"……그럼 왕비 자리는? 주변에 떠밀려 그런 자리에 앉는 건 괜찮은 거냐? 상황이 어렵다고 가볍게 결정할 일이 아니다. 놈은, 폐하는 널 배려하겠다, 뭐다 지껄여대더라 만은……."

"쉿, 누가 듣겠어."

"제기랄!"

노인이 화풀이하듯 잔을 난간에 쾅쾅 찧었다. 힘이 어찌나 센지 철제 난간이 살짝 우그러질 지경이었다. 본이 깜짝 놀라 술잔에 양주 병을 기울이자 노인이 얌전히 술을 받았다. 곧장 연거푸 들이켰다.

"제기랄! 제기랄!"

"그 잔 비싼 거야, 아버지. 코다가 알면 나까지 혼나."

"내가 네게 아비 행세할 입장이 아닌 건 알아! 그래도 어떻게 이럴 수 있느냐! 어떻게 이럴 수 있느냔 말이야!"

노인의 목소리에 물기가 섞였다. 그가 팔뚝으로 거칠게 눈을 훔쳤다.

"어떻게 이렇게 해 줄 수 있는 일이 하나도 없을 수 있냐구. 어떻게, 아비가 되어서 작은 도움 한 번을 못 주냐구우우……!"

노인이 제 가슴을 치듯 술잔으로 난간을 쾅쾅 때렸다. 망치로 못질하듯 가차 없었다. 남은 술 방울이 사방으로 튀었다. 본은 차마 할 말이 없어 더는 말리지 못했다. 흥분한 노인을 끌어 의자에 앉힌 게 전부였다.

어깨를 들썩이던 노인이 잠시 뒤 잠잠해졌다. 지친 몸이 스르르 테이블에 늘어졌다. 도수 높은 술을 급히 들이켠 데다 흥분까지 겹쳐 정신을 잃은 모양이었다.

본은 볼품없이 웅크린 노인의 모습을 말없이 응시하다 뒤를 보았다.

"거기 있는 거 다 압니다."

유리문을 가린 커튼 사이로 핑크색 요정 가루가 반짝였다. 잠시 침묵하던 상대가 조심스레 문을 열었다.

"이, 일부러 엿들으려 한 건 아네요."

"달밤에 술주정이 소란했지요. 깨웠다면 미안합니다."

젬이 아이를 품에 안고 조심조심 다가왔다. 아이가 혀를 차며 웅크린 노인을 보았다.

"저 숙취해소약 남은 거 있어요. 내일 챙겨 드릴게요."

"거참 반가운 얘기군요. 나이가 나이신지라 꼭 필요할 것 같았어요. 웃차."

본이 가볍게 노인을 등에 업었다. 젬이 도울 것도 없었다.

"아, 폐하께 얘기 들었습니다. 후사 문제로 상담하셨다면서요?"

"그, 그게……."

"혹시 요즘 생각이 많던 게 그것 때문이었어요?"

젬이 멋쩍게 웃었다. 꼭 그런 건 아니지만, 아예 상관없는 일도 아니었다. 본이 한 손으로 노인의 엉덩이를 받친 채 주머니에서 막대 사탕을 꺼냈다. 안 그래도 주변에 남은 안줏거리가 없나 살피던 아이가 냉큼 본에게 붙었다.

"본이 원한다면, 따로 연구할 생각도 있어요. 베이비트리라고, 지금 연구하는 게 있는데……."

"음. 젬, 걱정해 주는 건 고맙지만, 난 별생각이 없어요."

"본, 폐하와는……."

"젬, 실은요."

본이 바닥을 보았다. 등에 늘어진 노인에게서 낮게 코 고는 소리가 났다.

"전 기사인 제가 좋아요. 적성에도 잘 맞고, 힘자랑하기에도 딱 좋고요. 그런데 솔직히 왕비는 잘 모르겠거든요?"

"본……."

"제가 드레스 입은 모습, 상상해 본 적 있어요?"

있었다. 바로 며칠 전, 왕이 본을 부탁한다 청했을 때 처음으로 그랬다. 말끔히 차려입은 기사 제복 차림에 놀란 것도 그 탓이 컸다. 본이 고개를 저었다.

"전 제게 가장 어울리는 옷이 뭔지 알고 있어요."

본이 고개를 들어 아이를 보았다. 동화책에서 튀어나온 듯한 아름다운 요정이 작고 붉은 막대 사탕을 안고 그를 마주 보았다. 본이 씩 웃었다.

젬이 손가락을 만지작거렸다.

"하지만, 폐하와 약속하신 것 아닌가요? 그러니까 결혼……."

"폐하 말대로 양쪽에서 좋은 제안이긴 해요. 폐하는 왕비 찾으란 등쌀에 시달리지 않아도 되고, 저는 귀찮은 위협에서 해방될 테니까요. 뭐 지금 같아선 한동안 원로원도 조용하겠지만…… 어쨌든 고민 끝에 폐하랑 대충 합의 봤습니다."

"합의요?"

"네."

본이 의뭉스레 씩 웃었다.

"아무리 제가 왕실 기사라지만 손해만 볼 수는 없으니까요."

젬이 침을 꼴깍 삼키며 자세한 사정을 물었다. 본은 태연히 씩 웃기만 할 뿐 말을 아꼈다. 쌍방 모두 만족할 만한 계약서가 완성되었다고만 전했다.

"그, 그럼 결혼은 어떻게……."

"뭐어, 어떻게든 되지 않겠어요? 실은 미룰 수 있는 만큼 미루고 싶다곤 생각하지만……."

"본! 국혼이에요! 국가 중대사라고요!"

젬은 눈앞이 노래졌다. 지금 본에게 필요한 사람은 자신이 아니었다. 날이 밝자마자 만나야 할 사람이 줄줄이 떠올랐다. 가장 첫째 줄에 보르누와 마담 D가 있었다.

우왕좌왕하던 젬이 "이, 일단 어르신부터 재웁시다. 본도 어서 돌아가요!" 했다.

본이 노인을 고쳐 업으며 한쪽 눈을 찡긋했다. "금방 돌아올 테니, 나랑 2차 어때요?" 하는 본에게 젬은 단호히 고개 저었다.

"당장 가서 씻고 자요."

"네……."

본이 먼저 자리를 떴다. 젬이 테라스 유리 천장을 향해 한숨 쉬었다.

복 날아가게 한숨 그만 쉬고 나 사탕이나 까 줘요.

"과연 본의 생각대로 될까? 상대는 보르누 폐하라구."

후후. 왜, 인연의 실이라도 봐 줄까요?

아이가 장난스레 물었다. 젬이 눈을 흘기며 사탕을 깨물어 나눠 주었다.

"장난치지 마, 아이."

장난 아닌데?

"그나저나 시간이 촉박해. 나나 카피레보다 빨리하는 게 딴소리도 덜 들을 테고. 어디 보자, 남은 기간이……."

그때였다. 멀리서 요란한 종소리가 딸랑딸랑 정적을 갈랐다. 왕자궁 2층 중앙 창에 불이 들어온 게 보였다. 중심을 시작으로 복도에 하나둘 불이 켜졌다.

눈을 가늘게 뜨고 위치를 가늠하던 젬이 입을 떡 벌렸다.

"헉, 카피레!"

자다 깼는데 젬 없다고 이러는 거예요, 지금?

"엄마야, 못살아!"

젬이 아이를 안고 급히 유리문을 나섰다. 멀리서 "제엠!" 하고 부르는 야생 원숭이의 포효가 들렸다.

* * *

왕은 중매 선생께서 인연을 점지해 주셨다며, 카피레의 호위 기사 본을 왕비로 맞을 것을 선언했다. 사교계가 발칵 뒤집혔고, 중매 선생은 평생 먹을 욕을 골고루 다 먹었다. 젬은 중매 선생이란 이름을 다신 쓰지 않기로 다짐, 또 다짐했다.

보르누가 중매 선생의 이름값을 톡톡히 쳐 주었기에 젬도 크게 불만은 없었다.

본은 모든 과정에 군말 없이 따랐으나, 끝을 내정한 듯 어딘가 초탈한 분위기였다. 혼돈과 경악 속에 번갯불에 콩 구워 먹듯 국혼이 마쳤다.

보르누와 본의 결혼식은 유라레에 생방송으로 실시간 보도되었다. 사람들이 말하길, 역사상 왕보다 키 큰 왕비는 처음이라고들 했다. 드레스를 입지 않은 왕비도 처음이었다.

불과 몇 주 뒤, 젬과 카피레는 비교적 조용히 식을 올렸다. 국혼 때와 마찬가지로 아이는 신랑, 신부의 손을 유심히 바라보았다.

젬은 아무것도 모르는 척 아이와 리스를 향해 웃어 보였다.

기립 박수 치는 본, 볼이 탱탱 부은 리스, 카피레를 보며 손수건을 적신 보르누 현왕, 휴지 한 박스를 다 쓸 기세로 코를 푸는 킨, 왕자궁 식구들, 마담 D를 비롯한 전 고객 몇 사람과 왕비를 위해 본궁으로 자리를 옮겼다는 푸파까지. 한마음 한뜻으로 새로 시작하는 두 사람을 축복해 주었다.

따뜻하고 든든한 손이 젬과 손깍지를 꼈다. 젬이 옆을 보았다. 달콤하고 향긋한 카피레의 체향이 꿈결처럼 감미로웠다. 카피레가 젬의 이마에, 볼에 차례로 입 맞췄다.

주례 서던 레임 경이 흐뭇한 미소로 헛기침했고, 뒤에서 휘파람 소리가 꿀벌처럼 날았다. 안절부절 땀을 뻘뻘 흘리던 카피레가 두 눈 딱 감고 귀엣말했다.

"사, 사랑해. 내 솜사탕……!"

뒷말은 거의 개미 울음에 가까웠다. 잉? 젬이 눈을 휘둥그레
뜨고 카피레를 보았다. 귀 끝까지 벌겋게 붉힌 제 짝이 입술을
오물거리고 있었다.

그러고 보니 트리비아에서도 야생 원숭이가 그리 애칭에 집착
했더랬다. 젬이 저도 모르게 주변을 흘깃 보았다. 분위기로 보아
저만 들은 게 분명했다.

휘익휘익! 뽀뽀해! 뽀뽀해! 외치던 사람들 사이에서 박수 소리
가 터졌다. 젬이 카피레의 목을 감싸곤 입을 꾸욱 맞춘 것이었
다.

입술을 떼자마자 카피레가 눈을 빠르게 깜박였다.

"너, 너어……!"

"……나도 사랑해요! 커, 컵프!"

"커, 컵프?"

카피레가 중얼거렸다.

아차! 갑자기 애칭을 생각하려니 튀어나온 게 저거였다. 차라
리 달링, 허니, 내 귀염둥이가 나을 뻔한 게 아닌가! 젬이 급히 정
정하려는 찰나, 카피레가 피식 웃었다.

"……뭐, 네 센스치곤 나쁘지 않아."

카피레의 얼굴이 다시 가까워졌다. 젬이 홀린 듯 눈을 감았
다. 박수도 환호도 모든 것이 멀었다. 카피레의 온기, 향기, 단단

한 감촉이 생생하고 애틋했다.

카피레와 함께라면 금서가 없어도 뭐든지 해낼 수 있을 것 같은 예감이 들었다. 젬이 카피레를 힘주어 안았다.

살며시 뜬 시야, 카피레 어깨너머로 리스 품에 숨은 아이가 보였다. 눈 마주친 아이가 환히 웃어 주었다.

모이라이.

해를 본 듯 눈이 부셨다. 젬의 눈꼬리에 눈물이 한 방울 고였다.

행복의 눈물이었다.

외전 3.
플래닛 독점 인터뷰!
새신랑 왕자, 카피레 바리우스 편!

일리는 연신 손거울을 들었다 놨다 했다. 볼 때마다 흠이 늘어났다. 눈썹은 한쪽만 비뚠 것 같았고, 안색도 오늘따라 칙칙했다. 볼 터치는 촌스럽고, 립스틱 발색이 평소와 달랐다. 설상가상 손을 댈 때마다 화장이 이상해졌다.

문앞에서 대기하던 카메라맨이 소리를 높였다.

"일리! 온다! 왔어!"

"망할!"

일리가 짜증스레 손거울을 가방에 쑤셔 넣곤 머리를 대충 정리했다. 왕자가 들어온 순간, 일리는 모든 짜증이 먼지처럼 날아갔다.

황금을 녹인 듯 흘러내리는 금발, 선명한 이목구비, 호수를 닮은 에메랄드빛 눈동자, 꽃잎을 베어 문 입술. 평생 보고 싶은 얼굴이 아닐 수 없었다. 과연 살아 있는 유라레 왕실의 보물······.

"······일리! 일리!"

옆구리를 마구 찌르는 팔꿈치에 퍼뜩 정신을 차렸다. 일리가 허리 숙여 인사했다.

"만나 뵙게 되어 영광입니다! 잘 부탁드립니다!"

일리 얼굴을 보고 살짝 치켜 올라갔던 왕자의 눈썹이 서서히 제자리를 찾았다. 딱딱하게 굳어 있던 입가에 희미한 미소가 번졌다.

"그래요. 뭐, 이쪽도 잘 부탁합니다."

목소리까지 완벽해! 사기야!

일리는 터져 나올 것 같은 눈물을 가까스로 참았다. 상대는 우주 제일 미남이자 유부남. 자신은 그의 팬이기에 앞서 기자였다.

카피레가 준비된 자리에 편히 앉았다. 등받이에 몸을 느슨히 기대고 다리를 꼰 자세였다. 몸에 군살이 하나도 없는 탓일까. 먹이를 구경하는 짐승 같아 보이기도 했다.

일리가 서둘러 질문을 점검했다. 사전에 미리 교환한 내용이긴 했으나 혹시 몰랐다.

망할 왕실 언론부가 신신당부했더랬다. 국왕 부부와 왕자비에 대한 지나친 질문은 절대 금지라고. 가을에 출간될 카피레 화보집 일반판 발매에 집중하라고 말이다.

개소리라고, 두고 보라고 하고 싶었지만 마음뿐이었다. 일리는 여기서 더 물러설 곳이 없었다. 이번 인터뷰는 반드시 성공해야만 했다.

왕자의 호위가 한 발짝 물러서며 일리에게 속삭였다.

"시간 약속은 반드시 지켜 주시기 바랍니다."

얼결에 고개를 끄덕이고만 일리가 저도 모르게 어깨를 부르르 떨었다. 미인을 앞에 두니 풋내기 기자로 돌아간 듯 심장이 떨렸다. 카피레의 미소가 가슴이 꽉 조일만치 아름다웠다. 살아 있는 요물이 따로 없었다.

일리는 애써 호흡을 가다듬었다. 정신을 바짝 차려야 했다. 넌 할 수 있다, 일리!

오늘을 위해 거금을 주고 수도 외곽 카페 건물까지 빌린 참이었다. 편집장의 빛나는 안경이 눈에 어른거렸다. 실패는 용납될 수 없었다.

뒤에서 카메라맨이 꼴깍 침 삼키는 소리가 났다. 일리가 펜을 굳게 쥐었다.

*　　*　　*

국혼 소동이 지난 지 한 달이나 됐을까. 두문불출하던 카피레 왕자가 갑작스레 결혼 발표를 했다. 문제는 그 내용이 결혼할 거란 예고가 아니라 벌써 했다는 사후 보고였단 점이었다.

둘은 수도 외곽에 저택을 꾸미는 중이며 조만간 성에서 나갈 거라고 했다.

새 신부의 이름은 젬 마키나.

세라피스 학원 마법약학부, 연금학부 복수 전공에 카피레보다 세 살 연상이라고 했다. 부모님은 안 계시고, 어린 동생이 한 명.

어떻게 만났느냐, 중매 선생이 점지해 준 상대냐, 따위 질문에 왕자는 한결같이 콧방귀만 뀌었다. 무슨 짓을 했는지 세라피스 학원에 젬 마키나의 정보는 최소한밖에 남지 않았고, 교우 관계도 찾을 수 없었다.

'어쩜 이리 유령 같은 여인이 있을 수 있담?' 하던 와중, 이런 소문이 돌았더랬다. 젬 마키나가 바로 중매 선생이란 거였다.

일리는 코웃음쳤다. 말도 안 되는 일이었다. 중매쟁이가 의뢰인과 눈 맞아 버리다니. 아무리 중매 선생이 신비주의 컨셉에 연령 미상 여인이라곤 하지만.

혹시나 싶은 마음에 중매 선생에 대해서도 조사해 봤으나 이쪽은 젬 마키나보다 더 정보가 적었다. 중매 선생은 일대일 상담을 주로 한데다, 일반적인 중매쟁이라기보다 비밀 상담사에 가까운 존재였기 때문이었다.

중매 선생의 손님 중 가장 유명한 콘 백작 부인에게도 접근해 봤으나 '검은 코트를 즐겨 입는 신비스러운 분' 따위 정보밖에 나오지 않았다.

한때 카피레 왕자의 도플갱어를 쫓던 때처럼, 갯벌에서 바늘을 찾는 기분이었다.

그렇게 수확 없이 인터뷰 날을 맞이하고만 일리였다. 지나간 일은 어쩔 수 없는 법. 대놓고 미움 샀다가 왕실 언론부 눈 밖에 나선 곤란했다. 일리가 흠흠 헛기침한 뒤, 첫 질문을 던졌다.

자신을 보는 왕자의 눈빛이 어느 날 역에서 스친 그의 도플갱어와 똑 닮았다 생각하면서.

*　　*　　*

왕자는 심드렁한 태도와 달리 질문에 꼬박꼬박 답해 주었다. 간간이 카메라에 대고 서비스용 미소와 모델 포즈도 취해 주었다. 일리가 중간중간 던지는 함정에도 담담했다.

"국혼 일은 미리 알고 계셨습니까?"

"꿈에도 몰랐습니다. 하지만 잘 어울리는 한 쌍이라고 생각합니다."

이런 식이었다. 틀에 박힌 답만 내놓아 재미가 하나도 없었다.

시작한 지 십 분이나 지났을까. 왕자가 목이 마르다며 얼음산 청정 탄산수를 주문하는 바람에, 잠깐 휴식 시간이 생겼다.

너덜너덜한 메모 수첩을 눈 위에 얹고, 일리가 축 늘어졌다. 왕자가 자리를 비웠기에 가능한 일이었다.

왕자의 까탈은 이미 유명했다. 뭐 하나 수틀리면 인터뷰고 기자회견이고 뭐고 죄 파탄 내 버리는 인간이었다. 뒷배가 왕이라 누가 뭐라고도 못 했다.

만반의 준비를 해야 했는데, 하고 후회해 봤자 이미 늦은 일이었다. 눈앞이 깜깜했다. 눈물까지 찔끔 샜다.

'왕자가 요즘 탄산수를 즐겨 마신단 것조차 미리 파악 못 하다니! 얼음산 청정수 오리지날은 준비했건만! 탄산수는 한 달에 백 병 한정 생산이라 구하는 게 하늘의 별따기라는데!'

온갖 잡생각이 머릿속을 괴롭혔다.

그녀는 몇 개월 전, 수도 역사에서 카피레 왕자의 도플갱어와 스친 적이 있었다.

카피레 왕자보다 조금 마르고 피부색이 짙다뿐이지, 이목구비며 목소리까지 똑 닮은 인간이었다.

물론 착각일 수도 있었다. 일리가 그와 얼굴을 스친 건 단 몇 초에 불과했으니까. 일리는 저도 모르게 고개를 저었다.

그 몇 초에 허비한 시간이 어언 얼마인가.

작년 말, 연이어 터지는 사건 중에서도 일리는 항간에 나돌던 찌라시에 주목했다. 닥터 유리가 왕자의 클론을 만들었다는 개소리 뉴스였다.

결과는 현실이 말해 주었다.

일리가 그러고 있는 동안 또래, 후배 기자들이 연달아 특종을 터트렸다. 시기가 시기였다. 특종이 고구마처럼 줄줄이 뽑혀 나오는 황금기였다.

다들 황금알을 손에 쥔 때, 일리만 빈손이었다. 국왕 부부와 왕자의 결혼까지 지나간 지금, 일리의 마지막 희망은 이 인터뷰뿐이었다.

정신 차려라, 일리! 넌 할 수 있다!

일리가 의자에 몸을 늘어트린 채 몸을 부르르 떨던 때였다. 뒤에서 절도있는 발소리가 가까워졌다.

'호위가 먼저 돌아왔나?'

몸을 뒤척이던 일리가 "기자님?" 하는 소리에 깜짝 놀라 몸을 세웠다.

"인터뷰 중이신 기자님 맞지요?"

키 큰 제복 기사가 멋쩍게 웃었다. 일리가 엉거주춤 몸을 세웠다. 드물게 중성적인 마스크였다. 분명 낯설지 않은 얼굴인데, 어디서 봤는지 짐작이 안 갔다.

넋 빠진 일리 대신 남자가 싱긋 웃었다. 이제 보니 몸에 딱 붙는 제복에 왕실 기사단 마크가 떡하니 붙어 있었다. 카피레 왕자 쪽 사람이 분명하군. 일리가 벌떡 일어섰다.

"고생이 많으십니다. 원체 까다로우신 분이라. 물을 찾으러 가셨다고요?"

"아, 아닙니다. 얼음산 청정 탄산수를 준비 못한 저희 탓입니…… 쿵."

"이런……"

눈에 뭐가 들어간 모양이었다. 아까 눈 화장을 열심히 덧칠한 게 원인이었다. 일리가 얼른 눈물을 훔쳤다. 검은 물이 손등에 짙게 그림을 그렸다. 아이고 내 팔자야.

일리의 당황이 표정에 드러났는지, 기사가 조금 어색한 낯으로 주머니를 뒤졌다. 그 곤란한 미소 역시 눈에 익었다.

일리가 코를 훌쩍였다. 누구지? 누구더라?

"눈물까지 흘리시다니…… 탄산수는 걱정 마세요. 이쪽에서 해결할 테니까요. 왕자님 까탈이 참 별나긴 하지요."

"예, 예?"

기사가 주머니에서 일회용 손수건을 한 장 꺼냈다.

"……죄송하단 뜻에서 힌트 하나 드리겠습니다. 왕자님이 영 비협조적이다, 싶을 때 무조건 먹히는 소재가 있거든요."

"그, 그게 참말이십니까?"

온갖 잡생각이 일시에 날아갔다. 일리 귓가에 천사의 합창 소리가 퍼지는 듯했다. 기사가 "후후후" 웃었다. 일리가 얼른 얼굴을 닦았다.

"대신 기사는 신중히 쓰셔야 할 겁니다. 요즘 왕실 언론부가 잔뜩 날 선 상태라서요."

일리는 마지막까지 그가 누군지 떠올릴 수 없었다.

돌아온 카피레 왕자와 몇 마디 나눈 그는 들고 있던 가방에서 웬 물병과 약병, 과자 주머니까지 한가득 건네곤 날 듯이 자리를 떠났다. 유리창 너머로 멀어지는 차 꽁무니를 일리와 왕자가 말

없이 보았다.

이윽고 텅 빈 도로에 가로수 나뭇가지만 흔들렸다. 대기하던 왕실 경호원이 블라인드를 내려 버렸다. 햇빛이 차단되자 창백한 형광등만이 실내를 비추었다. 카피레가 다리를 바꿔 꼬며 작게 한숨 쉬었다.

"빨리 끝냅시다."

카피레가 손바닥만 한 오렌지 색 약병을 땄다. 일리가 얼른 자리를 잡았다. 빌어먹을 얼음산 청정 탄산수 탓에 시간이 촉박했다.

기사가 남기고 간 말이 참말일까? 그래 놓고 규정 위반이라며 언론부에서 잡아가는 건 아니겠지? 일리는 머리를 팽팽 굴리면서도 기계적으로 질문을 던지고 받아 적었다.

올가을, 전국 서점에 깔리게 될 카피레 화보집은 호화 양장본에 초판 한정 엽서가 들어갈 예정이며, 단 5백 부에만 넘버링이 새겨질 예정이라고 했다.

평소 대외 활동을 꺼리던 카피레 왕자기에 화제성이 컸다. 소문으로만 듣던 카피레 화보집을 일반인도 손에 넣을 수 있는 절호의 기회였다.

막상 카피레는 이 상황이 마뜩잖은 듯 반응이 떨떠름했다. "유라레 전국 서점이라니, 좋으시겠어요!" 해도 "음, 뭐" 하며 먼 곳만 보았다.

얼굴 근육은 느슨히 둘망정, 일리의 머릿속은 힘껏 당긴 고무

줄처럼 팽팽히 돌아갔다. 왕실 언론부 징계를 각오하고 공을 던져 볼 것이냐, 참을 것이냐!

왕자가 손목시계를 힐끔 보더니 혼잣말처럼 "다 똑같은 얘기군요" 했다. 일리가 "예?" 하고 물었다. 카피레가 어깨를 으쓱했다.

"솔직히 난 형님과 생각이 달라요. 나가라니까 나오긴 했지만, 딱히 홍보를 원하는 것도 아니라서. 아실지 모르겠지만 난 이게 세 번째 인터뷰예요. 그것도 똑같은 내용으로요. 아주 지겨워 죽겠다고요."

"……세 번째요?"

왕자가 유라레 유명 일간지 둘의 이름을 댔다. 일리가 속으로 이를 갈았다. 어쩐지 발표 날짜까지 정해 주더라니, 짜고 치는 게임이었군. 그것도 내가 세 번째……

일리는 속으로 이를 가는 한편 카피레를 유심히 관찰했다. 안 그래도 기자들 사이에 그런 말이 있기는 했다. 국혼으로 하도 말이 많으니 현왕이 카피레 왕자를 방패 삼아 소란을 잠재울 요량이 아니겠냔 말이었다.

"이쯤에서 그만두지요. 인터뷰는 앞에서 한 것만으로도 충분할 테니까. 매번 똑같은 말 하는 것도 지겹고."

"와, 왕자님?"

"언론부에선 따로 연락이 갈 겁니다."

테이블 위엔 딱 두 모금 마신 탄산수와 텅 빈 약병, 손도 안 댄 다과 그릇이 놓여 있었다. 일리가 너덜너덜한 기자 수첩을 탁 내려놓았다.

"잠깐만요!"

막 몸을 일으키려던 왕자가 일리를 보고 눈썹을 꿈틀했다. 박력 있는 얼굴도 잘생겼군. 일리가 침을 꼴깍 삼켰다.

이판사판이었다.

"아내분, 왕자비님, 그러니까 젬 마키나께서……."

카피레가 스르르 엉덩이를 의자에 다시 붙이려는 듯했다. 일리가 두 눈 꼭 감고 내질렀다.

"왕실 공무원으로 낙하산 의혹이 있단 소문이……!"

"……뭐?"

문가에 대기하던 호위가 움찔하리만치 사나운 음색이었다. 일리 뒤에서 대기하던 카메라맨이 "일리 이 미친아……" 하고 중얼거리는 소리가 들렸다. 동감이었다. 친절한 기사는 아내 얘기를 하라고 했지, 아내 흉을 보라 하진 않았다.

일단 자극하고 보는 나쁜 습성이 이럴 때 튀어나올 건 뭐람! 어머니!

카피레가 "하하……" 하고 헛웃음을 뱉더니 등받이에 몸을 길게 늘어트렸다. 길쭉한 다리 역시 쭉 뻗었다. 그러니까 테이블 위에.

일리 앞에 놓인 다과 그릇에 잘생긴 구두코가 떡하니 올라왔다. 갑작스런 충격에 도자기 그릇이 덜그럭 춤을 추었다.

일리가 입을 뻐끔거리며 구두코와 왕자를 번갈아 보았다. 왕자가 뒤도 안 보고 손짓했다. 문가에 대기하던 호위 하나가 걸어와 카메라맨에게서 사진기를 뺏었다.

"내보내. 사진, 녹음기 확인하고."

곧장 동료가 끌려가다시피 문밖으로 내쫓겼다. "자, 잠깐만요! 일리이이!" 하는 목소리가 고막을 긁었다.

일리 등줄기를 따라 식은땀이 죽 흘렀다. 내가 지뢰를 밟았구나!

"아주 흥미로워. 기자님. 세상에, 내 앞에서 감히 내 사람 뒷담을……."

"그, 그런 게 아닙니닷!"

"그럼 뭔데?"

왕자가 천천히 고개를 모로 기울였다. 똑바로 답하지 못하면 기자 생명을 끊어 주겠단 표정이었다. 일리는 되는 대로 본능처럼 뱉었다.

"이, 이 모든 의혹을 바로잡기 위해! 제가! 펜을 들겠습니닷!"

"……뭐?"

"헛소문 대신! 바로 이 제가! 왕자님의 진실을 널리 알려드리겠습니닷!"

악쓰는 바람에 목까지 따가웠다. 내가 지금 무슨 말을 하는 거냐. 켁켁 기침하는 일리를, 왕자가 물끄러미 바라보았다.

그가 스르르 발을 내리곤, 얼음산 탄산수를 밀어 주었다. "그래서?" 하고 왕자가 막 운을 뗄 때였다.

일리는 굽실거리며 병을 입에 댔다가 그대로 왕자 얼굴에 뿜을 뻔했다. 맹맹하고 비린 데다 더럽게 따가운 탄산수가 목을 사납게 긁었다.

일리는 한 줄기 이성을 붙들었다. 왕자 얼굴에 뿜었다간 무슨 일이 벌어질지 모른다! 죽기 살기로 입을 막은 일리는, 그만 탄산수를 코로 뿜어 버렸다.

콧구멍에서 화려한 분수 쇼가 펼쳐졌다. 머나먼 대양에서 돌고래가 물을 뿜는 장면이 환영처럼 스쳐 갔다. 일리는 형광등 불빛 아래 희미한 무지개를 보았다.

눈, 코, 입이 다 따가워 얼굴에 있는 구멍이란 구멍에서 물이 다 튀었다. 쿠울럭 쿨럭쿨럭켁켁, 하고 요란한 소리가 터졌다. 왕자의 얼굴에 뿜는 건 면했으나 온 테이블과 바닥에 콧물과 침 섞인 탄산수가 폭죽처럼 흩어졌다.

왕자는 제 가슴팍에 튄 몇 방울 얼룩과 일리를 번갈아 보았다. 의자에서 일어나려다 실패한 일리가 제자리에 주저앉아 기침하고 있었다.

경호원이 튕기듯 달려와 일리를 끌어내려 할 때였다. 카피레가 손을 들어 막았다.

"치워."

"지, 지금 당장 치우겠습니다!"

"아니, 그거 말고."

카피레가 일리 대신 엉망이 된 테이블과 바닥을 눈짓했다. 더불어 물방울이 약간 튄 구두코도.

"이거."

*　　*　　*

겨우 제정신이 돌아온 일리는 그냥 확 혀 깨물고 죽고 싶었으나 카피레는 달랐다. 그는 아까와 달리 대단히 적극적인 태도로 질문을 종용했다.

"당신이 알고 있는 헛소문을 다 말해 봐요" 하며 웃는 얼굴로 협박까지 했다. 일리는 짐승에게 물린 기분으로 꼼짝없이 따랐다.

세라피스 학원에서 복수 전공을 했다고 들었을 때부터 짐작했으나 젬 마키나는 보통 여인이 아니었다. 마법약에 정통해 약물 과민 반응으로 고생하던 카피레를 여러모로 도와준 것은 물론, 성내에 알음알음 소문이 퍼진 터라 요즘은 마법약이 모자랄 정도라는 것이다.

왕실 마법약학자 자리가 빈 감투는 아닌 모양이었다.

"그런 인재를 어디서 찾으신 거죠? 아, 역시 중매 선생께서?"

일리의 질문에 카피레가 의미심장한 미소로 "뭐어" 하며 팔짱 꼈다. 다음 질문으로 넘어가잔 뜻이렷다. 일리는 얌전히 펜을 놀렸다.

카피레는 자신이 답할 수 있는 범위 내에선 성실히 임할 테니 아내에 관한 기사를 잘 부탁한다고 했다. 잘. 아주 잘.

일리로서는 거절할 이유가 없었다. 베일에 싸인 왕자비에 관한 첫 번째 기사가 될 터였다. 이미 둘이나 받아 갔다는 카피레 화보집 소식과 비교가 안 되는 소재였다.

"제가 직접 인터뷰해도 될 텐데요, 그러니까 왕자비님을……"

일리의 은근한 시도에 왕자는 단호히 고개를 저었다.

듣자 하니 사교계에도 꼭 필요할 때만 얼굴을 내민다고 했겠다. 일리는 얌전히 주는 것만 받아먹기로 했다.

일리가 보기에, 카피레 왕자는 대단한 애처가에 로맨티시스트였다. 아내 얘기만 하면 눈에서 꿀이 뚝뚝 떨어지고 목소리까지 몽롱해졌다.

그 내용도 참 가관이었다.

"글쎄 이 사람이 새로 장만한 커플 양말을 절대 신지 않겠다는 겁니다. 신발로 다 가려질 텐데 뭐가 문제냐 했더니 스스로에게 부끄럽다지 뭡니까? 참나, 이게 말이야 방구야. 얄밉지 않습니까? 그런데 제가 어제 뭘 봤는지 알아요? 마침 방문이 반쯤 열려 있길래 장난이나 쳐 볼까, 하고 기회를 살피던 중이었죠. 세상에, 그런데 그 사람이 혼자 침대에 앉아 양말을 신고 있지 않겠어요? 전날 내팽개쳤던 그 핑크색 하트 양말을 말입니다! 그러곤 혼자 뒤집어지며 좋아 죽는 겁니다. 발을 만져 보고, 허공에 차 보고, 발 장난하고…… 제기랄! 난 매일 그 양말만 신기로 결심했어요. 빨리 닳을까 봐 그게 걱정입니다. 오늘도 신고 왔는데, 한 번 볼래요?"

"사양하겠습니다."

"아, 방금 건 오프 더 레코드입니다."

그놈의 오프 더 레코드가 많기도 했다.

한 가지는 확실했다. 카피레 왕자는 행복해 보였다. 이야기 속 왕자비도 그랬다. 기자의 사명감이 없었다면 당장 온몸에 사포를 문지를 내용이었다.

왕자비에 관한 뜬소문들, 예를 들어 '신분 상승을 노려 왕자에게 의도적으로 접근한 불여우다, 실력도 없는 인간이 왕실 공무원 자리에 낙하산으로 들어갔다, 왕자에게 수상한 약물을 먹여 결혼했다, 마담 D의 숨겨 놓은 딸이다, 실은 키 작은 여장 남자다, 사실 중매 선생이다!' 따위 얘기는 거짓으로 밝혀졌다.

왕자와 왕자비는 둘이 죽고 못 살 닭살 커플이었고, 교제 기간은 약 1년 정도로 추정했다.

왕자는 제 아내는 내 눈에 가장 빛나는 여인이란 표현을 서슴지 않았으며, 실수로 '내 솜사탕'이란 애칭을 흘리기도 했다.

참고상 말하자면, 왕자는 자신을 우주에서 가장 아름다운 생명체라 뽐내는 걸 잊지 않았다.

왕자는 자녀 계획은 1남 1녀로 기왕이면 겉은 자신을, 속은 아내를 닮은 아이였으면 좋겠다고 했다. 왜냐고 묻자 제 외모가 너무 뛰어나 후손에게 물려줘야 할 의무가 있기 때문이란다.

일리는 기가 막혔으나 부정할 수 없었기에 고개만 끄덕였다. 가족계획에 대해 한참 침 튀기던 카피레에게 호위가 뭐라 속삭였다. 그가 손목시계를 확인했다.

"이런, 시간이 벌써."

일리가 그제야 주변을 돌아보았다. 블라인드 새로 깜깜한 거리가 비추었다. 약속했던 시간을 한참 넘긴 시각이었다.

또 불똥 맞을까 덜컥 겁먹은 일리가 "죄송합니다! 이, 이걸 어떡하죠!" 하자 왕자가 고개를 저었다.

"시간 가는 줄 몰랐군요. 아주 재밌었어요. 요즘엔 다 지겹다고 이런 얘길 들어 주지 않아서……."

"예에."

십분 이해 가는 말이었다. 일리도 일이 아니었다면 진작에 도망갔을 지경이었다. 그가 후후, 웃으며 자리에서 일어섰다. 선글라스를 낀 호위들이 일사불란하게 퇴실 준비를 했다.

일리가 엉거주춤 따라 일어설 때였다. 문을 향하던 카피레 왕자가 "아, 그래요" 하며 일리를 돌아보았다. 이어진 말에 일리는 귀를 의심할 수밖에 없었다.

"네, 넷?"

"읽었다고요. 당신 기사. 나오자마자 묻혔지만 말예요, 후후후. 그래, 요즘도 내 도플갱어 찾아다닙니까?"

세상에. 일리는 온몸이 벌겋게 익는 듯했다. 절로 두 손이 허공을 휘저으며 눈알이 핑글핑글 돌았다. 머리에 용암이 끓어 자신이 뭐라 말하는지 자각도 할 수 없을 지경이었다.

"하하. 제가 그때 귀신에 씌였던 게 분명합니다요. 아, 아실지 모르겠지만, 왕자님께서 쓰러지신 날에 제가 수도 역까지 취재를 나갔었거든요. 하하하. 아시다시피 귀신은 사람 많은 곳을 좋아하지요, 역이나 뭐 그런 곳 말입니다. 도플갱어라니! 말도 안 되는 일이지요, 암요! 바보 같기는! 하하하하하하하! 절대 다시 그런 기사 내지 않겠습니닷!"

"흠."

왕자가 재밌다는 듯 눈을 가늘게 뜨고 일리를 보았다. 뚫어져라 바닥을 보며 눈물 참는 일리로선 알지 못할 일이었다.

"뭐어, 소문이나 추측으로야 누구든 뭔 말을 못 하겠습니까? 이번 기사 잘 부탁합니다."

"예! 걱정 마십쇼!"

경호원에 왕자에게 검고 긴 코트를 입혀 주었다. 옷만 볼 때는 시커먼 박쥐 날개, 혹은 쓰다 버린 포댓자루 같았건만, 막상 몸에 걸치니 날개옷이 따로 없었다.

왕자가 호위들에 둘러싸여 차에 올랐다. 붉은 차 불빛이 사래질 때까지, 텅 빈 카페 정문 앞에서 바람을 맞고 서 있었다.

한바탕 꿈을 꾼 듯 공기마저 달았다. 뒤에 그녀를 부르는 소리가 없었다면, 그대로 밤을 샜을지도 몰랐다.

"어이, 일리!"

"으아아악!"

"으아아아아아아아악!"

눈이 마주치자마자 일리가 귀신 보듯 경기를 일으켰다. 카메라맨이 깜짝 놀라 뒷걸음질 쳤다. 어찌나 놀랐는지 둘 다 눈물까지 찔끔 흘렸다. 정신 차린 카메라맨이 목에 핏대를 세웠다.

"깜짝 놀랐잖아! 뭐야! 갑자기!"

"제기랄! 너 원래 이렇게 생겼었나? 너무, 너무 놀랐어!"

"거울 보면 아주 기절하겠군, 일리 이 친구야!"

가로등 아래 선 동료의 얼굴이 평소보다 백배는 못나 보였다. 우주 제일 미남을 너무 오래 정면에서 본 게 문제였다. 이게 말로만 듣던 카피레 왕자 부작용인가! 눈이 아예 망가진 거면 어떡하지!

일리가 펄떡펄떡 뛰는 심장을 가까스로 억눌렀다.

"뭔 얘길 이렇게 오래한 거야? 난 네가 안에서 죽은 줄 알았어."

"이, 이럴 때가 아냐! 너 카메라는!"

"진작에 돌려받았지. 그보다 내가 방금 뭘 찍었는지 알아? 분위기 끝내줘!"

"가자!"

일리가 입구에 정리해 둔 짐을 후닥닥 챙겨 뛰쳐나왔다. 고물 중고차가 덜덜거리며 그녀를 맞이했다. 카메라맨이 차를 흉내 내듯 툴툴거렸다.

"뭐가 그리 급해?"

"화보집 건은 텄어. 대신 카피레 왕자 신혼 특집 기사를 쓸 거야."

"뭐?"

"제목은 뭐로 할까. 야, 사진 괜찮은 거 건졌어?"

"아까 내가 한 말 뭐로 들은 거야? 그 모델을 가지고 사진이 엉망일 수가 있겠냐!"

"으하하하하!"

일리는 차 거울에 비친 제 모습에 진짜로 기절할 뻔했으나 기자 정신으로 극복했다! 둘은 대 흥분 상태로 차를 몰아 그날만 딱지를 두 장 받았다.

밤새워 미친 듯이 작성한 특집 기사는 한 방에 오케이를 받았다. 심혈을 기울인 일리의 기사는 빵빵한 분량, 넉넉한 편집, 기가 막힌 사진 몇 장과 함께 대서특필. 대박을 쳤다.

카피레 왕자의 꿀 떨어지는 미소가 화룡점정이었다.

세기의 로맨티시스트 카피레 왕자님과 전생에 나라를 구한 왕자비 얘기가 한동안 유라레를 뜨겁게 달구었다. 인터뷰 당시 입은 셔츠, 바지, 구두, 시계, 코트, 심지어 전국에 깔린 카피레 화보집 역시 나오자마자 품절 사태를 겪었다.

얼마 뒤, 왕실 정보부에서 소포가 왔다. 얼음산 청정 탄산수 열 박스에 왕자님 친필 사인 한 장이었다.

여담으로, 일리는 자신에게 힌트를 줬던 왕실 기사님이 왕비님이었단 걸 알고는 제자리에서 펄쩍 뛰었다.

아니, 기자란 사람이 어떻게 그를 못 알아볼 수 있단 말인가! 세상에나! 알아봤다면 손이라도 한 번 잡아 볼 것을!

어찌 됐든 기막힌 행운이었다. 왕자비만큼이나 얼굴 보기 힘들다는 왕비님께 도움까지 받은 셈이었으니.

일리는 길한 징조가 틀림없다며 그날 밤 상점에 달려가 복권을 한 다발 샀다. 카메라맨도 동료 운 좀 나눠 받아 보자며 옆에서 함께했다.

당첨 발표일까지 일주일 남짓. 두 사람은 행복한 꿈을 꾸었다.

외전 4.
[막간극] 내 솜사탕, 내 검은 토끼,
하나뿐인 나의 젬(gem)

젬은 끝없이 펼쳐진 푸른 풀밭에 넋을 잃었다. 정원수 하나하나가 코끼리 다리보다 거대했고, 건물은 꼭대기가 보이지 않는 절벽이나 다름없었다.

젬이 멍하니 고개를 들어 하늘을 보았다. 잠자리 한 마리가 놀리듯 머리 위를 맴돌다 사라졌다. 아이라도 곁에 있었다면 도와 달라 비벼 볼 것을, 하필이면 나 홀로 실험 중에 벌어진 참사였다. 망망대해에 혼자 버려진 기분이 이러할까.

이 일을 어찌한담.

젬이 코를 벌름거리며 입술을 오물오물했다. 입 주변이 자꾸 근지러웠다. 문제는 그뿐만이 아니었다. 시야가 얼룩덜룩 총천연색으로 어지러웠다.

원래 토끼는 이런 눈으로 세상을 보는가, 젬은 잠시 의심했지만 그럴 리 없었다.

젬의 무지개색 시야는 자연이 아니라 사람에 국한되어 있었다. 예를 들면, 관목 너머에서 이쪽을 힐끔대는 두 시녀의 샛노란 솜구름 같은…….

시녀 둘이 이쪽을 보고 속닥였다.

"이런 곳에 웬 토끼지? 색이 특이하네."

"귀여워라. 꽃 먹는 것 좀 봐. 마과부에서 도망친 걸까?"

헛, 내가 언제부터 이걸 씹고 있었던 거지!

젬이 얼른 입에 물고 있던 걸 뱉었다. 곤죽이 된 노란 꽃이 바닥에 후두둑 떨어졌다. 입에 씁쓰름한 꽃 비린내가 감돌았다. 노란색으로 반짝이던 시녀들의 솜구름 끝자락에 옅은 보라색이 퍼졌다.

"……바, 방금 봤어? 아까까지 꿀 핥듯 맛나게 먹더니 무슨 일이람? 토한 걸까?"

"마과부 놈들. 동물 실험 안 하겠다고 한 거 죄 뻥이었나 봐! 신고하자!"

"의무실에서 토끼도 받아 줄까?"

옅은 보라색이 뭉게뭉게 안개처럼 퍼지며 이쪽을 향했다. 그때 젬의 뇌리를 스치는 약 이름이 있었다.

솜사탕을 펼쳐놓은 듯 화려한 색감, 무슨 생각을 하는지 짐작케 하는 천변만화, 눈앞에서 불꽃놀이가 터지는 듯 정신이 하나도 없게 만든다던 약!

젬과 카피레가 잊을 수 없는 그 이름. 바로 감정약이었다.

젬은 침을 꼴깍 삼켰다. 대체 무슨 영문인지는 모르겠으나 토끼가 된 것도 모자라 감정약 비슷한 효과까지 겹친 모양이었다.

"어, 도망간다!"

"안 돼!"

젬은 그대로 뒤돌아 달렸다. 미안하다, 킨! 본의 아니게 마과부 얼굴에 똥칠을 해 버렸구나!

본능에 의지해 있는 힘껏 땅을 박찼다. 사무처 앞마당이라면 분명 제집처럼 익숙한 공간이건만, 시야가 낮아진데다 눈이 어지러워 길을 가늠하기 어려웠다.

젬은 딱 하나, 토끼의 좋은 점을 발견했다. 인간일 때보다 뜀박질이 수월했다. 깡충깡충 주변 풍경이 획획 바뀌었다.

신나서 마과부 후원을 가로지르던 젬은 곧 생각을 수정해야 했다. 심장이 터질 듯 펄떡였다. 저질 체력 어디 안 갔다.

*   *   *

젬은 기억을 더듬었다. 마법약과 연금술 연구를 동시에 진행한 게 잘못이었을까. 아니면 창고에서 맘대로 훔쳐 온 말린 토끼발? 그도 아니면 약초 다듬을 적 살짝 벤 손가락이 문제였을까?

짙고 무거운 연기를 들이마신 것까지는 기억이 나는데, 그 뒤가 흐릿했다. 젬이 정신을 차린 건 마과부 후원 잔디밭. 젬의 실험실 창문 아래였다.

무의식중에 창문을 열고 뛰어내린 게 아닌가 짐작했다. 그것과 별개로 얼떨떨했다.

정체불명의 연기나 악취는 실험 도중 흔히 있는 일이었으나 이렇게 동물로 변한 건 처음 겪는 일이었다.

젬은 아까 섞은 재료가 무엇이었는지 곰곰이 되새겼다. 불시에 일어난 일이라 당황스럽긴 했으나, 연구할 가치가 충분했다.

동물로 변하는 약이라니. 퍽 재밌지 않은가. 원래대로 돌아갈 수만 있다면 말이지만.

"어마, 웬 토끼?"

몸이 허공에 쑥 들리며 입에서 토끼풀이 우수수 떨어졌다. 젬이 당황해 사지를 버둥거리자, 소녀가 젬을 고쳐 안았다.

"쉬이, 쉬이. 진정해 토끼야. 여긴 함부로 돌아다니면 곤란하다구. 숯 토끼 통구이가 되고 싶은 건 아니잖아. 그치?"

젬이 귀를 쫑긋했다. 이제 보니 귀에 익은 음색이었다. 젬이 위를 올려다보았다. 오렌지 빛을 닮은 주황색이 주변을 환히 비추었다.

귀여워 죽겠단 낯을 한 푸파가 주근깨 진 뺨을 실룩였다. 신록 같은 눈동자가 가늘게 접히며 반짝였다.

"후후, 겁먹은 거야? 귀여워라. 그래도 여긴 안 돼. 술과 안주에 굶주린 기사님들이 자주 출몰하는 지역이거든. 일단 나와 함께 가자. 여기보다 안전한 곳은 많으니까."

정신없이 달린단 것이 기사단 근처까지 왔을 줄이야. 설마 성 한가운데서 토끼를 구워 먹겠느냐마는, 젬은 얌전히 몸을 맡겼다. 푸파가 재게 발을 움직였다.

푸파는 걷는 와중에도 "이름표 없나……" 중얼거리며 목 주변을 샅샅이 훑거나 "대체 어디서 도망나온 거람?" 하고 젬의 배를 긁는 등, 손을 가만두지 못했다.

처음 보는 숲길에 들어서자 눈이 한결 편해졌다. 늦은 점심시간에 가까운 시각이라 사람이 드물었다. 코앞에 본궁의 상징 상아색 돔 지붕이 보였다. 보아하니 시녀들이 애용하는 비밀 코스인 모양이었다.

길을 지나던 푸파가 "어머어머" 하며 자리에 멈추었다. 엎어지면 코 닿을 거리, 분수 정원 한가운데 포즈 잡고 선 보르누와 제 얼굴만 한 카메라를 든 본이 있었다.

때맞춰 분수가 물을 뿌렸다. 보르누 머리 위로 햇살이 무지개 보석처럼 부서졌다. 사방이 눈부셔 색을 알아보기 힘들 정도였다.

찰칵찰칵찰칵 셔터음이 연속으로 터졌다.

"좋습니다! 좋아요! 보르누, 좀 더 그윽하게 웃어 봐요!"

"여기서 어떻게 더 그윽할 수 있단 말인가!"

"츳츳츳. 보르누, 처음에 보여 준 패기는 다 어디 간 겁니까? 카피레 화보집을 그렇게 닳도록 봤으면 척하면 착하고 알아들어야 할 것 아네요."

보르누의 미소가 전기 충격이라도 받은 듯 애처롭게 경련했다. 셔터 소리가 한차례 소낙비처럼 지나갔다. 본 주변에 깔린 공기가 한없이 진지한 파란색이었다. 딱 봐도 예술 활동에 심취한 기색이 역력했다.

보르누가 끙, 하고 목 뒤를 주물렀다.

"……부탁하지 말 걸 그랬어."

"보도 사진이 마음에 안 든다고 투덜댄 사람이 누굽니까? 흥, 아직 멀었습니다. 아까 하다 만 '두 팔을 활짝 펴 난 세상 만물을 사랑한다' 포즈 다시 갑시다."

보르누의 낯이 멀리서도 확연히 시꺼메졌다. 그 뒤에 깔린 무지개 보석빛도 힘을 잃었다.

"두, 두 팔을 활짝 포즈? 그거라면 벌써 삼십 장은 족히 찍지 않았나."

"폐하. 백 장을 찍어도 아닌 건 아닌 겁니다. 자, 웃으십쇼. 두 팔을 활짝."

보르누가 "크으으" 하며 두 팔을 활짝 벌리고 태양을 향해 고개를 들었다. '하늘이시여! 왜 제게 이런 시련을 주시나이까!' 하는 속내가 절절히 드러나는 포즈였다. 눈초리에 반짝이는 것이 분수에 튄 물인지 눈물인지 분간하기 어려웠다.

젬은 망연히 눈만 깜박였다. 푸파가 중얼거리며 빛내리는 풍경을 바라보았다.

"······저번에 신문 기사 1면에 폐하 사진이 카피레 왕자님과 나란히 실렸거든. 뭐어, 폐하께서 이마가 살짝 넓다, 아니다로 말이 나왔다나 봐."

젬 특제 발모제로 보르누 이마선은 더 후퇴하는 일 없이 무사하건만, 안타까운 일이었다. 카피레 옆에 선 게 문제라면 문제였으리라.

젬이 입술을 오물거리며 푸파를 올려다보았다. 푸파의 솜구름 색이 아까와 조금 다른 것도 같았다. 푸파가 생긋 웃으며 젬의 코에 코를 부볐다.

"여기서 더 땡땡이치면 안 되겠지? 일단 들어가 봐야겠어. 네가 어디서 온 건지도 좀 알아봐야겠고 말이야."

푸파가 허리 숙여 길에 널린 토끼풀을 뚝뚝 뜯었다.

그녀는 본궁 뒷문 앞에 젬을 내려 주었다. 쿰쿰한 냄새가 나는 종이 박스 안이었다. 바닥에 시든 무청과 흙이 잔뜩 떨어진 것으로 보아 식재료가 담겨 있던 물건이었다.

"얌전히 기다리고 있으렴, 토끼야. 상황 봐서 당근 가져다 줄게."

푸파가 뜯어 온 토끼풀을 박스 구석에 모래성처럼 쌓아 주곤 뒷문으로 사라졌다. 젬이 맥없이 토끼풀을 씹다가 고개를 들었다. 아직 해가 창창한 시간이었다.

대관절 무슨 조화로 토끼가 됐는지는 모르겠으나 오래 끌어 봐야 좋을 게 없었다. 무엇보다 끝없이 풀을 씹고 있는 제 모습이 공포스러웠다.

얼른 아이를 만나는 것이 상책일 텐데…….

입에서 풀 비린내가 올라왔다. 어느새 박스 안이 깨끗했다. 젬이 퉤퉤, 입을 우물거리며 끼이, 끼이 울었다. 분명 배가 부른데 왜 자꾸 들어가느뇨.

"……토끼?"

머리 위에 커다란 그림자가 드리웠다. 젬이 깜짝 놀라 위를 올려다보았다. 낯익은 검은 코트가 가장 먼저 눈에 들어왔다. 연기처럼 깔린 잿빛 솜구름이 코트 주변에 넘실거렸다.

리스!

젬이 저도 모르게 종이 상자에 매달려 두 발로 섰다. 묵직한 토끼가 몸을 버둥거리자 박스가 맥없이 기울어졌다.

소년, 리스 마키나가 뒤집힐 뻔한 종이 상자를 바로 세워 주었다.

리스에게 가까이 가려던 젬이 꽥, 소리를 내며 늘어졌다. 리스가 젬의 귀를 한 손에 쥐고 들어 올린 것이었다.

"색 배합이 퍽 독특한 토끼로군. 검은 바탕에 흰 귀, 초록 눈이라."

리스가 젬을 높이 들어 제 눈과 마주 보았다. 고요한 밤색 눈동자가 젬을 보고 일순 가늘어졌다. 젬의 눈에 눈물이 그렁그렁 고였다.

짐승 취급에도 정도가 있었다. 토끼를 대하는 올바른 자세 교육이 절실했다.

마주 보며 눈을 깜박이던 리스가 "흠……" 하고는 한결 부드러운 태도로 젬을 품에 고쳐 안았다. 불타고 남은 재 같던 솜구름이 한 톤 밝아진 것도 같았다.

"빈 종이 박스에, 먹을 것도 없고…… 버려진 건가?"

리스가 중얼거리며 주변을 살폈다. 본궁 후원에 가려진 뒷문, 인적이 드문 장소였다.

리스가 뒷문 계단에 털썩 주저앉고는 어설픈 손길로 젬의 귀와 머리를 쓸어 주었다. 차갑고 가는 손가락 감촉이 싫지만은 않았다.

젬이 애교부리듯 손바닥에 머리를 부비며 주변을 살폈다. 아이는 어디 가고 이런 곳에 리스 혼자 있담?

젬의 의문을 알아차린 것처럼, 리스가 나지막이 중얼거렸다.

"나도 혼자야. 요정님을 기다리는 중이거든. 뭐, 흔히 있는 일이지. 요정님 전용 간식 주머니가 여기 있거든."

……본한테 간식 받으러 온 모양이구나. 젬은 리스가 혼자인 이유를 납득했다. 본이나 보르누는 리스를 썩 편해 하지 않았다. 그것은 리스도 피차 마찬가지였다.

젬이 코를 찡긋거리자 리스가 보일 듯 말 듯 웃으며 젬의 코를 건드렸다.

"꼭 알아듣는 것 같은 표정이구나. 눈만 땡그래선. 내가 아는 누구랑 똑 닮았어. 후후."

우, 웃었다. 평소 젬과 아이를 대할 때를 제외하면 마네킹 뺨
치게 무표정한 리스였다. 놀랄 노 자로다. 젬은 얼떨떨해 고개를
끄덕일 뻔했다.

"배고파?"

리스가 고개를 갸웃하며 한쪽 팔을 들었다. 젬은 깜짝 놀라
입에서 천을 뱉었다. 언제부터 코트 소매를 열심히 씹고 있었는
지 기억이 안 났다. 무시무시했다. 이 무한한 식욕이야말로 동물
이 되는 약 부작용이 틀림없었다.

리스가 젬의 입에 다른 쪽 코트 소매를 들이대며 중얼거렸다.

"……너. 갈 곳이 없다면, 내가 주워 줄까?"

젬이 힐끔 시선을 돌려 눈치를 살폈다. 리스를 감싼 솜구름
색이 처음과 판이했다. 시꺼먼 잿빛에서 탁한 흰빛으로, 이어 옅
게 노란 기가 깔리는 것이 확연히 보였다.

"……먹을 거라면 원 없이 챙겨 줄 수 있어."

리스가 혼잣말처럼 읊조렸다. 아까보다 부드러워진 손길이
턱을 쓰다듬었다. 젬은 얌전히 그 손길에 몸을 맡겼다. 마음이
복잡했다.

아무것도 모를 땐 마냥 해맑은 아이였건만, 한 해, 두 해 머리
가 찰수록 리스에게선 리스페의 흔적을 찾기 어려워지고 있었
다.

워낙에 말수가 적고 감정 표현이 서툰 리스였다. 그날의 선택
이 옳았는지, 내가 잘하고 있는 건지 젬은 의심스러울 때가 한두

번이 아니었다.

오늘 보니 젬의 지난 노력이 말짱 헛것은 아닌 모양이었다. 말 못 하는 동물에게도 상냥한 태도가 아닌가 말이다. 버려진 동물을 안타까이 여기는 기색이 역력했다.

젬은 리스가 기특하고 대견한 동시에 가슴에 몽글몽글 구름이 맺히는 듯했다.

리스! 어딨어! 내 짐꾼!

"아이!"

건물 모퉁이 주변에 핑크빛 가루가 만개한 꽃처럼 가득 펼쳤다. 모퉁이를 돌아 아이가 나타났다. 리스가 젬을 내려놓고 벌떡 일어섰다.

아이 두 손에 짐이 한가득이었다. 빨간 과자 주머니가 아이 몸집보다 컸다. 젬은 입을 떡 벌렸다. 본과 보르누는 촬영에 한창인 것으로 보였는데 도대체 어떻게 얻어 왔는지 불가사의였다.

아이가 "리스으!" 하며 날개를 바들바들 떨었다. 리스가 날 듯이 다가가 과자 주머니를 받아 들었다. 젬이 저도 모르게 코를 킁킁거리며 후각을 곤두세웠다.

"볼일은 다 끝난 거예요?"

대충. 아이고 힘들다. 넌 어때. 온 김에 젬 만나서 같이 갈래?

아이가 어깨를 통통 두드렸다. 리스가 "아파요? 주물러 줄까요?" 하며 과자 주머니를 내려놓았다.

아이고 시원하다. 그래, 젬 불러서 같이 가자, 그거지? 내 과자도

좀 나눠 줘라 그거지?

리스가 말없이 콩알만 한 요정 어깨를 살곰살곰 두드렸다. 흉내뿐인 걸 알면서도 작고 마른 소년 몸뚱이라 보기엔 퍽 그럴듯했다.

흥, 어쩔 수 없네. 그럼 사무처 지름길로…… 응?

젬과 아이의 시선이 딱 마주쳤다. 젬이 헉, 하고 입에 문 것을 삼켰다. 젬은 눈앞의 광경을 믿을 수 없었다. 내가 언제 과자 봉지를 다 풀어헤쳤담!

입 안에 달고 상큼한 과일 향이 감돌았다. 수염에 사과 잼이 묻었는지 간지럽고 불편했다.

이, 이게 대체…….

"토끼야!"

리스가 급히 젬을 들어 올렸다. 아이의 안색을 살피며 젬 엉덩이를 때리는 시늉까지 했다. 젬이 어버버 입에 붙은 것을 뱉으며 옹알거렸다.

'……아, 아이? 나 젬이야. 알아보는 거 맞지? 그치?'

아이는 기가 막히단 표정으로 젬과 폐허가 된 과자 주머니, 그리고 리스를 번갈아 보았다.

"이, 이해해 줘요, 아이. 아까부터 얼마나 배고파하던지 천도 씹어 먹을 기세더라고요. 과자는 저택에도 많이 있으니까……."

'미안해! 아이! 내가 일부러 그런 게 아니라 지금 몸이 이상해서! 약 때문에 그래! 부작용인가 봐!'

······이건 보통 과자가 아니야.

아이가 중얼거렸다. 낮게 깔린 목소리에 심상찮은 기운이 감돌았다. 젬이 침을 꼴깍 삼켰다. 리스가 저도 모르게 젬을 꼬옥 안았다.

이건 본궁 파티세의 스승님의 스승님이 만드셨다는, 일 년에 한 번밖에 안 만든다는 과일 타르트야. 지금이 흰 꽃 사과가 가장 맛있는 계절이라고, 나 준다고 본이 특별히 부탁했다고 그랬는데, 스승님 연세가 있으셔서 내년에 또 먹을 수 있을지 어쩔지 모른다고 생색에 생색을 그렇게······.

아이의 볼이 풍선처럼 빵빵하게 부풀어 올랐다. 눈에 맑은 물도 그렁그렁 고였다. 환히 빛나던 핑크빛 가루가 태풍 몰아치는 밤하늘처럼 어둡게 뭉개졌다.

젬은 찬바람 맞은 갈대처럼 몸을 부르르 떨었다. 사과 잼 묻은 수염을 당장 뽑아 버리고 아무 일도 없었던 척하고 싶은 마음이 굴뚝같았다.

'미, 미안해. 아이. 내가 꼭 비슷한 거 찾아 줄게!'

"제, 제가 대신 사과하겠습니다, 아이. 에잇, 에잇! 요 토끼 녀석! 요 말썽쟁이 먹보 녀석!"

젬은 졸지에 리스에게 알궁둥이를 난타당하고 말았다. 힘 조절을 했을 텐데도 내장이 흔들리고 낑낑 소리가 절로 터졌다.

아이는 엉덩이 찜질 당하는 젬을 쳐다보긴커녕 시선을 저 멀리 돌려 버렸다. 리스가 머뭇머뭇 "아, 아이? 사무처는······" 하고 입을 떼었다.

……갈 거야.

"그, 그래요. 얼른 가요, 아이. 누님께 말하면 제일 좋은 과자를 찾아 주실 겁니다."

'그, 그래! 나만 믿어, 아이!'

젬이 아이와 눈 마주치려 바둥거렸다. 어떻게 사람으로 돌아가야 하는지 방법이 불분명한 상태였다. 비빌 언덕은 아이가 유일했다. 아직도 입과 코에 달콤한 사과 향이 감돌았다. 죄책감이 우물처럼 깊이 팼다. 아이가 먹이 뺏긴 짐승처럼 으르렁 뱉었다.

일없어. 곧장 집이야.

"아, 아이? 누님은……."

됐으니까 그냥 가!

아이가 소리를 빽 지르곤 리스의 목깃에 쏙 들어갔다. 젬과 눈 마주치지 않으려 한사코 고개를 돌린 채였다. 보아하니 쉽게 풀릴 화가 아니었다.

리스의 솜구름이 아이에게 전염된 듯 잿빛으로 변했다. 덩달아 젬의 눈앞까지 깜깜해졌다.

아이만 만나면 금방 해결될 줄 알았건만 되레 일이 이렇게 꼬여 버리다니. 리스가 원망스러운 표정으로 젬의 수염을 거칠게 문질렀다. 사과 잼 냄새가 한결 옅어졌다.

주섬주섬 바닥에 떨어진 디저트 잔해를 정리한 리스가 빈 과자 주머니를 종이 상자 안에 던져 버렸다. 종이 상자가 단번에 반으로 찌그러졌다.

젬이 쥐구멍 찾는 목소리로 여러 번 불러 봐도 아이는 끝끝내 답하지 않았다. 미련을 못 버린 리스가 "아이, 누님은……" 어쩌고 중얼거리다 급기야 아이에게 머리카락까지 뽑혔다.

젬은 가시방석에 앉은 기분으로 리스의 품에서 꼼짝도 못 했다. 리스와 아이의 우울한 솜구름이 진흙처럼 늪처럼 무겁고 무거웠다. 눈을 감았다 떠 봐도 망막에 붙은 듯 우울한 기운이 떨어지지 않았다.

젬은 아예 눈을 감아 버렸다. 하루종일 오색찬란한 솜구름을 구경하느라 심신이 피로했다.

'다른 사람의 감정을 눈으로 보는 것도 썩 좋은 일은 아니군.'

문득, 한 사람이 떠올랐다. 감정약 부작용으로 여태 솜구름을 보고 사는 누구 씨의 이름이었다.

*　　　*　　　*

"……누님이 좀 늦으시네요."

리스가 중얼거렸다. 젬이 이때다 싶어 아이를 떠 보았다.

'목 빠지게 날 기다리는 것 좀 봐. 가여운 리스. 아, 아이는 나 안 보고 싶어?'

아이는 대꾸 없이 젬을 노려보며 사탕을 씹었다. 오독, 오독, 오도독 소리가 뼈를 갉듯 음산했다. 젬은 저도 모르게 시선을 피하고야 말았다.

눈물이 나오기 직전이었다. 할 수 있는 거라곤 부지런히 당근을 되씹는 것뿐.

발갛게 물든 하늘 끝자락이 서서히 어둠에 먹혔다. 평소 해지기 무섭게 저택에 발 도장을 찍던 젬이었다. 저녁은 무조건 같이 해야겠다는 카피레 성화 때문이었다.

리스가 창턱에 걸터앉아 하염없이 저택 입구를 바라보았다. 저택 정문이 가장 잘 보이는 2층 빈 객실이었다. 생활감 없이 삭막한 방에 작게 사탕 깨는 소리와 당근 씹는 소리만이 가득했다.

리스는 무료한 듯 허공에 발 장난을 치다가, 이따금 젬과 눈을 마주쳤다. 그러곤 보일 듯 말 듯 옅게 웃었다. 그 눈빛이 꼭 평소 젬을 보는 것처럼 온화해서, 젬은 조금 부끄러웠다.

리스의 솜구름이 석양에 물들어 탁하고 불그스름한 빛을 띠었다. 누가 봐도 자신을 기다리는 게 분명했다. 리스가 아무리 기다려 봤자 인간 젬은 오늘 귀가할 가능성이 제로에 가까웠다.

젬은 리스와 아이를 번갈아 보다가 땅을 향해 한숨 쉬었다. 이를 어찌하면 좋단 말인가.

발 장난치던 리스가 본능처럼 창 가까이 몸을 붙였다. 멀리 자동차 라이트가 빛을 반사했다.

"누님!"

리스가 창턱에서 폴짝 뛰어내려 응접실 문을 박차고 나갔다. 젬은 방금 뭐가 지나갔나, 하고 눈만 꿈벅였다.

달음박질치던 발소리가 이내 돌아왔다. 젬을 번쩍 들어 안은 리스가 "누님께 보여 드려야지!" 하곤 다시 뛰었다.

젬은 배가 빵빵해 멀미나 죽을 지경이 되었으나 필사적으로 속을 다스렸다. 코털 빠지게 달려가 봤자 실망할 모습이 눈에 선했다.

아니나 다를까. 중앙 계단을 미끄럼틀처럼 밟아 내려가던 리스가 자리에 우뚝 멈추었다.

"……지금껏 연락도 안 되고, 소식이 없다구? 연구실이 텅 비어? 행방불명 추정 6시간째? 그걸 지금 말이라고 해!"

날 선 구두 소리가 점점 가까워졌다. 카피레 신경질이 로비를 쾅쾅 울렸다. 휴대폰을 귀에 댄 카피레가 짜증스레 정장 윗단추를 끌렀다.

그 주변에 성난 도깨비 뿔처럼 검고 붉은 구름이 일렁였다. 젬이 콧수염을 파르르 떨었다. 설마, 저거 내 얘긴 아니겠지. 맞나? 아니, 아닐 거야……

"일이 이렇게 될 동안 너넨 뭘 한 거야! 이 천하에 쓸모없는……!"

성을 못 참고 자리에 서서 휴대폰을 부숴 버릴 듯 움켜쥔 카피레가 문득 시선을 들었다가 말을 흐렸다. 젬은 그와 눈이 마주친 기분이 들었다.

폭발 직전 활화산처럼 검붉게 일렁이던 솜구름이 거짓말처럼 개이며 사그라졌다.

일순 잠잠해지나 했던 카피레의 솜구름이 폭발하듯 눈부신 빛을 퍼뜨렸다. 장인이 세공한 다이아처럼 오색찬란한 빛깔이었다.

젬은 입에 물고 있던 당근 줄기를 툭 뱉었다. 꿈결에 갇힌 듯 정신이 멍해졌다. 귀와 꼬리가 뻣뻣이 곤두설 만큼 아름다운 광경이었다.

안절부절 겉옷을 받아 들 준비하던 코다가 "카피레?" 했고, 계단에 우뚝 선 리스가 젬을 꼭 껴안았다.

카피레가 천천히 입을 열었다.

"……아까 한 말은 취소야. 알아서 퇴근하라고 해."

그가 휴대폰을 던지듯 코다에게 넘기곤 성큼성큼 다가왔다.

"……혹시 누님께 뭔 일이 생긴 겁니까?"

리스가 숨죽여 물었다. 별로 너와 말 섞고 싶진 않지만, 어쩔 수 없이 묻는단 속내가 그대로 드러났다.

카피레는 그제야 리스의 존재를 알아챈 것처럼 그를 힐끔 보더니 다시 젬에게 시선을 고정했다. 시선에 물리적인 힘이 있다면 벌써 불에 타 죽었을 만치 강렬했다. 젬이 무심결에 몸을 파르르 떨었다.

그 눈빛을 어떻게 해석했는지 리스가 젬을 안은 손에 힘을 주었다.

"얌전한 아입니다. 제가 잘 키울 수 있어요."

"……어디서 찾았지?"

입을 달싹이던 리스가 몸을 틀어 젬을 숨겼다.

"……그게 중요한가요?"

"아니, 하나도 안 중요해."

카피레가 리스 품에서 젬을 쏙 꺼냈다. 눈 깜짝할 새 일어난 일이었다. 졸지에 토끼를 뺏긴 리스가 소리를 높였다.

"제 토낍니다!"

"아하, 너 몰랐구나. 이거 임자 있는 토끼야. 한참 찾았는데, 덕분에 살았다."

"이, 이!"

리스가 주먹을 굳게 쥐었다. 딱 봐도 못 믿는 눈치였다. 젬 등에 식은땀이 주르륵 흘렀다. 아무리 특제 보약으로 다져진 카피레라도 리스의 주먹 한 방이면 내장 파열을 면치 못할 터였다.

"젬도 아는 사람이야. 못 믿겠으면 물어보든지."

카피레가 조심스레 젬을 고쳐 안으며 습관처럼 웃었다.

"누, 누님이요?"

리스의 주먹에서 힘이 사르르 풀렸다. 언제 날아왔는지 2층 난간에서 팔짱 낀 채 이쪽을 내려다보는 아이가 있었다. 카피레가 어깨를 으쓱했다.

"그럼 실례."

"그, 그럼 누님은!"

리스를 지나쳐 계단을 오르려던 카피레가 "아" 하고 뒤를 보았다.

"젬 오늘 휴가래. 나한테만 알려 줬어. 기다리지 말라더라. 저 녁은 너 알아서 혼자 먹도록 해. 저 요정이랑. 됐지?"

제 할 말만 와르르 쏟아 낸 카피레가 꽁지에 불붙은 새처럼 바삐 계단을 올라 사라졌다. 리스는 카피레가 사라진 자리를 원망스레 바라보다 도망치듯 제 방으로 뛰어가 버렸다.

뒷수습은 항상 내 몫이지. 어휴.

아이가 투덜거리며 리스의 뒤를 쫓았다.

* * *

"이 깜찍한 귀염둥이 같으니! 세상에 이게 무슨 꼴이야! 응?"

젬은 우물우물 입을 움직였으나 말이 나올 리 없었다. 카피레가 젬의 콧수염을 살짝 건드리며 설탕 녹듯 웃었다.

"내가 얼마나 걱정했는지 알 바 아니라 이거야? 응? 요 맛있는 풀떼기만 있으면 족하다 이거지?"

'이 사람이 진짜! 놀리는 것도 가지가지야!'

젬이 우물우물하다 말고 눈을 확 째리자 카피레가 푸흐흐, 하고 웃음을 터트렸다. 젬 머리를 쓰다듬고 등을 따라 쪽쪽 입 맞추고 난리가 났다.

한참 동안 그 난리를 친 뒤에야, 둘은 의사소통 비슷한 흉내를 낼 수 있었다. 거의 카피레가 추측해 묻고, 젬의 솜구름을 읽는 방식이었다.

눈에 솜구름이 보인단 말만 빼곤, 대충 뜻이 통했다.

원인도, 무엇도 불명이란 말에 카피레는 짐짓 심각한 얼굴로 고개를 끄덕였다. 그래 봐야 젬 눈에는 그의 감정이 훤히 보였다. 카피레의 솜구름이 전혀 어둡지 않았다.

아주 조금, 쥐똥만큼은 불안한 것도 같은데 그저 귀엽고, 좋고, 사랑스러운 색감이 주를 이루었다. 노랗고 발갛고 하얀 솜구름이 결혼식 부케처럼 한데 어우러졌다.

크고 작은 실험 실패야 늘 있던 일이고, 어떻게든 되려니 싶은 모양이었다.

젬 역시 될 대로 돼라 싶었다. 화도 안 났다. 솜구름에서 명백히 드러나는 사랑의 기운에 낯만 뜨거웠다.

평소 카피레가 이런 걸 봐 왔다고 생각하니 알몸으로 광장에서 춤을 춘 듯 부끄러웠다.

젬의 솜구름을 읽었는지 카피레가 "왜? 뭐 부끄러운 일 있어? 지금 알몸이라 그래?" 하고 고개를 갸웃했다.

털 수북한 토끼를 보고 무슨 개소리를 지껄이느냐! 젬이 처음으로 카피레 얼굴에 뒷발차기를 날렸다.

*   *   *

밤이 깊었다. 카피레는 일단 내일이 되어서도 몸이 변하지 않으면 마과부에 데려다주겠다고 했다. 젬 목에 커플 잠옷 색과 똑

같은 분홍색 리본을 묶어 주면서였다. 젬은 만사 포기한 낯으로 고개를 끄덕였다.

카피레와 나란히 누운 젬이 슬금슬금 자세를 고쳤다. 본래 '늦잠은 미용의 적!' 이라며 칼같이 시간 맞춰 잠드는 카피레였다. 의심 없이 옆을 돌아본 젬은 심장이 떨어지는 줄 알았다.

카피레가 기대 가득한 눈빛으로 가로누워 젬을 보고 있었다.

"내가 생각해 봤는데, 젬."

'깜짝이야! 놀랐잖아요!'

"……그래. 그렇게 가만히 좀 있어 봐."

카피레가 슬그머니 몸을 가까이 붙였다. 어둑한 시야에서도 우주 제일 미남의 자태가 자체 발광하는 듯했다.

이 인간이 뭘 어쩌려고 이러나, 하던 젬이 눈을 깜박였다.

맞닿은 입술에서 향긋한 카피레 냄새가 났다. 카피레의 기나긴 속눈썹이 코앞에 있었다. 부드럽게 눈감은 얼굴이 동화 속 왕자님 공주님처럼 아름다웠다.

젬의 콧수염이 저절로 파르르 떨린 건, 결코 일부러가 아니었다. 천천히 입술을 떼던 카피레가, 돌연 "엣취!" 하고 콧물을 튀겼다. 젬이 얼굴을 콱 찌그렸다.

"너, 코, 콧수염, 엣취!"

'……내 팔자야.'

젬이 앞발로 쓱쓱 얼굴을 닦았다. 제 콧수염이 아무리 원인 제공을 했다 쳐도 콧물과 침은 젬이 다 먹었으니 피장파장이라고

봤다.

카피레의 솜구름이 의기소침하게 쪼그라들었다. 보아하니 동화 속 왕자님 공주님 같은 장면을 기대한 모양이었다. 영원한 잠에 든 공주님이 왕자님의 키스에 깨어나고, 개구리로 변한 왕자님이 공주님의 키스로 인간으로 돌아온다는 그런……

젬은 애서 웃음을 참았다. 한때 미스터 로맨틱을 꿈꿨던 남자다웠다.

하여튼 귀엽긴.

젬이 슬금슬금 카피레 품을 파고들었다. 쪼그라들었던 솜구름이 다시 밝아지는 덴 시간이 얼마 걸리지 않았다.

"……젬, 있잖아."

'얼른 잡시다.'

"으응……"

꼭 말이 통하는 것 같아 우스웠다. 토끼에서 인간으로 돌아간다고 하더라도 이 솜구름 효과가 남아 있을 것인가, 생각하니 젬은 아주 조금 아쉬운 기분이 들었다.

따뜻하고 향긋한 카피레 품속에 젬이 몸을 기댔다. 커튼 틈새로 내려온 달빛이 침대 발치에 사선을 드리웠다. 조금씩 뒤척이던 카피레가 좋은 자세를 찾았는지 이내 고요해졌다. 잠시 뒤 규칙적인 숨소리가 귀를 간질였다.

젬이 물끄러미 카피레를 보다가 눈을 감았다. 그래도 역시, 사람 몸인 게 좋다고 생각하며.

토끼 몸으로는 그를 안아 줄 수 없으니까.

*　　*　　*

이튿날, 젬은 사지 멀쩡한 인간의 몸으로 잠에서 깨었다. 토끼 수염이 남아 있다거나, 토끼 귀가 그대로라거나 하는 부작용은 일절 없었다. 물론, 솜사탕 구름도 씻은 듯이 망막에서 사라진 뒤였다.

카피레는 역시 제가 한 '사랑의 키스' 덕분이 아니겠느냐며 혼자 자랑스러워 했고, 새벽같이 방을 습격한 아이는 괜히 걱정했다며 방으로 총총 돌아갔다. 오후에 멋진 간식을 기대한다고 한마디 던지는 것도 잊지 않았다.

젬은 이것도 저것도 됐으니 좀 더 자겠다고, 밤새 한숨도 못 잤다고 베개에 얼굴을 묻었다.

카피레가 무슨 일이냐고, 혹 내가 자면서 널 깔아뭉개기라도 했느냐 물었다.

젬은 "몰라요!" 하며 이불을 머리꼭지까지 뒤집어썼다.

평소엔 인형처럼 고이 자던 사람이 어젠 웬일인지 잠꼬대를 그렇게 했다.

토끼는 야행성이 분명했다. 날숨처럼 흘리는 카피레의 입속 말이 신경 쓰여 도무지 잠에들 수 없었던 것이다.

시야가 조금 어두워졌다. 카피레가 두꺼운 커튼을 내려 주고 있었다.

젬이 입술을 오물오물하며 저 혼자 표정 관리에 힘썼다. 심장이 간질간질하고 눈꺼풀이 무거웠다.

지난밤 카피레의 잠꼬대가 귀에 맴돌아 낯이 뜨거웠다.

외전 5.
세상에서 가장 아름다운 불꽃

"왕자님께 무슨 말 들은 거 없어요?"

"무슨 말요?"

젬이 자료를 살피다 말고 고개를 들었다. 마담 D가 어깨를 으쓱하며 "아님 말고요" 했다. 붉은 입술이 은근한 호선을 그렸다.

젬은 한쪽 눈썹을 들어 올리며 "뭐예요. 무슨 일인데요?" 했으나 마담 D는 "어맛! 갑자기 현기증이…… 먼저 일어나겠어요" 하며 자리를 피해 버렸다.

젬은 닫힌 실험실 문을 바라보며 팔짱을 꼈다. 수상했다. 뭔가 있었다. 최근 젬을 대하는 주변 사람들의 태도가 하 수상쩍었다.

바쁜 카피레 탓에 젬이 외로워한다는 것도, 오늘이 젬의 생일인 것도 마담이 알 리 없건만 괜히 억울했다.

오늘 아침만 해도 그랬다.

"카피레 님께 말씀 들으셨습니까?"

"무슨 말요?"

코다는 두어번 눈을 깜박이더니 "실언을 했군요" 하고 물러났다. "저기요!"라고 불러 봐도 묵묵부답이었다. 젬은 넓고 긴 식탁에서 홀로 스푼을 들었다.

화보집 통상판 2탄이 발매되고 수개월, 카피레는 전보다 더 바빠졌다. 연예인 따위 할 생각 없다던 것도 옛말 같았다.

화보집이 국외까지 날개 돋친 듯 팔리더니 급기야 광고까지 찍을 판이었다. 제 잘난 건 알아도 남 앞에 나서는 일은 꺼리던 양반이 이 무슨 심경의 변화인가. 같이 사는 젬조차도 얼굴 보기가 하늘의 별 따기였다.

카피레 표정으로 보아 하기 싫은 일을 억지로 하는 눈치는 아니었다. 되레 눈이 반짝반짝하고 볼이 발그레한 것이 생기가 넘쳤다. 젬은 울끈불끈약과 피로회복약을 꾸준히 챙겨 주는 수밖에 없었다.

생기 넘치는 모습이 보기 좋은 건 사실이지만……. 젬이 수프를 입에 대려다 내려놓았다. 입이 썼다.

젬이 빈 의자 다리를 발로 툭 찼다. 무거운 원목 의자는 꿈쩍않고 젬 발만 아팠다. 허여멀건 한 수프 그릇에 우주 제일 미남의 얼굴이 아른거렸다. 젬이 스푼을 들어 그릇을 휘휘 저었다.

어젯밤 꿈이 어쨌다느니, 오늘도 난 아름답다느니, 머리를 만져 달라 떼쓰는 소리가 머릿속을 괴롭혔다.

얼굴 못 본 지도 근 일주일에 가까웠다. 빈 베개를 보며 잠드는 것은 물론, 잠에서 깨면 왔다 간 흔적만 확인하는 요즘이었다.

젬이 빵을 뜯어 사료처럼 씹다가 그대로 내려놓았다. 맛도 향도 느낄 수 없었다. 빵을 씹는지 풀을 씹는지 분간도 안 갔다. 막 자리에서 일어설 참이었다.

"누님!"

제엠!

문틈으로 빼꼼 고개 내민 소년이 있었다. 아이가 식탁을 가로질러 날아왔다. 젬이 무심결에 활짝 웃었다.

"리스! 아이!"

늘어지게 늦잠 잔 주제에 혼자 웬 청승이에요? 카피레는 싱글벙글 엉덩이춤까지 추면서 나가더만.

아이가 젬 어깨에 앉아 날개를 접었다. 시종이 리스의 몫을 테이블에 세팅했다. 옆자리에 앉은 리스가 발그레한 낯으로 젬 가까이 몸을 기울였다. 정원에서 놀다 온 것처럼 풋풋한 냄새가 났다.

"누님, 누님! 저 숙제도 다 했고요. 책도 오늘치 다 읽었고요, 그리고요……."

리스가 한층 붉어진 낯으로 주섬주섬 허리춤을 뒤졌다. 고사

리손이 수줍게 내밀었다. 젬은 "어머나" 하고 그것을 받아들였다.

왕자궁에서 저택으로 옮겨심은 크림색 장미였다. 꽃향기와 함께 덜 마른 풀냄새가 물씬 풍겼다. 리스가 쑥스러운 듯 시선을 피하며 빵을 잘게 찢어 수프 그릇에 툭툭 떨궜다.

"누님은 꽃을 좋아하시니까요, 다른 것보다 그런 게 좋을 거라고……."

새벽부터 제일 예쁜 걸 고르겠다고 나까지 깨우지 뭐예요? 어휴, 이게 예쁘냐 저게 예쁘냐 괴롭히고 또 괴롭히고. 에잇! 피곤해 죽겠어! 그러니까 내 선물도 그걸로 퉁쳐요.

"고, 고마워. 정말 예쁘다! 진짜로, 정말이야."

젬이 소담한 꽃다발을 품에 꼭 안으며 리스와 아이를 번갈아 보았다.

"그런데 오늘 무슨 날이야?"

"예?"

"아니, 갑자기 웬 선물……."

리스가 반 이상 남은 빵 덩어리를 수프 그릇에 풍덩 빠뜨렸다. 뒤에서 대기하던 시종이 자연스레 그릇을 바꿔 주었다. 아이가 가장 크고 탐스러운 꽃송이에 발을 디디고 젬과 마주 보았다.

……젬, 농담하는 거 아니죠?

젬이 고개를 흔들었다. 김이 모락모락 솟아오르는 새 수프 그릇을 앞에 두고, 리스가 중얼거렸다.

"오늘이 누님 생신 아니던가요……?"

"생일?"

젬이 리스와 아이, 그리고 시종을 번갈아 보았다. 그제야 젬은 날짜를 자각했다. 오늘은 젬의 생일이 맞았다.

"그, 그렇구나! 오늘 내 생일이야!" 하던 젬이 곧장 표정을 흐렸다. 가장 먼저 떠오른 우주 제일 미남의 얼굴 탓이었다.

"왜 그러세요, 누님?"

"오늘도 카피레 바쁘다고, 저녁 준비하지 말랬다고, 아까 코다가……."

횡설수설하던 젬이 말끝을 흐렸다. 머릿속이 빙글빙글 돌았다. 요즘 워낙 바쁜 사람이라 그러려니 했건만, 새삼 자각하니 코가 시큰거렸다. 카피레 얼굴이 눈에 아른거렸다.

생일이야 매년 돌아오는 거고, 젬도 조금 전까지 잊고 있었는데도 이유 없이 가슴이 허했다. 바늘만 하던 구멍이 커져 둑이 터진 것처럼.

"누, 누님. 그러실 것 없어요. 매형은, 저녁은, 그러니까!"

리스, 쉿! 쉬잇!

아이가 앞머리 휘날리게 쉿쉿 소리를 냈다. 코를 쿵쿵 삼키는 젬에게 아이가 조심스레 물었다.

젬, 카피레에게 아무 말 못 들었어요?

"쿵쿵, 무슨 말?"

코가 붉어진 젬을 안쓰럽다는 듯 바라보던 아이가 "아니, 아무엇도 아네요." 하고 말았다. 그게 오늘 아침 일이었다.

*　　　*　　　*

크림색 장미꽃이 자연스레 시선을 앗았다. 정신없는 와중에
실험실까지 들고 온 선물이었다. 급한 김에 비커에 꽂아 놓은 터
라 초록색 장미 줄기가 그대로 비쳤다. 햇살 받은 꽃잎에 윤기가
반질반질했다. 젬은 가슴이 간지러워졌다.

본래 젬은 생일 축하에 익숙하지 않았다. 부모님이 살아 계실
때는 멀리 사느라 그랬고, 그 후엔 빚쟁이로 입에 풀칠하느라 바
빴다.

리스의 꽃다발은 예상치 못한 선물이었다. 분명 기쁘고 고마
웠다. 그러나 젬은 마음 한편에서 다른 이의 얼굴을 떠올릴 수밖
에 없었다.

최근 들어 몸값이 천정부지로 솟아오른 카피레였다. 우주 절
세 미남, 유라레의 보물이셨다.

젬이 입술을 우물거렸다. 분명 스치듯 생일 날짜를 흘린 적도
있었다. 사계절 중 언제가 가장 좋냐, 가장 갖고 싶은 게 뭐냐 등
등 잡담할 적에 나온 얘기였다.

카피레는 주문 외듯이 날짜를 외고는 젬에게 한쪽 눈을 찡긋
거리기도 했다. 마음에 새겨 뒀다는 듯이 눈에서 꿀이 뚝뚝 떨어
졌더랬다. 젬이 아닌 척 한숨을 쉬었다. 얼굴만 좀 자주 보여 줬

더라면 이 정도로 초조하지는 않았을 테다.

젬은 마담 D가 앉았던 자리를 치우며 시간을 확인했다. 방구석에 나란히 놓인 솥단지 셋 때문이었다. 젬은 다 식은 솥단지에 국자를 한 바퀴씩 저어 점성을 확인했다. 재료 보충할 시간이 가까웠다.

젬이 말린 꽃씨 주머니를 뒤적이며 혼자 고개를 끄덕였다. 그래, 카피레가 허투루 젬을 대할 사람은 아니었다.

눈코 뜰 새 없는 일정이 문제이리라. 바쁘면 잊을 수도 있지. 응. 그렇지. 생일이야 뭐, 내년에도 오는 거고. 젬의 시선이 비커 꽃병과 솥단지 사이를 분주히 오갔다.

젬이 꽃씨 주머니를 통째로 털어 넣었다. 핑크색 연기가 펑, 하고 올라오며 상큼한 냄새를 퍼뜨렸다. 아이가 코를 벌름거리며 솥단지 위를 날았다.

젬이 말린 박쥐 날개 주머니를 뒤적이며 입을 씰룩거렸다.

"……분명히 말해 두는데, 내가 선물 받고 싶어서 이러는 건 절대 아니야."

누가 뭐래요?

"내가 섭섭해서 이러는 건, 맞지만, 아니야!"

젬, 그거 비싼 거예요.

아니, 같이 살면서 얼굴 보기가 왜 이리 힘들단 말인가! 이게 말이 되는가! 심지어 하필이면 오늘 같은 날! 밥도 같이 못 먹겠단 말인가! 왜!

젬이 이를 뽀득뽀득 갈며 박쥐 날개를 허공에 휘둘렀다. 뾰족한 박쥐 날개가 단검으로 보일 정도로 기세가 사나웠다. 아이가 슬금슬금 몸을 뒤로 빼 문가로 물러섰다.

울그락불그락한 낯으로 씩씩거리던 젬이 급기야 "으아아아!" 하며 양손에 박쥐 날개를 쥐고 포효했다. 그 몸짓이 미친 원숭이 같기도 하고, 신들린 칼춤 같기도 했다.

부부는 닮는다더니, 젬이 이 지경이 된 것이 다 카피레 탓만 같아 아이도 덩달아 입이 썼다.

젬의 정신 나간 춤사위에 약솥이 죄 넘어질까 두려울 지경이었다. 아이는 커다란 솥단지를 슬슬 밀어 문 가까이로 옮겼다. 젬은 제 성에 눈이 멀어 솥단지가 날아가는지, 땅에 꺼지는지 관심도 없는 눈치였다.

예고 없이 문이 벌컥 열린 것은 그때였다.

"젬! 준비는 다 됐, 억!"

비명과 함께 요란한 충격이 실험실을 울렸다. 문앞에 놓인 솥단지에 발이 걸린 게 문제였다.

남자가 앞으로 넘어지며 눈앞에 있던 핑크 요정을 반사적으로 움켜쥐었다. 덩달아 놀란 아이가 남자의 손아귀에 속절없이 갇혔다. 둘은 나란히 바닥에 쏟아진 마법약에 얼굴을 박았다.

사람 몸통만 한 솥단지가 바닥을 뒹굴었다. 그 소리가 어찌나 우렁찬지 젬은 덜컥 제정신이 돌아왔다. 맨질맨질한 실험실 바닥에 보라색 마법약이 웅덩이처럼 고였다.

미친 박쥐 날개 춤을 추던 젬이 엉거주춤 뒤로 돌았다.

"카, 카피레? 아이?"

젬이 헐레벌떡 솥단지를 넘어 둘에게 다가갔다. 피부와 닿은 보라색 마법약이 치이익, 소릴 내며 연기처럼 승화했다.

뒤집어 눕힌 카피레와 아이의 표정이 틀에 찍어 낸 듯 똑같았다. 똥 싸기 직전 변비 환자에 빙의한 듯 오만상이었다. 먼저 눈을 뜬 건 요정 쪽이었다.

윽, 이게 대체⋯⋯.

"아, 아이? 괜찮아? 이게 무슨 난리람? 카피레, 눈 좀 떠 봐요!"

꿈꾸다 일어난 듯 아이 표정이 어리벙벙했다. 끙끙대던 절세미남이 "젬은 우주 제일 엉터리 마법약장수우우우!" 하며 눈을 번쩍 떴다.

젬이 "카피레!" 하며 그의 목을 안았다. 아까까지 끓던 분이 거짓말처럼 가셨다. 찡그린 얼굴마저 반갑고 예쁘기만 했다. 상큼한 향이 코에 훅 끼쳤다. 단단한 목덜미에 얼굴을 묻은 것도 잠시, 카피레가 곧장 젬을 밀쳤다.

"뭐, 뭐예요, 징그럽게! 쉭! 쉭!"

"어?"

어?

젬이 카피레를 보고 눈을 깜박였다. 카피레가 어리둥절한 낯으로 젬과 아이를 번갈아 보더니 젬 손을 들어 상체와 얼굴을 더듬었다. 그리고 아이는⋯⋯.

그만두지 못해! 내 몸을 만질 수 있는 건 나와 젬뿐이다!

……하며 날개를 파르르 떨었다. 핑크빛을 띤 요정 가루가 환상처럼 흩날렸다. 얼굴은 물론 가슴팍, 다리 사이 주머니까지 더듬은 절세 미남이 진지한 얼굴로 젬에게 속삭였다.

"젬도 이거 만져 본 적 있어요? 촉감이 되게……."

이 발칙한 요정놈이이이이!

날카로운 요정 킥이 우주 제일 미남의 얼굴에 명중했다. 젬은 떡 벌어진 입을 다물지 못했다. 그녀의 예상이 맞다면, 세상에, 카피레와 아이 몸이 바뀐 것이다.

코가 빨개진 제 얼굴을 보며, 요정 몸을 입은 카피레가 울부짖었다.

*　　*　　*

말린 박쥐 날개 잔해가 바닥에 과자 부스러기처럼 흩어졌다. 솥단지는 가까스로 제자리를 찾았고, 활짝 연 창문으로 서늘한 바람이 들어와 장미 꽃잎을 흔들었다.

젬은 침을 꼴깍 삼켰다. 평소보다 눈매가 뾰족하고 코가 빨간 카피레와, 평소보다 성질이 배는 더러워 보이는 심기 불편 아이가 맞은편에 나란히 자리했다.

"카, 카피레?"

아이가 불만 가득한 낯으로 젬을 보았다. 굳게 낀 팔짱이며

속옷 따위 보이거나 말거나 다리 꼰 자세가 영락없는 카피레였
다.

"아이?"

카피레가 입을 비죽 내밀고 "우주 제일 엉터리, 우주 제일 바
보, 우주 제일 덜렁이 젬 마키나 같으니……" 하고 투덜거렸다.
명명백백한 아이 말투였다. 젬은 하늘이 노랬다.

실험 중이던 물약이 이런 효과를 낼 줄 누가 알았겠는가. 둘이
함께 물약을 뒤집어쓴 게 가장 큰 요인으로 보였다.

……젬. 이제 그만 하고 중화제부터 만들어 줘. 우리 이럴 시간 없
잖아.

아이의 몸을 한 카피레가 툴툴거렸다. 젬이 맹하니 대꾸했다.

"당장은 무리예요."

왜!

"아, 아직 실험 중인 약물이라. 자연스레 돌아오는 게 최고에
요. 자칫 잘못했다간 일이 더 꼬일 수도 있다고요."

카피레가 "거짓말! 이건 악몽이야!" 하며 허공에 주먹질을 했
다. 핑크빛 요정 가루가 사방팔방에 뿌옇게 흩날리며 눈 시림과
콧물, 재채기를 유발했다.

맞은편 유리창에 비친 제 모습을 보며 안면 기예를 펼치던 아
이가 툭 뱉었다.

"얼마나 걸릴 것 같은데요?"

"그, 글쎄. 둘이 한 솥단지를 반 이상 흡수했으니, 적어도 3일?

늦으면…….”

지금 장난해!

카피레의 절규가 고막을 쩌렁쩌렁 울렸다. 머릿속이 아니라 실제 소리였다면 유리창이 깨질 만치 강렬했다.

아이가 개가 짖느냐는 듯 귀를 후비며 카피레를 약 올렸다. 보이지 않는 적을 맹렬히 두들겨 패던 카피레가 결국 우는 소리를 냈다.

내가 어떻게 오늘을 준비했는데! 젬, 넌 왜 그리 태연한 거야!

“나, 나도 놀랐거든요! 하나도 안 태연하거든요!”

빽하고 대꾸한 젬이 말린 박쥐 날개 주머니를 만지작거렸다.

“오, 오늘이 무슨 날인데요?”

……뭐?

“……코다가 그러던데요. 오늘 카피레가 저녁 준비하지 말랬다구. 대체 무슨 일이길래.”

카피레가 뭐라 말하려다 기막힌 듯 입술을 뻐끔거렸다. 실낱같은 희망이 아지랑이처럼 피어올랐다가 금세 시들었다.

자기 관리에 목숨 거는 양반이 잠까지 줄여 가며 애쓰던 요즘이었다. 타국 인사나 관광부 협력이 어쩌고저쩌고 꼬부랑 말도 입에 달고 살았더랬다.

젬의 심정을 아는지 모르는지, 카피레가 얼떨떨히 되물었다.

그게 무슨 소리야? 젬, 아침에 카드 안 봤어?

“카드요? 무슨 카드? 그런 거 못 봤는…….”

젬이 눈을 빠르게 깜박이며 시간을 더듬었다. 젬 낯에 가느다란 경련이 일었다. 어렴풋한 기억이 떠오른 탓이었다. 눈 뜨자마자 코에 얹혀 간질거리는 것이 있길래 홱 쓰레기통에 버린 일이었다.

서, 설마 휴진 줄 알고 버렸던 그것이 카드였단 말인가!

젬은 저도 모르게 "모, 못 봤는데요" 하고 얼버무리고 말았다. 안 그래도 잠깐 새 십 년은 늙은 듯한 카피레 낯이 백 살 먹은 할머니처럼 쪼글쪼글해졌다.

"무, 무슨 내용이었길래 그래요? 중요한 거예요?"

……이건 거짓말이야. 내가 뭣 때문에 그 인고의 시간을 버텼는데. 이건 꿈이야. 꿈이어야만 해.

혼잣말처럼 중얼거리던 카피레가 비틀거리며 실험대 한가운데에 다소곳이 누웠다. 일자로 곱게 누운 정자세에 가슴 위로 두 손을 포갰다. 축 처진 눈초리에 보석 같은 물방울이 반짝였다.

……안녕, 젬. 우리 현실에서 만나.

"카피레, 정신 차려요!"

"히히히. 이 얼굴로 코 파니까 되게 재밌네요, 젬. 봐 봐요!"

이 빌어먹을 요정 새끼가 뭐하는 짓이야!

곱게 누웠던 카피레가 눈 깜짝할 새 귀신 썬 형상으로 돌변해 아이의 멱살을 잡았다. 본능적으로 뿌려진 요정 가루에 아이가 눈, 코, 입에서 액체를 뿜었다.

제 얼굴에 벌어지는 참사에 카피레는 혼이 날아갔다. 있어선 안 될 일이 눈앞에 연이은 충격이었다.

카피레는 급기야 바닥을 주먹으로 내리치며 꺼이꺼이 통곡했다. "내 국보급 미모를 네놈이 가암히이! 아이고, 아이고!" 하며 숨까지 넘어갔다.

젬은 습관처럼 주머니에서 알사탕을 꺼내 카피레 입에 물려주었다. 울면서 사탕을 깨부수는 카피레와 재채기로 정신없는 아이 사이에서 젬은 가까스로 자신을 다잡았다.

생일이고 나발이고 발등에 떨어진 불이 급했다.

*　　*　　*

카피레는 끝까지 카드에 무슨 내용이 적혀 있었는지 말하지 않았다. 마지못해 오늘의 메인 스케줄을 아이에게 일러 준 것이 다였다.

오늘은 무려 제1회 왕실 주최 불꽃 축제가 열리는 날이었다. 카피레가 기획을 맡아 추진한, 예산이 어마어마한 사업이라고 했다. 외국 관광객들도 꽤나 몰릴 예정이며, 마과부의 사활이 걸린 프로젝트라고도 덧붙였다.

젬은 입을 떡 벌리고 "그, 그러고 보니 그런 얘길 들었던 것도 같고, 아닌 것도 같고……" 했다. 카피레와 아이는 젬을 측은한 눈으로 바라보았다. 베이비트리 연구에 정신없던 젬을 제외하곤 유라레에 모르는 이가 없는 듯했다.

젬은 그제야 카피레의 들끓는 속을 이해했다. 불꽃 축제라니. 전무후무할 규모라니. 예산이 장난 아니게 들어간 만큼, 걸어 다니는 왕실 홍보 전광판 카피레가 제 몫을 다한 모양이었다.

바쁠 만도 했다. 정신없을 만도 했다. 젬은 미친 박쥐 날개 춤을 추던 자신을 반성하기로 했다.

"어떻게 하죠. 열심히 준비한 자린데······."

"흥. 그러게 누가 노크도 안 하고 문을 벌컥벌컥 열라구 그랬나?"

콧구멍 그만 파지 못해! 내 앙증맞은 콧구멍 넓어지면 네가 책임질 거야!

아이가 혀를 내밀곤 재빨리 문밖으로 도망쳤다. 카피레 낯이 잘 익은 체리처럼 붉었다. 딱 보기에도 화병 나기 일보 직전이었다. 자그마한 콧구멍으로 증기가 칙칙폭폭 뿜어져 나왔다.

젬이 침을 꼴깍 삼켰다. 야생 원숭이가 폭력 요정의 몸을 입었으니 세상 무서울 게 없는 폭탄이었다.

"카피레, 어떡할래요? 불안하면 아이 곁에 붙어서 가요. 중요한 자리라면서요. 주머니에 숨으면 눈에 띄지 않을 거예요."

잠시 씩씩대며 젬을 흘겨보던 카피레가 코를 훔쳤다.

······필요 없어.

"예? 뭐라고요?"

필요 없어! 안 가! 말짱 황이라구!

카피레가 메뚜기처럼 폴짝 날아 젬의 무르팍에 얼굴을 묻었다. 중증의 나르시시즘 환자가 눈앞에서 몸을 뺏겼으니 충격이 클 만도 했다.

젬은 카피레가 안쓰러운 한편 내심 기쁘기도 했다. 이러니저러니 해도 오늘은 특별한 날이었다. 가장 보고 싶던 사람과 함께 할 기회였다.

긴장이 풀어진 틈을 이용해 젬이 지나가는 척 물었다.

"……그런데 실험실엔 웬일이에요? 아까 들어올 때 뭐라 소리치지 않았어요? 호, 혹시 카드와 관련 있다거나?"

젬이 뺨이 살짝 붉어졌다. 젬 무릎에 찰싹 붙은 카피레는 그것을 깜빡 놓치고 말았다. 부르르 떨던 카피레는 "아냐! 몰라! 뭘 생각하든 다 아니란 말이야!" 하며 사지를 바둥거렸다.

젬의 홍조가 비 맞은 모닥불처럼 싸그리 식었다. "예, 예에. 그럴 줄 알았어요" 하고 쓰게 웃었다.

뒤늦게 상황을 알아챈 카피레가 어버버 젬의 시선을 돌리려 애썼으나 이미 쏟은 물이었다.

카피레는 피눈물을 흘리며 가슴을 두들겼다.

원통하다! 원통하도다! 공들여 세운 제2의 미스터 로맨틱 계획이 이렇게 무너지다니! 이 무슨 하늘의 장난이란 말인가!

의기소침한 공기를 깨뜨린 건 한 통의 전화였다. 발신인 다름 아닌 본이었다. 내용인즉슨, 스페셜 러브 도시락은 언제 가져갈 거냔 거였다. 젬이 더듬더듬 따라 말했다.

"스페셜, 러브 도시락이요?"

"방금 카피레에게 전화했더니 젬이 알아서 하라지 뭡니까? 혹시, 둘이 싸웠습니까?"

"그럴 리가요!"

젬은 카피레와 실험실 천장을 번갈아 보다 통화를 끊었다. 잠시 침묵이 내렸다.

"……어디 소풍 가요?"

카피레가 억울한 낯으로 입술을 오물거렸다.

……2인용이라 혼자 다 못 먹어. 같이 가.

"어디를요?"

스페셜 러브 도시락이라니. 작명 센스가 누구 씨처럼 대단했다. 게다가 요정의 몸으론 1인분은커녕 반의반도 비우기 힘들 터인데……

젬의 복잡한 심경을 카피레가 알 리 없었다. 카피레가 젬의 목깃에 몸을 숨겼다. 분명 익숙한 자세건만, 아이가 아니라 카피레라 생각하니 괜스레 낯이 뜨거웠다. 카피레가 곁눈질로 시간을 확인했다.

……젬, 아까 카드가 무슨 내용인지 물었지?

"이제 됐어요."

되긴 뭐가 돼. 안 돼.

카피레가 콧방귀를 뀌며 젬 머리카락을 아프지 않게 잡아당겼다. 행동은 장난스러운데 목소리가 천근만근 무거웠다.

같이 갈 곳이 있어.

"저랑요?"

······내가 달리 누구한테 이런 말을 하겠어?

카피레가 한숨처럼 중얼거리며 젬을 끌었다. 젬은 못 이기는 척 자그마한 요정의 손에 밀려 주었다.

* * *

어스름이 깔릴 시각, 젬은 야트막한 언덕에 서 있었다. 가라앉은 당근 주스처럼 하늘 밑이 붉었다. 언덕 아래 공터에 노점상이 줄지었다. 연인, 가족, 친구 할 것 없이 인파가 바글바글했다.

공터 중앙에 커다란 무대가 섰다. 무대 주위를 바쁘게 오가는 사람들을 지켜보던 젬이 툭하고 중얼거렸다.

"지금이라도 안 늦었어요, 카피레. 불안해서 몸 배배 꼬는 거 다 보여요. 내가 아이 불러 준다니깐요? 잠깐 안은 사이에 아이 품으로 넘어가면 돼요. 아무도 눈치 못 챌 거예요."

그런 문제가 아니래두······.

젬 정수리에 앉은 카피레가 한숨을 푹 내쉬었다. 요정 입김이 어찌나 센지 젬 앞머리가 반으로 갈라졌다. 젬이 무심히 앞머리를 만지작거렸다.

스페셜 러브 도시락은 말 그대로 스페셜했다. 젬이 좋아하는 디저트 종류가 특히 많았다. 전체적으로 하트 모양과 핑크색을 강조한 데서 제작자의 노력이 엿보였다.

도시락 내용물은 퍽 중구난방이었는데, 디저트류는 장인의 솜씨인 듯 예쁘고 맛도 좋았으나, 너무 탄 크로켓이나 싱겁고 느끼한 코울슬로 등이 조화를 망쳤다. 문제는 젬이 그것을 집을 때마다 카피레 낯이 홱홱 변한단 사실이었다.

젬은 혹시나, 하면서도 에이, 설마. 하고 애써 기대를 낮추었다. 그럼에도 탄 크로켓과 밍밍한 코울슬로를 싹싹 비우긴 했다. 비리고 느끼할지언정 오묘한 매력이 있긴 했다.

석양이 내리자 어둠이 오는 건 순식간이었다. 공터에 색색의 등불이 켜지고, 무대가 은은한 조명을 밝혔다.

소란한 공터와 달리 언덕은 제법 조용했다. 젬이 카피레를 품에 안고 코트를 여몄다. 카피레는 부드럽고 푹신한 젬의 가슴 감촉을 온몸으로 느끼며, 표정 관리에 안간힘을 쏟고 있었다.

콩콩 뛰는 카피레의 심장 소리에 젬이 소리 죽여 웃었다.

왜 웃어?

"후후, 좋아서요."

카피레가 "엣헴" 하고 헛기침하며 젬을 흘겨보았다.

흥. 또 먹고 싶을 땐 말만 하라구. 스페셜 러브 도시락.

젬이 무릎을 안고 앉아 카피레 등에 가슴을 마주 대었다. 카피레가 얼린 생선처럼 바짝 굳었다. 공터에 어른거리는 등불이 꼭 환상처럼 멀고 아름다웠다.

"도시락도 맛있고, 카피레랑 같이 있고……."

흠흠.

"······아까 그거 카피레가 만든 거예요?"

젬이 긴가민가하여 나지막이 속삭였다. 카피레가 젬의 무릎에 바짝 붙어선 중얼거렸다.

우주 제일 미남이 요리 천재란 것까지 세간에 알려지면 곤란하니까, 너만 알고 있어.

젬은 저도 모르게 바보처럼 헤헤 웃었다. 뜨끈한 불꽃이 심장에서 피어나 전신으로 번졌다. 카피레가 조리대 앞에 서서 양배추를 썰고, 처음 하는 튀김 요리에 혼비백산하는 모습이 절로 그려졌다.

귀여워. 귀여워! 젬이 카피레의 정수리에 뽀뽀 연탄 공격을 날렸다. 쉴 새 없는 뽀뽀 세례에 카피레 머리카락이 삽시간에 귀신 산발이 되었다.

무려 열 배가 넘는 덩치 차 탓에 카피레는 잠시 공포감까지 느꼈다. 혼이 나간 카피레가 "자, 잠깐! 진정해, 젬!" 할 때였다.

"아, 아. 마이크 테스트. 신사 숙녀 여러분, 안녕하십니까······."

무대에서 의욕 없는 목소리가 왕왕 울려 퍼졌다. 젬이 깜짝 놀라 고개를 들었다. 익숙한 목소리였다.

아니나 다를까. 커다란 덩치에 흰 마과부 가운을 걸친 남자가 무대 중앙에서 마이크를 들고 있었다. 킨이었다.

밤을 새고 선 자린지 눈 밑이 토끼 굴처럼 검고 깊었다. 멀리서 봐도 광대뼈가 산처럼 솟은 것은 물론, 가운에 묻은 커피 얼룩이 선명했다.

저놈이 대신 나왔군.

"카피레 대타인 거예요? 어? 옆에 아이도 있는데요?"

뭐?

카피레가 젬 품에서 나와 높이 날았다. 무대에선 재미없는 인물 소개가 이어지고 있었다. 인파 중 반 이상이 먹고 떠드느라 바빴고, 무대를 보는 대다수 시선 역시 사회자에 있지 않았다.

짝다리로 삐딱하게 서선 입이 찢어져라 하품하는 아이에게 이따금 "왕자님, 최고! 꺄악!" 하고 환호가 솟았다.

저 빌어먹을 핑크 요정! 내 귀중한 얼굴을 저따위로 낭비해!

"하품해도 잘생겼어요, 카피레!"

그건 나도 알아!

카피레가 소리를 빽 질렀다. 킨의 어설픈 사회 진행, 소란한 축제 분위기, 뿔난 카피레, 서늘한 가을 밤 공기.

젬은 자꾸 웃음이 새서 입가를 문질렀다. 공기도, 하늘도, 바람 냄새도, 지금 숨 쉬는 공간 모두가 특별하게 느껴졌다.

젬은 이유를 알고 있었다. 젬이 태어난 날이어서가 아니었다. 카피레가 옆에 있기 때문이었다.

"……카피레. 고마워요."

뭐, 뭐야. 뜬금없이.

"도시락도 그렇고, 카드도. 보진 못했지만 짐작이 가요. 아마 생일 축하 카드였겠죠?"

젬이 볼을 붉히며 웃었다. 어느새 사위가 깜깜했다. 완연한 밤이었다. 환히 빛나는 카피레를 젬이 조심스레 두 손으로 감쌌다. 카피레의 불그스름한 두 뺨이 요정 가루 탓인지 부끄러움 탓인지 분간하기 어려웠다.

"어때요. 내 말이 맞죠?"

젬이 장난스레 한쪽 눈을 찡긋했다. 모르는 새 몸에 익은 카피레 흉내였다. 카피레가 입술을 살짝 깨물었다.

젬, 실은······.

카피레의 앙증맞은 입술에 온 신경을 집중한 찰나였다. 땅 갈라지는 소리와 함께 하늘에 커다란 불꽃이 터졌다.

젬이 반사적으로 하늘을 보았다. 카피레의 입술이 뭐라 움직이다 닫혀 버렸다.

사람들의 환호 소리가 불꽃과 함께 허공을 수놓았다. 새까만 캔버스에 휘황찬란한 불꽃이 만개했다.

눈앞에 펼쳐지는 장관에 젬을 입을 헤 벌리고 말았다. 젬이 아는 불꽃놀이는 양동이와 성냥 하나면 준비 끝, 나무 막대에 불똥이 탁탁 튀는 수준이었다. 이렇게 거대한 불꽃은 태어나서 처음 보았다.

간격을 두고 연이어 터지던 불꽃이 잠시 멈추었다. 젬이 벌린 입을 다물지 못하고 발을 동동 굴렀다.

"방금 봤어요?" 하고 젬이 카피레를 보았다. 카피레가 복잡한 낯으로 "으으음. 젬?" 할 때였다.

뜬금없이 부드러운 피아노 반주가 무대에서 흘러나왔다.

이건 또 무슨 일이람. 젬이 눈을 가늘게 떴다. 무대에 선 사절이며 축제 관계자 모두 흐뭇한 미소로 아이와 킨 쪽을 바라보고 있었다. 멀리서 봐도 박수 칠 준비로 만만했다.

마이크를 굳게 쥔 킨이 침 삼키는 소리를 냈다. 피아노 반주가 한층 달콤해졌다.

"……본래 이 자리를 맡기로 했던 카피레 왕자님께서 목감기에 걸리신 고로, 제가 대신 마이크를 잡게 되었습니다. 이 무슨 운명의 장난인지, 뭐라 할 말이 없군요. 흠흠, 실례. 시작하겠습니다. 이곳 어딘가에서 불꽃을 보고 있을…… 억! 아야야. 왕자님? 예, 예? 그냥 하지 말라고요? 아뇨, 그럴 수는…… 예? 누구도 듣고 싶지 않을 거라고요? 하, 그럴 리가요. 귀 따갑게 사람 괴롭힐 때는 언제고, 진짜 많이 아프긴 아프신가 봅니다. 큼, 다시 하겠습니다. 불꽃을 보고 있을 사랑스러운 나의 제에……."

"제에에에에에이미!"

옆에서 실랑이하던 아이가 우악스레 마이크를 뺏어 킨을 옆으로 밀었다. 쩌렁쩌렁한 목소리가 마이크 쉿소리와 함께 허공을 찢었다. 제이이미이, 제이미이이이, 하고 메아리가 멀리 울었다.

피아노 반주가 뚝 끊겼다. 옆에 선 카피레 낯이 찌그러진 캔처럼 사정없이 구겨졌다. 갑작스러운 아이의 기행에 젬의 등줄기로 식은땀이 달렸다.

마이크를 고쳐 잡은 아이가 콧물을 킁, 삼켰다.

"⋯⋯제, 제이미. 하늘에 있을 내 사랑스러운 강아지. 이 불꽃을 너에게 바친다. 자, 박수!"

홀린 듯 엉성한 박수가 공터에 산발했다. 마이크에 울리는 아이의 손뼉 소리였다. 뒤늦게 정신 차린 피아노 반주가 "딴, 따딴딴!" 하고 종지부를 찍었다.

어리둥절한 낯으로 서로를 보는 무대 관계자들과 넋 나간 킨이 보였다. 어안이 벙벙한 관객들 사이로 영원 같은 침묵이 스쳤다.

대기하고 있던 것처럼 수십 개의 불꽃이 동시에 하늘로 날았다. 우렁찬 소리가 천지를 뒤흔들었다. 무지개색이 꽃밭처럼 밤하늘을 수놓았다.

난생처음 보는 장관에, 젬을 비롯한 관객들 모두 방금 있었던 일을 까맣게 잊어버리고 말았다.

젬이 카피레를 보고 활짝 웃었다.

"너무 예뻐요!"

불꽃을 보는 둥 마는 둥 인생 포기한 낯이던 카피레가 젬을 홀린 듯 보았다. 요란한 폭발음에 귀가 먹먹해 무슨 말인지 듣지 못한 게 분명했다.

자그마한 요정의 얼굴에 어쩔 수 없다는 듯한 미소가 번졌다. 카피레 뒤로 펼쳐지는 불꽃의 춤이, 꼭 일전에 본 다이아몬드 빛 감정의 폭발과 겹쳐 보였다.

젬은 카피레를 품에 안고 함께 풀밭에 누웠다. 우주에 홀로 뜬 듯 환상적인 광경이 이어졌다.

젬의 쿵쾅거리는 심장 소리에 카피레가 천천히 눈을 감았다. 불꽃이 터지는 소리가 그칠 때까지. 두 사람 사이엔 아무 말도 오가지 않았다.

마지막 불꽃이 아지랑이처럼 스러지고, 아쉬워하는 탄성이 곳곳에서 터져 나왔다. 젬이 카피레를 안은 손에 힘을 꼬옥 주었다.

"……너무 예뻤어요. 이런 건 처음 봤어요. 세상에, 카피레 고생했어요! 너무 대단해요!"

…….

"카피레? 호, 혹시 아이가 실수한 것 때문에 그래요? 신경 쓰지 말아요. 불꽃놀이가 워낙 장관이라 다들 잊어버렸을 거예요. 저도 혼이 쏙 빠졌다니깐요?"

그런 거 아냐.

카피레가 차분한 목소리로 중얼거렸다. 불꽃놀이와 함께 화도 다 날아가 버린 듯했다.

카피레가 몸을 돌려 젬을 보았다. 은근히 타오르는 불꽃처럼, 깊고 따뜻한 시선이 젬과 마주했다. 잠시 침묵하던 카피레가 "아아아" 하고 뒷머리를 벅벅 긁었다.

"카피레?"

……제길! 젬! 생일 축하해!

카피레가 주먹을 불끈 쥐고 젬을 향해 몸통 박치기 하려는 듯

포즈를 잡았다. 젬은 크나큰 충격을 예상하고 눈을 질끈 감았으나, 막상 입술에 닿은 것은 솜사탕처럼 보드랍고 조심스러운 감촉이었다.

젬이 슬그머니 눈을 떴다. 파르르 떨리는 카피레의 속눈썹이 보였다. 젬은 꽃에 홀린 나비가 된 기분으로, 카피레를 두 손으로 소중히 감쌌다. 황금빛 체온이 가을 밤바람에 식은 몸을 따스히 녹여 주는 듯했다.

역시 잊은 게 아니었어. 젬은 속으로 중얼거렸다. 저도 모르게 입꼬리가 자꾸 올라갔다.

그때였다. 카피레가 귀신 들린 양 두 눈을 번쩍 떴다. 젬의 입술을 쭉 밀어 버린 건 물론이었다.

헉, 아냐! 이건 아냐! 에퉤퉤퉤퉤!

"카, 카피레! 갑자기 왜 그래요?"

왜긴 왜겠어, 젬! 이거 내 몸 아니잖아! 요정이랑 이렇게 찐하게 뽀뽀하면 어떡해!

"카피레는 카피레잖아요!"

아, 씨! 몰라! 취소야, 취소!

젬은 카피레를 더 놀리고 싶었으나 본인 딴엔 퍽 심각해 보였기에 애써 참았다. 둘은 대신 풀밭에 앉아 많은 이야기를 했다.

카피레는 젬에게 자신이 본 광경을 보여 주고 싶었다고 했다. 자신이 젬에게서 보는 각양각색의 꽃구름과 감정의 불꽃놀이를, 그것이 비추는 사랑의 감정을 젬에게도 느끼게 해 주고 싶었다고.

열 번은 고쳐 쓴 생일 카드를 못 봤다고 하니 섭섭했다고도 덧붙였다. 젬은 미안한 마음을 담아 카피레 등을 살살 쓰다듬어 주었다. 아침까지 쌓였던 섭섭한 마음이 모래성 무너지듯 흔적도 없이 사라졌다.

젬은 나는 이미 당신의 불꽃을 봤다고, 이 세상의 것이 아닌 것처럼 찬란했다고, 오늘 본 불꽃놀이보다 더 경이로웠노라고 말하고 싶었다.

망설이는 순간, 카피레가 툭 뱉었다.

신기하기도 하지, 젬. 항상 그래.

"뭐가요?"

애초 계획했던 미스터 로맨틱 데이트보다, 너와 함께 한 오늘이 백배는 완벽한 게 말이야.

젬과 마주친 카피레의 눈동자가 달콤하게 휘었다.

너랑 있으면 신기하게도, 항상 그래.

카피레는 날씨 얘기하듯 덤덤했다. 젬과 카피레는 가만히 서로를 보았다. 파도처럼 공터를 빠져나가는 인파, 막바지 손님을 끌어모으기 위해 소리 높이는 노점 상인들의 호객 소리, 텅 빈 무대 주변을 기웃거리는 몇몇 사람들의 모습이 모두 멀게만 느껴졌다.

카피레가 오늘 처음으로 웃음기 섞인 목소리를 흘렸다.

너랑 있으면, 내가 더 좋은 사람이 된 것 같은 착각이 들어.

젬은 얼굴이 확 달아올라 발가락을 꼼지락거리며 입술을 물어뜯었다. 우주 제일 나르시시즘 왕자가 웬일이람.

착각이 아니라 카피레는 좋은 사람이라고 말해 줘야 하는데, 온몸에 개미가 지나듯 근지러워서 입이 안 떨어졌다.

젬의 기색을 알아챈 듯, 카피레의 표정에 느끼함이 섞였다. 오랜만에 보는 그 어색한 미소에 젬은 입술을 오물대다 말고 웃음을 참아야 했다. 카피레는 태연한 척 입술을 파들거리며 젬에게 속삭였다.

······나도 너에게 그런 사람이 되고 싶어.

젬은 망설임 없이 카피레를 안고 입술에 뽀뽀 비를 내렸다.

도저히 참을 수 없었다. 풀밭을 데굴데굴 구르며 "카피레에에에!" 외치고 싶은 기분을 자그마한 입술에 몽땅 풀었다.

고문처럼 인내하던 카피레가 "윽, 그만, 안 돼! 사람 살려!" 외치다 기진맥진 축 처졌다. 너른 풀밭에서 벌어진 아무도 모를 참사였다.

*　　*　　*

그 꼴을 언덕 위쪽에서 지켜본 한 남자가 있었다. 카피레의 몸을 입은 아이였다. 아이가 썩은 물을 삼킨 표정으로 "······잘 논다" 하고 중얼거렸다.

"내가 무슨 꼴을 보자고 요놈들을 찾아왔는가" 하는 목소리에 억울함까지 섞였다. 땅을 차는 발길이 어찌나 센지 풀과 흙이 툭 툭 튀었다.

그런 아이의 뒤편에 짐승처럼 웅츠린 한 남자가 있었다. 홧김에 독주를 병째 들이켠 야근 전사 킨이었다.

"……카피레 바리우스…… 젬 선물로 마과부 전체를 부려 먹고 생색내는 것도 모자라, 편지까지 대신 읽게 만들더니, 막판엔 날 바보로 만들어! 선물은 개뿔! 왕자면 다냐! 승리자면 다냐!"

킨은 이를 득득갈며 중얼거렸다. 본인은 몹시 진지했으나 술기운에 혀가 꼬부라져 왱알왱알 옹알이에 불과한 소리였다.

킨이 비틀비틀 자리에서 일어서다가 굳게 쥔 양주 병을 바닥에 툭 떨궜다. 그 소리에 아이가 깜짝 놀라 뒤돌아본 순간. 킨이 "으라아아!" 하고 다짜고짜 몸을 날렸다.

다행인지 불행인지 술에 취한 곰은 거리 계산에 실패했고, 뒷걸음 치던 아이는 "억!" 하고 발을 헛디뎠다.

우주 제일 미남이 경사진 풀밭을 데구르르 굴렀다. 젬과 한바탕 뽀뽀를 마치고 반 시체가 된 카피레는 뒤에서 굴러오는 무언가를 발견하자마자 젬을 옆으로 밀쳤다.

"카피레!"

요정 가루가 펑 터지며 카피레가 아이 밑에 깔렸다.

킨은 경사진 풀밭에 코를 박고 코골이 했고, 젬은 혼비백산 아이 밑에 깔린 카피레를 찾았다. 요정 코에서 한 줄기 코피가 또로록 굴렀다.

"카, 카피레! 괜찮아요?"

으으윽, 나 죽는다······.

"젬?"

단단한 손이 젬의 손목을 쥐었다. 젬은 얼떨떨히 제 손목과 우주 절세 미남을 번갈아 보았다. 거짓말처럼 제 몸을 찾은 카피레가 젬을 보고 씩 웃었다.

머리에 붙은 흙이며 풀떼기나, 얼굴에 붙은 검댕 따위는 눈에 들어오지 않았다. 젬의 사랑은 그대로 아름다웠다. 곧장 입술이 다가왔다. 젬은 저도 모르게 눈을 감았다.

이런 정신 나간 사람들을 봤나! 선량한 요정이 죽어 가는데 입술이나 쪽쪽 빨아먹고 있어! 어! 이게 사람이야! 사람이야!

"헉! 아이!"

젬은 급히 아이를 품에 안았다. 서럽게 울먹이는 아이의 피 섞인 콧물도 살살 닦아 주었다. 다행히 아이나 카피레 둘 다 크게 다친 덴 없었다.

카피레 전화 한 통에 아래에서 대기하고 있던 경호원들이 사태를 수습했다. 술에 떡이 된 킨이 땅과 입 맞춘 사진도 꼼꼼히 남겼다. "카피레 바리우스······ 이 우라질 놈, 내 순정을 내놓아라. 음냐음냐······" 하는 술주정도 녹음했다.

젬과 카피레는 깍짓손을 끼고 저택으로 돌아왔다. 잠 안 자고 기다리던 리스의 문안 인사와 아이의 등쌀이 이어지는 바람에, 젬은 잠시 카피레와 떨어져야 했다.

"미안해, 아이."

흥, 내 이 값은 톡톡히 받아 낼 테니까 각오해요.

아이의 볼이 풍선처럼 부풀었다. 이어지는 아이의 폭로에 젬은 솜털이 다 일어섰다.

말인즉슨, 카피레가 무대에서 공개 고백을 계획했단 거였다.

그 수많은 청중 앞에서 닭살 돋는 연애 편지를 읽을 예정이었단 거였다. 어찌나 사방팔방 아내 자랑을 해 놨는지 처음 보는 인사들까지 젬의 안부를 물어 혼났단다.

아이는 선언했다. "자신이 순간적인 기지를 발휘해 편지 낭독을 피했으니, 이 은혜를 바로 알고 열 배로 갚으라"고.

젬은 잠자코 이번 달 디저트 예산을 계산했다.

젬이 돌아간 뒤, 아이는 유리창에 비친 제 얼굴을 보다가 카피레의 몸을 입은 때처럼, "히이" 하고 웃어 보았다. 코도 파고, 콧물도 그려 보았다. 그저 바보 같을 뿐, 그리운 모습은 간데없었다.

아이는 그대로 수면 양말 속으로 몸을 숨겼다.

젬은 그날 밤 꿈을 꾸었다. 하늘에 터지는 불꽃처럼 거대하고, 카피레의 감정처럼 찬란한 별이 주먹만 한 빛으로 응축해 젬에게 안기는 꿈이었다.

눈부시게 밝건만, 이상하리만치 여리고 사랑스럽게 느껴지는 빛이었다. 젬은 별을 소중히 품에 안았다.

바로 잠에서 깬 젬은 저도 모르게 아랫배에 손을 올렸다.

킨은 이튿날 곧장 유급 휴가에 들어갔다. 카피레는 주정뱅이 킨 사진을 어떻게 활용할까, 깊이 고민했다. 그도 오래가지 않았다.

불꽃 축제는 예상보다 성공적이었고, 마과부는 오랜만에 위신을 세웠다. 킨은 어깨에 뽕을 가득 채우고 마과부에 복귀했다.

그 뒤 불꽃 축제는 오랫동안 유라레의 명물로 남게 되는데, 이건 나중 이야기.

언론에선 베일에 싸인 강아지 '제이미'에 관심을 보였으나 금방 시들었다.

젬은 다음 해 카피레를 똑 닮은 왕자를 낳았다. 왕자의 이름은 제이미르 바리우스.

보르누 현왕의 뒤를 이을 왕세자의 탄생이었다.

외전 6.
소년 리스의 우울

　꿈인지 현실인지 경계가 모호했다. 우거진 침엽수림 사이로 달빛이 내렸다. 바닥에 죽은 나뭇잎이 푹신하게 깔렸다. 축축하고 시린 냄새가 코에 스미며 전신을 식혔다.

　바람 소리 요란한 숲 속 한밤중, 속살거리는 목소리가 공기에 섞였다.

　"그러니까 절대로 기억을 자극해선 안 된단 말이지? 대체 왜? 처음부터 이상했어. 저렇게 작은 애한테 꼬박꼬박 삼촌 소리 붙이는 제이미하며, 생긴 것답지 않게 싹바가지 없는 저 리스 놈하며. 애초에 요정과 계약한 것도 아닌 놈이 저렇게 될 이유가 뭐지? 금서의 계약을 물려받은 게 아니라면, 애가 저렇게 될 원인이 뭐가 있냔 말이야."

어휴, 이 귀찮은 인간! 꼬치꼬치 캐묻기나 하고!

우거진 나무 기둥 사이로 거인처럼 커다란 남자와 주먹만 한 핑크색 요정이 보였다. 요정의 핑크색 빛 가루가 남자의 손등에 빠르게 글씨를 그렸다 흩어졌다.

"이게 사람을 호구로 알어! 자꾸 이렇게 나오면 안 도와줄 줄 알아!"

이쪽이야말로 자꾸 이렇게 나오면 젬에게 일러 줄 테다! 본을 데리고 와서 산장을 쳐부숴 주겠다!

아이가 이를 득득 갈며 남자 손등에 빛 가루를 뿌렸다. 남자가 "앗, 따거!" 하며 허공에 손을 털었다.

"애초에 저놈, 젬 동생이 맞긴 한 거야? 하나부터 열까지 하나도 안 닮았잖아! 마키나란 이름 빼고, 초록 피부 빼면 둘이 비슷한 게 뭐가 있어?!"

목소리 낮추지 못해! 이 덜떨어진 마법사 같으니라구!

발밑에서 나뭇가지 부러지는 소리가 났다. 리스가 제자리에 우뚝 멈추었다. 발이 따끔했다.

말소리가 뚝 끊겼다. 키 큰 남자와 핑크 요정이 이쪽을 보고 있었다. 리스는 멍하니 그 광경을 보았다.

누님과 나는 닮지 않았어. 이름만 빼면 공유하는 게 하나도 없지.

핑크색 요정 빛 가루가 밤바람에 환상처럼 흩어졌다.

하나도 없어?

아니, 그건 아니었다. 누님은 하늘을, 땅을, 꽃의 존재를 알려 주었다. 리스의 세상은 젬이 알려 준 것으로 가득했다.

요정님도 그랬다. 요정 모이라이와 대화가 가능한 사람은 오직 젬과 자신뿐이었다. 그건 분명 젬의 자식도 못하는 일이었다.

그리고 이 피부. 초록색 녹즙 피부. 분명 젬도 예전에 겪은 일이라고 했다. 나는 누님과 상관없지 않다.

나는…….

……또 자다 나왔나 보네. 입술 시퍼런 것 좀 봐.

"자주 이러냐?"

가끔.

아이가 가까이 다가와 리스의 얼음장 같은 뺨을 한 번 쓸었다. 맞닿은 곳을 시작으로 전신에 훈기가 퍼졌다.

키 큰 마법사가 곰처럼 어슬렁어슬렁 다가왔다. 그와 요정이 꼭 말이 통하는 사이 같아서 리스는 마음에 들지 않았다.

그래선 안 됐다. 아이가 말하는 상대는 자신과 누님뿐이어야만 했다.

남자가 혀 차는 소릴 내며 쪼그리고 앉았다. 따뜻한 기운이 리스의 발을 감쌌다.

"……우리가 한 말 들었을까?"

상태를 보니 그렇진 않을 것 같네. 만에 하나 그렇더라도 꿈으로 여기겠지.

빛 가루가 눈앞에 이지러졌다.

꿈이라.

그래. 꿈.

리스가 눈을 감았다. 모든 것이 꿈이면 좋겠다고 생각했다. 눈에 보이는 것, 귀로 듣는 것, 피부에 닿는 것, 지난 기억, 가슴을 에는 감정, 몸부림치고 싶은 과거, 아득한 미래.

모든 것이 꿈. 꿈이었다면.

*　　*　　*

불현듯 눈을 떴다. 잠결에 검고 어두컴컴한 배경에 푸르스름한 빛이 나왔던 것도 같았다. 아니, 핑크색이었던가?

리스는 창턱에 앉아 바람을 맞고 있었다. 얇고 부드러운 아이보리색 커튼이 잔잔한 물결처럼 흔들렸다. 야트막한 산 너머로 넓게 펼쳐진 유라레 수도가 보였다.

"리스" 하고 부드러운 목소리가 문을 열었다. 리스가 뒤를 돌아보았다. 하나로 느슨히 묶은 머리, 간편한 일상복 차림을 한 누님이 리스를 보고 환히 웃었다. 꽃이 피듯 환한 미소였다.

"벌써 일어났어? 착하기도 해라."

아, 꿈이로군. 리스는 곧장 깨달았다. 이유는 명백했다. 누님은 이렇게 웃지 않았다. 누님의 티 하나 없이 밝은 웃음은 자신의 몫이 아니었다.

……아무럼 어떤가.

리스가 홀린 듯 다가가 누님을 안았다. 따뜻하고 포근한 냄새가 났다.

"우리 리스가 왜 이럴까."

낮은 웃음소리가 귀를 간질였다. 리스가 누님의 품에 얼굴을 묻었다.

"누님."

"응?"

"……사랑해요."

대답은 없었다. 리스는 올려다보지 않았다. 주변이 잉크를 쏟은 듯 검게 물들었다. 따뜻한 향기, 포근한 온기가 먼지처럼 흩어졌다.

리스는 천천히 눈을 떴다. 푸르스름한 새벽빛, 빛바랜 천막 천장이 보였다. 등줄기로 찬 기운이 올라오며 온몸이 뻐근했다.

"으으응. 삼촌?"

"……그래."

잠이 덜 깬 목소리가 크게 하품했다. 머리맡에 놓인 양말이 꿈틀거리는 것이 보였다. 리스는 누운 채로 몇 번 더 눈을 깜박였다.

꿈속의 꿈이었다. 꿈이기에 뱉어 본 말이었다.

리스 마키나. 26세. 유라레 국경 시모 산맥에 들어선 지 약 반 달째. 산장에 몸을 의탁한 지 18일째.

천막 벽이 바람에 부르르 떨렸다. 멀리 새 우는 소리가 들렸다. 휘몰아치는 칼바람이 그 위를 덮었다.

이곳은 유라레 서쪽 끝자락. 시모 산맥 한가운데였다.

*　　*　　*

그의 기억은 누님에게서 시작했다.

젬 마키나. 유라레 마법약학부 부장이자 왕자비. 모자란 자신을 부모 없이 키워 준 은인이자, 유일무이한 가족이었다.

누님과 자신은 나이 차이가 많이 났다. 부모님에 관한 것은 기억에 하나도 없었다. 누님과 요정의 말에 따르면 자신은 어떤 사고로 모든 기억을 잃은 모양이었다.

희미한 기억 속, 리스는 열 살이나 먹고도 옹알이밖에 할 줄 모르는 천치였다. 주변인 모두가 리스를 손가락질할 때 누님만은 달랐다. 그녀는 리스에게 사랑을 가르쳐 주려 했다.

누님에게선 항상 좋은 향기가 났다. 그녀는 리스를 가장 많이 안아 주는 사람이었다. 이마와 볼에 키스해 주는 유일한 인간이었다. 그녀는 항상 부드러운 목소리로 리스를 불렀다. 언성을 높이거나 매를 든 적은 한 번도 없었다.

시작이 반이었다. 리스는 책 읽는 법, 말하는 법을 깨우친 뒤엔 무시무시한 속도로 지식을 흡수했다. 꼭 원래 알던 것처럼 모든 게 쉬웠다.

그러나 아무리 공부해도 수련해도, 누님의 미소는 변하지 않았다. 다정하고 온화해 보이는 겉껍질 아래, 그 속에 서린 일말의 꺼림칙함을, 리스는 모르려야 모를 수 없었다.

리스에게 젬은 단순한 누님이 아니었기 때문이다.

분명 누님은 내 이런 마음을 알고 꺼리시는 걸 거야. 정신 차리라고, 그러면 안 된다고.

리스는 젬의 모든 것이 아름답게만 보였다. 손짓은 나비가 춤추는 듯했고, 목소리는 새가 노래하는 듯, 향기는 꿀처럼 달콤했다.

그런 누님의 옆자리는 이미 임자가 따로 있었다.

카피레 바리우스. 리스가 기억하는 첫 순간부터, 그는 누님의 곁을 지키고 있었다.

이기지 못할 게임임을 알고 있었다. 자신은 모자란 동생에 불과했고, 그는 누님의 하나뿐인 반쪽이었으니까.

카피레는 가끔 리스를 "모지리"라고 불렀다. 리스는 그를 좋아할 수 없었다. 그의 아름다움에 감탄할 수도 없었다. 누님이 그를 사랑하기 때문이었다.

나는 왜 하필 누님의 동생으로 태어난 걸까.

연정을 자각한 14살 무렵부터 현재까지 근 10년을 앓아 온 열병이었다. 누가 알아챌까 두려운 감정이었다. 리스는 끝없이 고민하고 괴로워했다.

누님과 카피레 사이에 아이가 태어나고 자라는 내내. 젬이 "젬 마키나"에서 "닥터 젬"으로 불리기까지.

핑크 요정 아이는 리스의 단 하나뿐인 이해자였다. 젬과 리스 하고밖에 말이 통하지 않는단 점도, 리스를 만족스럽게 했다. 아이야말로 자신과 누님을 잇는 하나의 상징처럼 느껴졌다.

비정상적으로 성장이 느린 리스의 몸뚱이에도 누님과 아이만은 그를 편견 없이 대해 주었다.

누군가 리스에게 사랑을 묻는다면 리스는 대답할 자신이 없었다. 그러나 가장 소중한 존재를 묻는다면 리스는 망설임 없이 답할 수 있었다. 영원히 함께하고 싶은 존재 역시.

바로 얼마 전까진 그랬다.

*　　　*　　　*

주섬주섬 잠자리를 개던 소년이 소리를 빽 질렀다.

"아 쫌! 쫌! 일어났으면 정리 좀 도우라구! 이 게으름뱅이!"

"……쫌 뭐?"

리스가 낮게 중얼거리자 상대가 얄미운 목소리로 어깨를 들썩였다.

"하이고오! 은혜로우신 삼촌뉘임, 제발 정리 좀 도와주십시오오. 됐어?"

되긴 뭐가 되냐, 이 멍청아. 리스가 손에 잡히는 대로 뭉친 양말을 집어던졌다. 카피레를 똑 닮은 아름다운 소년이 "으악!" 하며 뒤로 발라당 넘어졌다. 리스가 "흥" 하고 코웃음쳤다.

"이게 무슨 짓이야! 아이고, 꼬랑내! 우웩이다, 우웩!"

천막이 열리며 찬바람이 잔머리를 띄웠다. 갑자기 들이닥친 냉기에 제이미 목청이 뚝 끊겼다.

"……너네 뭐하냐."

"아, 아뇨, 그게요."

"……밥."

남자가 천막을 내리곤 그대로 나가 버렸다. 키 큰 그림자가 천막에 어른거렸다.

"흥. 아침부터 시끄럽게 소리나 빽빽 지르니까."

"또 내 탓이야? 응?!"

리스가 답할 필요도 없다는 듯 코웃음을 쳤다. 제이미가 뭐라 성내기 직전, 리스가 "아이, 아침이에요. 일어나요" 하며 양말을 살살 흔들었다. 아가 요람 흔들듯 조심스러운 손짓에 간지러운 목소리였다.

"……요정뉘이임, 아침이에용, 일어나세요오옹."

작게 중얼거리던 제이미 뒤통수로 베개가 날아왔다. 베개 주제에 타격감이 제법이었다.

제기랄! 제이미는 하도 험하게 써서 깃털이 빠져나오기 직전인 베개를 꾹 쥐었다. 아무것도 모른단 표정으로 요정에게 애교 부리는 삼촌이 보였다.

제이미는 입술을 오물거리며 애써 성을 죽였다. 내 신세가 어쩌다 이리되었는가, 생각하니 한숨이 해골 천장을 뚫을 것 같았다.

마지못해 잠자리를 정리하는 손길에 짜증이 팍팍 들어갔다. 제이미는 중간중간 리스를 힐끔거리며 째려보았다. 물론, 째려보는 것밖에 할 수 없었다.

외양은 15살이 될까 말까한 주제에 힘이 짐승보다 센 인간! 콧대가 하늘을 뚫는 잘난척쟁이! 심심풀이 땅콩으로 학위를 척척 따내는 밉상! 고대어 전집을 재미로 번역하는 사기꾼! 엄마와 요정 앞에서만 온갖 착한 척, 연약한 척 다해 먹는 두 얼굴의 사나이! 이중인격 성격 파탄자!

제이미가 터지기 직전 풍선처럼 볼을 잔뜩 부풀렸다. 엄마가 보고 싶었다. 내가 왜 이런 산골 오지까지 와서, 왜 이런 푸대접을 받으며 살아야 하는가! 언제까지 이렇게 살아야 하나, 하늘이 노랗고 눈물이 줄줄 흘렀다.

누굴 탓하리.

답은 이미 나와 있었다. 요정의 핑크빛에 감싸인 리스를 보니 제이미는 말도 안 나왔다. 저 시푸르죽죽한 리스의 야채 피부는 제이미가 뿌린 씨앗이었다.

"아침 거를 거야!"

"가요!"

천막이 부르르 떨릴 만치 커다란 목소리였다. 제이미가 부랴부랴 바지에 코트만 걸치고 천막을 나섰다. 천막과 얼마 떨어지지 않은 거리, 낡은 산장이 보였다. 높이 솟은 굴뚝으로 흰 연기가 뱀꼬리처럼 올라갔다.

제이미는 저도 모르게 코를 벌름거렸다. 고기! 고기 냄새였다. 반쯤 열린 산장 문틈으로 손 흔드는 사람이 보였다. 제이미가 발을 동동 구르며 뒤를 보았다.

"삼촌! 빨리!"

똥 먹은 표정의 리스가 어그적어그적 천을 젖혔다. 그의 어깨에 하품하는 요정과 어찌나 분위기가 비슷한지. 제이미를 보는 눈빛만으로 속말이 다 읽혔다. "더럽게 귀찮은 새끼"였다.

제이미는 참을 인 자를 부지런히 가슴에 새겼다. 살아 있는 미의 화신, 절세미인 제이미르 바리우스가 왜 이런 취급을 받으며 여기 있어야 하는가! 그래! 누구 때문인가!

"후후. 좋은 아침이에요. 리스 군, 제이미 군. 리스 군은 오늘 따라 더 싱싱해 보이시네요."

"하. 하. 하."

리스의 웃음이 웃음이 아니었다. 제이미는 가슴께를 움켜쥐었다. 스타카토 같은 웃음 소리에 제이미의 양심은 바늘꽂이가 되었다.

리스의 낯이 평소보다 짙긴 했다. 평소엔 셀러리 정도던 것이 오늘은 꼭 너무 익은 오이 같다고나 할까.

무엇을 숨기리.

리스의 피부, 시모 산맥 원정의 이유. 모든 원인은 제이미에게 있었다.

　　　　*　　　*　　　*

　　리스는 어렸을 때부터 제이미를 돌봤다. 그의 역할은 큰형이
자, 삼촌이었다. 그렇게 십몇 년. 어리게만 보던 조카 놈이 어느
새 불쑥 자라 버린 것에 리스는 뭐라 말하기 힘든 기분이었다.

　　리스는 비정상적으로 성장이 더뎠다. 성인이 된 지 한참인데
도 그는 십 대 초반의 외양에서 변화가 거의 없었다. 짜리몽땅한
키도, 근육 없는 수수깡 몸매도 그를 더 왜소해 보이게 했다.

　　리스는 젬에게서 물려받은 검은 후드 코트를 걸치고 다녔다.
성장이 느린 제 모습을 숨기기 위함이었다.

　　제이미의 키가 리스를 추월한 게 금년 초 일이었다. 제이미 나
이 겨우 열넷이었다. 리스는 알게 모르게 까칠해지고 있었고, 제
이미는 불타는 사춘기답게 반항아로서 시동을 걸고 있었다.

　　거기서 사건이 터졌다.

　　제이미는 최근 야성적인 패션에 심취해 있었다. 찢어진 청바
지 사이로 드러나는 제 희디흰 피부. 오예! 깊게 패인 브이넥 사
이로 드러나는 섹시한 쇄골선! 가슴팍! 오예! 오예! 거기다 찢어
진 바지를 입고 배꼽까지 내놓으면 오예오예 판타스틱이었다!

　　카피레는 입에 거품 물기 직전이었고, 젬은 아들을 어르다 못
해 몸에서 떨어지지 않는 전신 쫄쫄이를 개발 중이었다.

　　그즈음 기사가 떠 버렸다. '왕위 계승권자 1위, 제이미르 바리

우스. 반나체로 시내 활보!'란 제목이었다.

결국 카피레는 아들과 왕실 언론부를 동시에 족쳤고, 제이미는 제 야성적 패션 아이템을 몽땅 뺏긴 채 팬티 바람으로 방에 틀어박혔다.

그날 밤, 정원 한복판. 카피레는 제이미 패션 화형식을 치렀다. 높이 쌓은 장작 위에 야성과 반항의 상징물이 비참하게 매달렸다.

카피레는 의식을 치르는 사제처럼 엄숙했고, 온 식솔들이 복잡 미묘한 표정으로 활활 타오르는 불꽃을 바라보았다.

제이미는 방 창문으로 승천하는 잿가루를 보았다. 매캐한 연기 냄새가 코를 찌르는 바람에 눈물 콧물이 질질 샜더랬다. 리스가 찾아온 건 그때였다.

리스 딴에는 '상심하지 마라. 새 옷 고를 때 내 직접 도와주마. 네 패션 철학은 존중하겠으나, 이 이상 누님 속을 썩여선 곤란하다'는 뜻이었건만, 제이미의 귀에는 불난 집 부채질하는 소리로밖에 안 들렸다.

제이미는 소리를 빽 지르고 말았다. 삼촌 흉내, 형 흉내 내지 말라고, 진짜 삼촌도 아니면서, 돌연변이 난쟁이라고 막말을 쏟았다. 화풀이에 불과했다. 리스는 가만히 있다가 뺨을 왕복으로 후드려 맞은 셈이었다.

그게 무슨 뜻이냐고 리스가 묻기도 전에, "듣지 마!" 하며 둘 사이를 가로막는 핑크빛이 있었다.

정원에서 불장난하던 식솔 모두가 제이미 방에서 번쩍이는 핑크색 폭발을 보았다.

젬이 도착했을 때, 제이미의 방은 풍비박산이 나 있었다. 회오리가 휩쓸고 지나간 자리처럼, 침대가 뒤집히고, 한껏 멋 부린 제이미 독사진이 사방팔방에 흩어져 있었다.

연기가 흩어진 자리, 리스의 검은 코트가 제이미를 감싸고 있었다. 제이미가 훌쩍훌쩍 우는 소리로 엄마, 아빠를 불렀다.

허공에 홀로 선 아이가 가장 먼저 젬을 발견했다. 아이가 어쩔 줄 모르는 음색으로 중얼거렸다. "제, 젬. 내가 이러려고 한 게 아닌데……" 하고 말까지 더듬었다.

"……리스? 제이미?"

리스가 부스스 몸을 일으켜 젬을 돌아보았다. 아이가 참담한 낯으로 고개를 떨구었다.

젬은 하마터면 기절할 뻔했다. 리스의 피부가 온통 녹빛으로 물들어 있었다. 과거 녹즙 인간 1호와 똑같은 색, 똑같은 농도였다!

젬을 발견한 제이미가 "허어어어어어어엉! 엄마아아아아아악! 삼촌오오오오온!" 하고 통곡했다. 젬의 날카로운 눈빛 공격에 아이는 자기도 기가 막히고 코가 막힌다며 억울하다 울먹였다.

내 이렇게 될 줄 어찌 알겠냐고! 진짜 사고라고! 꿈에도 몰랐다고!

젬은 자신이 알고 있는 모든 수단을 동원했으나 리스의 피부는 싱싱한 푸름을 유지했다.

카피레는 "키 작고, 늙지도 않고, 피부까지 녹색이라. 귀만 뾰족하면 야채 요정이 따로 없겠네" 따위 운운하다가 젬과 각방을 쓸 뻔했다.

남들만 심각할 뿐, 막상 리스는 별생각이 없어 보였다. 제이미는 쭈뼛쭈뼛 사과할 기회를 노렸고, 리스는 건성으로 사과를 받아 주었다.

리스는 사실, 이 상황이 싫지만은 않았다. 연구다 뭐다 내내 바쁘던 젬이 자신을 신경 써 주는 게 보기 좋고 뿌듯했다. 젬의 관심을 붙잡아 놓을 수 있다면 평생 야채 인간이어도 좋겠다고 생각했다.

그가 신경 쓰이는 건 따로 있었다.

"진짜 삼촌도 아니란 말, 무슨 뜻이야?"

"뭐, 뭐? 누가! 누가 그런 소릴 해!"

"너."

무뚝뚝한 목소리가 제이미의 심장을 푹 찔렀다.

"네가 그랬잖아."

제이미의 눈동자가 허공을 한 바퀴 돌았다. "무, 무무무슨 말인지 하나도 모르겠는걸?" 하고 되지도 않는 시치미만 뗐다.

그래 봐야 제이미 똥 기저귀를 갈아 키운 리스였다. 뛰어 봤자 벼룩이요, 날아 봤자 병아리라. 버티고 버티던 제이미는 결국 엉엉 울며 실토했다.

할머니 할아버지 사진을 봤다고. 삼촌이랑 하나도 안 닮았다고. 돌아가신 시기랑 날짜도 안 맞다고. 머리색, 눈색, 피부색 다 다르다고. 솔직히 리스 삼촌은 젬보다 카피레나 본 쪽을 더 닮지 않았냔 거였다.

리스는 뒤통수를 망치로 얻어맞은 듯했다. 생각지도 못했던 문제였다. 제이미가 무슨 얼굴로 돌아갔는지 기억이 희미했다. 리스는 젬 몰래 가족사진이며, 마키나가의 기록을 찾아보았다.

마키나 부부에겐 자식이 하나뿐이었다. 그들은 시모 산맥 토박이로 수도에 올라온 적이 한 번도 없었다. 리스 마키나의 기록은 십여 년 전 수도에서 시작되었다. 하늘에서 떨어진 것처럼, 출생 기록도 없던 인간이 젬 마키나의 동생 자리에 떡하니 들어갔다.

여태껏 몰랐던 게 우스울 정도였다.

누님과 내가, 친남매가 아니야. 리스의 의식이 끈 떨어진 연처럼 바닥에 곤두박질쳤다. 친남매가 아니야. 혈연이 아니야.

분명 리스가 바라 왔던 일이건만, 하나도 기쁘지 않았다. 손에 잡힐 듯 말 듯 아른거리던 신기루가 저 멀리 흩어진 것처럼, 리스는 허공을 움켜쥐었다.

혈연이 아닌 리스는 그저 타인일 뿐이었다. 젬의 사랑, 젬의 반쪽, 젬의 자식. 리스는 그중 어느 것도 아니었다.

녹즙 피부 치료법을 찾아 백방으로 수소문하던 젬이 리스를 찾은 건 그즈음이었다. 그녀가 아는 방법은 단 하나. 시모 산맥 어딘가에 살고 있을 '시간의 마법사'를 찾는 것이었다.

그는 본래 시모 산맥 작은 나라 트리비아 사람으로, 행방을 감춘 지 얼마 안 됐다고 했다. 젬은 다행히 불행 중 다행이라고, 산맥에서 간간히 목격 정보가 들어온다고 덧붙였다.

"그 사람이라면 틀림없이 널 원래대로 돌려줄 수 있을 거야. 걱정하지 마, 리스!"

"……누님."

"응?"

리스는 입을 달싹이다 "아무것도 아닙니다" 하고 웃어 버렸다. 젬의 목소리로 사실을 확인받고 싶지 않았다. 누님을 곤란하게 하고 싶지도 않았다.

같이 가자는 젬을 한사코 거절한 건 리스였다. 그는 마음을 정리할 시간이 필요했다.

혈연도, 무엇도 아닌 리스가, 젬 곁에 있을 자격이 있는지 의심스러웠다. 이런 마음을 계속 숨기고 살 수 있을지도 의문이었다.

그런 리스를 가장 먼저 붙잡은 건 요정 모이라이었다.

내가 대신 같이 가 줄게.

아이는 슬쩍 리스의 시선을 피했다.

뭐어, 내 잘못도 아예 없다고 할 수도 없고 말이야.

솔직히 리스의 녹즙 피부엔 아이의 잘못이 팔 할에 가까웠으나 리스는 굳이 지적하지 않았다. 우물쭈물하던 제이미가 "나도! 나도 같이 가!" 하고 리스 허리에 매달렸다.

리스는 당장 발로 차 버리고 싶은 충동에 몸을 움찔했으나 젬을 보아 간신히 참았다.

젬은 고개를 끄덕이며 "자기가 뿌린 씨앗은 자기가 거둬야 하는 법", "여행은 사람을 성숙하게 한다", "삼촌 말 잘 들으라"며 제이미 엉덩이를 두들겼다. 동의를 구하듯 리스에게 싱긋 웃기까지 했다. 리스는 따라 웃을 수밖에 없었다.

웃는 게 웃는 게 아니었다. 예정된 짐덩이었다. 백번 거절해야 마땅한 놈이었다.

젬만 아니었다면 엉덩이를 발로 차 쫓아 버렸을 것을! 리스는 표시도 못 내고 이만 갈았더랬다.

* * *

아이는 자신만만했다. 시간의 마법사를 만난 적이 있다며 찾는 건 시간문제라 큰소리를 땅땅 쳤다.

시모 산맥에 도착해서 삼 일간, 아이는 이곳저곳 허탕만 쳤다.

폐허가 된 절벽 한 면을 쑤시거나, 트리비아 성에 몰래 잠입하자며 두 사람을 꼬시기도 했다. 제이미는 그렇다 쳐도 리스 마키나는 제정신이었기에, 아이의 주장은 허공을 맴돌고 사라졌다.

트리비아는 전파가 들어오는 곳이 학교 딱 한 군데밖에 없을 정도로 엄청난 시골이었다. 심지어 티비도 한 대, 전화도 한 대였다. 그것도 아무나 못 만진다고 했다. 엎친 데 덮친 격으로 예법 선생이라는 교장이 어찌나 거드름을 피우는지, 쉽게 만나 주지도 않았다.

자동으로 유라레와 연락이 뜸해졌다. 제이미는 "세상에 이런 곳이 있다니!" 하고 놀라워했다.

그 점을 제외하고도, 트리비아는 대단히 신비로운 곳이었다.

커다란 분지엔 주변 기후와 맞지 않는 훈풍이 불었다. 아래쪽에 넓게 펼쳐진 금빛 밀밭이 둥글게 둘러싼 얼음 산맥과 대비되었다. 기이한 기후 탓에 시모 산맥에는 온갖 희귀한 약초와 동물이 서식했다.

트리비아인들은 이 모두가 마법사의 공이라고 했다.

수소문한 결과, 시간의 마법사는 생각보다 더 흥미로운 인물이었다. 무려 마법전성 시대부터 살아온 인간으로 그의 기분을 거스르면 하늘에서 천벌이 내린다고 했다. 번개와 돌풍이 내리쳐 밭을 죄 못 쓰게 만든다는 것이다.

마음에 안 드는 인간을 당나귀로 변신시켜 몇 날 며칠 시든 당근만 먹여 타고 다닌다는 소문도 돌았다. 눈이 백 개 달려 트리비아 내에 일어나는 일 중 모르는 게 없고, 속이 밴댕이 소갈머리보다 작아 제 농담에 웃지 않는 자들에게 모욕을 준다고도 했다.

키가 이층집만큼 크고, 머리카락은 지푸라기처럼 뻣뻣하며 담배를 입에 달고 사는 남자. 사람들은 그가 모든 명예를 뒤로하고 산에 은거한다고 속삭였다.

시모 산맥 산지기들에게 물어본다면, 그가 어디 사는지 힌트를 얻을 수 있을 것이라고도 귀띔해 주었다.

아이는 소문에 대해 "뭐어. 어느 정도는 사실이야"란 평을 내렸고, 제이미는 뒤집어졌다. "성격 파탄 이중인격 야채 인간도 모자라 그런 미친놈을 어찌 상대한단 말이냐. 아이고, 어머니!" 하며 사지를 바둥거렸다.

오랜만에 나온 원숭이 생떼였다. 인적 드문 산속에서 터트리는 점이 제이미다웠다. 자길 보고 넋 빼며 미주알고주알 정보를 알려 준 트리비아 사람들이 혹여 볼까 두려워 마을을 벗어날 때까지 꾹 참은 것이다.

세상사 요지경. 리스와 아이를 제외하고도 제이미의 원숭이 발광을 목도한 이가 있었으니, 바로 길을 지나던 산사람 마틴이었다.

"……박쥐 코트?"

낯선 목소리에 뒤돌아본 리스는 그야말로 깜짝 놀랐다. 제 키의 두 배는 될 법한 덩치가 그에게 나무 지팡이를 겨누었기 때문이었다.

뒤집힌 벌레처럼 사지를 바둥거리던 제이미가 발광을 뚝 멈추고 눈을 데구르르 굴렸다.

곰을 산 채로 벗긴 듯 두툼한 털옷에 수염을 가슴까지 기른 남자였다. 눈썹이 어찌나 사나운지 산적 못잖았고, 입에는 낡아빠진 곰방대를 물고 있었다.

맨손으로 불곰도 무찌를 듯 덩치가 좋았다. 제이미는 곱아든 벌레처럼 사지를 움츠렸고, 리스는 품속에 숨은 아이를 저도 모르게 가렸다.

남자가 가래 끓는 목소리로 물었다.

"……못 보던 얼굴들인데. 누구지?"

"일단 이것 좀 치우는 게 어떻겠습니까."

리스가 지팡이 끝을 손가락으로 밀자 남자가 입꼬리를 비뚤게 올렸다.

"딴사람인 건 확실하군."

"……뭐?"

"모르는 것 같으니 말로 해 주지. 이 동넨 외지인이 함부로 들쑤시고 다녀도 좋을 곳이 아니야. 좋은 말로 할 때……."

남자가 나무 지팡이를 위협적으로 흔들 때였다. 몸을 숙이고 때를 기다리던 제이미가 "으랴아아압!" 하며 몸을 날렸다. 크고 두꺼운 지팡이에 금발 소년이 번데기처럼 매달렸다.

"지금이야! 공격해요, 삼촌!"

"이 미친놈이!"

남자가 뭘 어떻게 하기도 전에 묵직한 꿀밤이 제이미 뒤통수를 후려쳤다. 딱딱한 소리가 침엽수림에 높게 울려 퍼졌다. 제이미는 억, 소리도 못 내고 얼어 죽은 벌레처럼 바닥에 툭 떨어졌다.

이심전심이라. 아이가 리스의 코트 자락 아래로 손을 썼다.

눈 돌아간 제이미 낯에 요정 가루가 솔솔솔 뿌려졌다.

제이미의 천사 같은 낯이 삽시간에 바보처럼 변했다. 정신을 잃은 와중에도 끊임없이 재채기하고 눈물 흘리고 난리가 났다.

어안이 벙벙해진 남자가 지팡이로 제이미를 쿡쿡 찔렀다. 제이미 낯에 핑크색 요정 가루가 설탕처럼 반짝였다. 남자가 슬그머니 리스를 보았다.

"……뭐하자는 수작이지?"

"이쪽은 댁과 싸울 생각 따위 없습니다. 우린 사람을 찾고 있어요. 보아하니 이곳 사정에 퍽 밝으신 모양인데……."

"이런 산중에서 사람을 찾아?"

남자가 코웃음쳤다. 리스의 코트 속에서 얼굴을 빼꼼 내민 아이와 남자의 시선이 찰나 간 스쳤다.

남자의 눈매가 거짓말처럼 가늘어졌다. 리스가 "그러게나 말입니다" 하며 어깨를 으쓱했다.

"혹, 시간의 마법사란 자를 아십니까?"

"……외지인이 무슨 일로 그를 찾지?"

리스가 후드를 젖혔다. 시린 칼바람이 머리카락을 갈퀴처럼 훑고 지나갔다. 털옷 남자가 신음처럼 중얼거렸다.

"초록 마녀……."

"여기 사람들 반응은 찍어 낸 듯 똑같군요."

쓴웃음 띤 리스가 고개를 까딱했다.

"유라레에서 온 리스 마키나입니다. 제 문제를 해결해 줄 사람은 그밖에 없다고 들었습니다."

마을 사람들은 시간의 마법사가 산에 은거한다고, 그를 찾고 싶으면 산지기들을 찾아가라고 한결같이 강조했다.

리스는 남자의 털이 북슬북슬한 옷차림하며, 일 년은 안 씻은 듯 떡 진 몰골을 유심히 살폈다. 시모 산맥 봉우리는 열두 개에 달했다. 이 깊은 산골에서 산지기를 어찌 찾나 했는데 이렇듯 떡하니 나타나 주니 감사하기 이를 데 없었다.

긴가민가 한참 눈을 깜박이던 아이가 헉, 하고 숨을 삼켰다.

리, 리스. 잠깐만. 이 사람 설마……

'잠깐만요, 아이. 갑자기 꼬집지 말아요.'

남자가 나무 지팡이로 바닥을 한번 두드렸다.

"너, 혹시 젬 마키나란 자를 알고 있나?"

리스가 놀라 덩치를 쳐다보았다. 바람에 요동치는 나무 그림자 때문일까. 그의 눈동자가 잘게 흔들리는 것처럼도 보였다. 리스가 조용히 물었다.

"……누님을 아십니까?"

"누님이라! 하하! 남매가 번갈아 가며 나를 부려 먹으려 드는군!"

남자가 지팡이로 리스의 코트 자락을 가리켰다.

"어이, 핑크 요정! 언제까지 모른 척 숨을 거야! 나와 봐!"

"……아이?"

아이가 못마땅한 표정으로 리스의 코트 자락을 꼬옥 쥐었다.

리스의 눈썹이 절로 찌푸려졌다.

덩치가 낄낄 웃으며 나무 지팡이로 바닥을 쿵쿵 두드렸다. 연못에 돌멩이가 떨어진 양, 남자를 중심으로 숲 일대에 쩌렁쩌렁한 울림이 퍼졌다. 그의 웃음에 화답하듯 시원한 바람이 리스들을 휩쓸고 지나갔다.

제이미가 온몸을 부르르 떨다 눈을 번쩍 떴다. 냉골에 얼굴 근육이 굳었는지 어버버, 입술을 떨었다. 딱 봐도 입 돌아가기 직전이었다.

거짓말처럼 웃음이 뚝 그쳤다. 그가 몸을 구부려 제이미 낯을 찬찬히 뜯어보았다.

"이놈도 어디서 많이 본 얼굴이군. 아주 재수 없게 생긴 것이⋯⋯."

"무, 무슨 소리냐! 냐는 세상에서 가장 아름다운 인간이다! 미의 화신이다!"

좀 더 자고 있을 것이지. 리스가 귀를 후볐다. 저게 100% 진심이란 사실이 무서웠다. 그저 상대가 잠꼬대려니 여겨 주길 바라는 수밖에 없었다.

"정신머리까지 똑같군."

남자가 킬킬 웃더니, 제이미를 한쪽 어깨에 짐처럼 멨다. 바동대던 제이미가 엉덩이를 연타로 맞았다. 제이미가 "으아악! 내 국보급 엉덩이가아!" 하며 엉엉 우는 소릴 냈다.

리스가 어쩔 수 없이 남자를 불렀다. 손이 자연스레 날붙이로 향한 건 어쩔 수 없는 수순이었다.

이러니저러니 해도 누님의 핏줄이었다. 똥오줌 기저귀 갈아주며 키운 정도 있었다. 아이가 "엄마야, 리스! 이 미친놈아! 하지 마!" 하고 소리쳤다.

역시 위험한 놈인가. 리스가 칼끝으로 남자의 허리를 콕 찔렀다. 남자가 자리에 멈춰 뒤를 힐끔 보았다. 장난하느냐는 속내가 눈에 다 드러났다.

리스가 어깨를 으쓱했다. 아무리 털옷이 두껍다 해도 주먹으로 나무에 구멍을 뚫는 리스였다. 힘만 주면 끝이었다. 찌르지 못할 리가 없었다.

"내려 주시지요."

"갖다 팔면 값이 제법 나올 것 같은데……."

"……얼마를 생각하시는지 모르겠지만 겉은 멀쩡해도 속이 저 모양이라 실속 없을 겁니다."

남자가 흐흐, 하며 리스를 턱짓했다.

"손에 든 건 뭐냐. 장난감?"

"……글쎄요."

리스가 단검을 고쳐 쥐었다. 높이 우거진 나무 그림자 탓에 시야가 어둑했다. 칼날에 평소보다 시퍼런 빛이 번뜩였다.

"삼초오온……" 하고 울먹이는 소리가 청각을 괴롭혔다. 고막을 긁고 싶을 만치 듣기 싫었다. 소음이었다. 리스가 낮게 이를 갈았다. 저 망할 조카 입을 꿰매 버릴 수만 있다면, 오늘 같은 일도 생기지 않았을 텐데.

남자가 리스를 강아지 보듯 내려다보았다. 주변이 어두워 남자의 표정이 잘 보이지 않았다. 안 그래도 목을 꺾어야 할 정도로 키 큰 남자였다.

기이한 소음이 귀를 긁은 건 그때였다. 리스의 등에 저도 모르게 새 식은땀이 맺혔다. 끼이이, 소리가 고막에 가득 찼다가 파도처럼 물러나길 반복했다. 옆구리를 꼬집다 못해 악쓰는 요정의 목소리가 메아리처럼 멀었다.

이게 무슨 조화냐. 리스는 단검 쥔 손에 힘을 주었다. 낚싯줄에 매달린 듯 묘한 감각이 전신을 간질였다. 남자와 시선이 줄다리기처럼 묘한 긴장감이 돌았다.

곰방대를 씹던 남자가 돌연 큰소리를 냈다.

"어이, 핑크 요정! 너 교통 정리 모르냐! 이 새끼 이거 예의를 모르는구만, 이거!"

저 망할 새집 머리! 어휴, 어휴!

멀었던 감각이 해일처럼 밀려왔다. 리스가 천천히 칼날을 아래로 내렸다. 떨리는 손을 감추기 위함이었다. 남자가 입과 코에서 흰 연기를 뿜으며 킬킬 웃었다. 쌉쓰름한 냄새가 숲 비린내와 섞였다.

"……무슨 짓을 한 겁니까?"

"아무것도 안 했는데? 지 혼자 칼 갖고 놀더니 뭔 소리람?"

리스가 고요히 남자를 노려보았다. 아이가 "리스으으, 내 말

안 들려? 여보세요?"고 얼굴 주위를 날았다.

리스가 고개를 흔들었다. 귀신에 홀린 듯 정신이 몽롱했다.

혼란스러운 리스 심정을 아는지 모르는지, 남자가 "얌전히 따라와" 하고 뒤돌았다. 남자 어깨에 대롱대롱 매달린 조카가 보였다. 커다란 눈에 금방이라도 쏟아질 듯 눈물이 그렁그렁했다.

"삼초오온……"

녀석의 목소리에 맥아리가 하나도 없었다. 아이가 불안한 눈으로 리스를 보았다. 리스는 검 손잡이를 쥐었다 펴며 나지막이 물었다.

"……제가 왜 그래야 합니까?"

"눈치 없는 것도 집안 내력인가 보지? 시간의 마법살 찾는다던 게 누구더라?"

귀를 의심한 리스가 검을 손잡이에 꽂으며 놈의 뒤를 따랐다.

"그가 어딨는지 아십니까?"

리스! 이 귀머거리 같으니! 내 말은 귓등으로 들었냐!

아이가 리스를 머리카락을 세게 잡아당겼다. 기이한 소리가 귀를 긁은 탓이었으나 그래 봐야 변명이었다. 리스가 "아야, 아야" 하며 얌전히 머리카락을 내주었다.

남자가 고개만 슬쩍 돌려 뒤를 보았다. 사나운 눈썹이 한결 느슨하게 휘어졌다.

"그거 내 얘기거든."

　　　　*　　　*　　　*

　제멋대로 성격 파탄자. 기후와 시간을 맘대로 주무르는 호호
할배. 마음에 안 드는 인간은 당나귀로 만들어 혹사한 뒤 결국엔
고기로 먹는다는!

　"불쌍한 우리 삼촌, 채소 인간도 모자라 당나귀 고기가 되면
어떡해애애!"

　"아, 이렇게 술에 약할 줄 몰랐네요. 어떡하죠?"

　엉엉 울어 재끼는 소리에 술맛이 뚝 떨어졌다. 리스가 술잔을
입에 대려다 말고 혀를 찼다. 술이 아니라 보약이라며 꼬드긴 게
누군데 호들갑이람.

　"입에 재갈이라도 물리십쇼. 귀청이 찢어질 것 같군요."

　"그래. 말 한번 잘했다. 당장 물려 버려. 천이 어딨더라."

　"앉아, 마틴. 나잇값도 못 하고."

　수수깡 청년이 눈을 흘기자 마틴이 "와, 니가 나한테 나잇값
운운할 처지냐? 응?" 하고 혀를 찼다. 수수깡 청년 로이는 못 들
은 척 제이미를 바로 눕혀 주었다.

　트리비아 분지에서 능선을 따라 한참, 백색 절벽과 구름다리
로 이어진 침엽수림 깊숙한 장소. 널따란 공터에 오도카니 자리
한 산장이었다.

　시간의 마법사 마틴은 이곳에서 형제 로이와 함께 살고 있다
고 했다. 오지 산장치고 꽤 번듯한 규모에 땔감도 식량도 방도

넉넉했다.

마틴은 그들에게 빵 한 조각 주는 것도 아까워 죽겠단 표정이 었으나, 그의 형제 로이는 달랐다.

활활 타는 장작불 아래 육즙이 줄줄 흐르는 수제 소시지, 향 긋한 육포, 발효 빵이 줄을 이었다. 모든 것은 서막에 불과했다. 수수깡처럼 마른 청년이 수줍게 내놓은 메인 메뉴는 바로 술이 었다. 리스는 순간 상대가 장님이 아닌가 의심했다.

그도 그럴 것이 제 나이로 안 보이는 제이미야 그렇다 쳐도, 자신은 누가 봐도 십 대 초반 애송이인 것이다.

망설이는 리스에게 로이가 웃는 낯으로 딱 한마디 했더랬다.

"건강주예요."

포도주 절임이 된 제이미가 뭐라 옹알대며 로이 허벅지에 얼 굴을 묻었다. 보고 있노라니 한숨 밖에 안 나왔다.

아이는 잠시 나갔다 온다고 하고선 몇 시간째 감감무소식, 제 이미는 술 절임이 된 상황이었다. 이놈들이 얼굴을 바꿔 덤빈다 면 속수무책으로 당할 수밖에 없으리라.

'나라도 정신 바짝 차리지 않으면……'

리스가 들고 있던 잔을 무심히 비웠다. 술에 취한 적 없는 제 체질이 오늘만큼 든든한 적이 없었다. 불을 삼킨 듯 식도가 뜨거 웠다.

로이가 기다렸다는 듯이 빈 잔에 새 술을 따랐다. 리스는 질린 낯으로 로이를 보았다. 천진한 미소만 돌아왔다.

이 인간도 정상은 아니야.

리스가 잔을 탁 소리나게 내려놓았다. 킬킬, 숨죽인 웃음소리가 들렸다. 털옷 남자 마틴이 생기 가득한 눈으로 이쪽을 관찰하고 있었다.

그가 무엇을 겹쳐 보는지 십분 짐작이 가능했다. 리스의 속내를 읽은 것처럼, 마틴이 입술을 가늘게 찢었다.

털 코트를 벗어던진 마틴은 키만 큰 말라깽이었다. 체격은 좋은 편이었으나 살이 없어 빈말로라도 덩치가 좋다 하기 어려웠다. 수북한 수염 역시 귀에 건 장식품이었다. 마스크가 해진 바람에 꿩 대신 닭으로 걸친 거라 했다.

무슨 세상에 방한용 수염이 있단 말인가. 혹, 멀쩡한 산지기를 죽여 얻은 건 아닐까, 리스는 의심이 들었다. 다만, 수북한 눈썹만은 진짜였다.

그가 꼴꼴꼴 제 잔을 채우더니 "그래서" 하고 운을 뗐다. 리스가 눈을 치켜떴다.

"뭡니까?"

"네가 왜 그 꼴이 됐는지 요정도, 젬도 정확한 원인을 모른단 말이잖아. 지푸라기 잡는 심정으로 날 찾았단 거고."

"그런데요."

리스는 한 귀로 흘리며 창을 힐끔 보았다. 창이 먹을 칠한 듯 캄캄했다. 아이는 이곳이 초행이 아니라 자신만만했으나 아무리 그래도 밤이 너무 막막했다.

깊은 밤, 키 크고 억센 나무가 우거진 산중이었다. 이따금 신음 같은 바람 소리가 창을 할퀴었고, 희미한 짐승의 울음소리가 환청처럼 흩어졌다.

리스가 아는 도시의 밤과 전혀 다른 풍경이었다. 젬도 이곳에 왔었다 생각하면 가슴 한구석이 울렁이기도 했다.

누님은 이 밤을 보며 어떤 생각을 했을까, 생각하다 리스는 쓰게 웃고 말았다. 어떤 생각을 하든 젬에게 회귀하는 제 꼴이 퍽 우스운 탓이었다.

리스가 무의식중에 잔을 입에 대었다. 더 늦기 전에 아이가 돌아와 주기만을 바랐다.

반응을 기다리던 마틴이 끌끌 혀를 찼다.

"걱정도 팔자로군. 그 꼬라지를 하고선 핑크 요정 걱정이냐?"

"……무슨 소린지 모르겠군요."

"야, 정말 궁금해서 묻는 건데, 그 핑크 요정이 뭐가 그렇게 귀엽냐? 남매가 쌍으로 취향 한번 독특하다니까."

"……헛소리."

리스는 마틴의 말 한 마디, 행동 하나하나가 마음에 안 들었다. 눈이 똥구멍에 달린 인사 같으니. 홧김에 또 잔을 비워 버렸다. 뒤늦게 아차, 했으나 이미 삼킨 뒤였다.

리스는 애써 분을 삭였다. 요정님, 모이라이는 그가 아는 한 가장 사랑스러운 존재 중 하나였다. 물론 으뜸은 누님이지만.

"……너, 진짜로 나한테 할 말 없냐?"

"아까부터 자꾸 치대는 게 누군데 그러십니까? 할 말 있으면 그냥 하십쇼."

마틴이 눈썹을 꿈틀했다.

"야, 넌 거래의 기본도 몰라? 어? 다짜고짜 찾아와 고쳐 주세요옹, 하면 내가 아이고, 어서 오십시오. 하면서 명을 받잡아야 하냐고오. 가는 게 있으면 오는 게 있어야 할 것 아냐!"

"……원하는 게 뭡니까?"

마틴이 빈 잔 가득 술을 따라주며 흐흐, 웃었다.

"네 누나는 삼 개월간 내 조수 노릇을 했지. 하루 삼십 명분 마법약 제조는 물론이고, 애 보기, 간식 만들기, 약초 재배, 손질까지 혼자 해치웠어."

"누, 누님께서……!"

리스는 저도 모르게 코를 훌쩍이고 말았다.

얼굴에 검댕을 묻히고 호미질하는 누님, 땀 삘삘 흘리며 국자를 젓는 누님, 흑흑 눈물짓는 누님에게 마귀 같은 얼굴로 "빨리 빨리 움직이지 못해!" 하며 악쓰는 마틴의 모습이 파노라마처럼 스쳤다.

못된 새끼.

리스가 속으로 중얼거렸다. 리스가 노려보건 말건 마틴은 자랑하듯 코끝을 문질렀다.

타닥, 타닥하고 장작불 튀는 소리가 났다. 벽난로 근처 빈 술 병에 불 그림자가 줄지어 춤을 추었다. 제이미가 뭐라 옹알대며 몸을 뒤척였고, 수수깡 청년 로이도 벽에 기대어 꾸벅꾸벅 졸고 있었다.

마틴이 "크아아, 맛 좋다" 하며 얼마 남지 않은 술병을 한입에 비우곤 바닥에 굴렸다. 무겁게 구르던 술병이 벽에 부딪혀 딱딱한 소리를 냈다. 마틴이 꺽, 하고 트림했다.

"세상사 가는 게 있으면 오는 게 있는 법. 일단 널 어디에 써먹을 수 있을지부터 테스트해 봐야겠어. 잘 들어라. 첫 번째 문제다."

심드렁한 리스의 반응에도 마틴은 꿋꿋했다. 그가 근엄한 목소리로 물었다.

"……사과가 웃으면?"

리스가 마틴을 경멸하는 눈으로 흘겨보았다.

"사과는 웃을 수 없습니다."

"풋사과잖아! 이 멍청아! 제 누나 반만도 못한 자식이구만, 이거!"

마틴이 자리를 박차고 일어섰다. 난데없는 삿대질과 누님 콤보에 뿔난 리스까지 일어섰다.

"여기서 누님 얘기가 왜 나옵니까!"

"풋사과를 모르다니! 야! 젬이었으면 벌써 뒤집어졌어!"

"거짓말 마십쇼!"

"세상에서 가장 더러운 강은?"

마틴이 씩 웃으며 사타구니를 들썩였다. 참다못한 리스가 잔을 바닥에 던져 버렸다.

"이 미친놈이 뭐라는 거야! 저리 꺼져!"

"요강! 요강이잖아! 그것도 모르냐, 바보야! 으하하하하하!"

기가 찼다. 시간의 마법사가 아니라 미친 또라이가 틀림없었다. 술이 센 줄 알았더니 이미 한참 전에 제정신을 놓은 듯했다.

주정뱅이 상대로 열 내 봤자 남는 게 없는 법이었다. 혼자 배를 잡고 헉헉대던 마틴이 몸을 콩벌레처럼 말고 푸들푸들 떨었다. 목까지 산딸기처럼 붉게 익었다. 히히히, 웃음소리에 소름까지 돋았다.

제발 얼른 돌아와요, 아이. 집 비운 요정만이 리스의 희망이었다.

사방팔방에 술 냄새가 진동을 했다. 리스가 코를 훌쩍이며 멀리 굴러간 술잔을 주워 든 때였다. 잔에 술이 남았었는지 갈색 얼룩이 바닥 곳곳에 튀어 있었다. 하필이면 책이 잔뜩 쌓인 구석에 가까웠다.

재수가 없으면 뒤로 넘어져도 코가 깨진다더니. 리스가 혀를 차며 책 무더기를 정리했다. 위에 놓인 책은 비교적 멀쩡했으나 맨 아래가 문제였다.

두 손으로 들어 올린 책 모서리로 술이 뚝뚝 방울져 떨어졌다. 무슨 종이로 만들었는지 책이 벽돌처럼 무거웠다. 벌써 속지가 쪼글쪼글 오그라들기 시작하고 있었다. 리스는 이게 제발 마법사의 비전이라든가, 고대어로 쓰인 유물 같은 게 아니길 빌었다.

이 책의 주인이 제발 저 선량한 수수깡이기를, 웬만한 책이라면 돈으로 변상할 수 있을 테니까!

숨죽여 책 표지를 살피던 리스는 순간 숨 쉬는 법을 까먹어 버렸다. 낯익은 듯 낯선 얼굴이 그윽한 눈빛으로 리스를 응시하고 있었다.

두꺼운 하드커버 가득한 존재감. 금박으로 커다랗게 박힌 이름 일곱 글자. 카피레 바리우스. 그 아래 떡 찍힌 한정판 표시가 눈에 도장처럼 꽂혔다.

"으으음, 술 냄새…… 리스 군? 거기서 뭐하세요?"

리스가 천천히 뒤를 돌아보았다. 부스스 몸을 일으키던 로이의 시선이 리스의 손에 딱 멈추었다. 모서리에서 뚝뚝 떨어지는 술방울, 쪼그라든 속지, 뒷표지에 미소 짓는 카피레 바리우스의 얼굴과, 그 백옥 같은 피부에 새겨진 갈색 얼룩을.

리스는 아무 말도 할 수 없었다. 툭 치면 부러질 것 같던 병약한 청년의 낯에 천 년 묵은 괴수가 강림했기 때문이었다.

리스는 그 길로 산장에서 쫓겨났다.

밤늦게 귀가하던 아이가 아니었다면, 그대로 밖에서 얼어 죽었을지도 몰랐다.

*   *   *

리스는 그날로 손님 자격을 잃었다. 마틴의 하인이요, 산장의 잡일꾼으로 전락했다. 아늑한 산장을 코앞에 두고 노숙용 천막으로 쫓겨난 것도 그 이유였다.

하필이면 그 화보집이 십몇 년 전에 절판된 한정판 사인본일 게 뭐란 말이냐! 왜 하필 하고 많은 미남 미녀, 유명 인사 다 놔두고 카피레 바리우스란 말이야! 망할 매형이냔 말이야!

아무리 이를 갈고 분해한들 이미 엎질러진 물이었다.

"정 아까우면 마법사에게 시간을 돌려 달라 부탁하면 되는 것 아닙니까. 적당한 물건으로 트집 잡는 건 아니고요?"

리스의 투덜거림에 아이가 가벼운 꿀밤을 날렸다.

시간의 마법은 그렇게 함부로 써도 되는 힘이 아니야.

"흥. 정말 시간의 마법이란 게 있기는 한 건지."

리스으.

리스는 시간의 마법사를 믿지 않았다. 그가 믿는 건 요정 모이라이와 누님 젬 마키나였다.

아이는 리스에게 재차 충고했다. 할 수 있는 한 시간의 마법사 비위를 맞춰 주어라. 그가 정 안 된다고 한다면 정말 방법이 없는 것이다. 어차피 주어진 시간은 한 달이지 않으냐. 젬은 네가 무사히 돌아오길 기다릴 것이다.

리스는 억울하고 분했다. 야채 인간에서 벗어나기 전에 화병으로 죽어 버릴 것 같았다. 아무리 이를 갈아 봤자 제 속만 끓을 뿐이었다. 누님이 사무치게 그리웠다.

그날, 숙취에서 깨어난 마틴은 퉁퉁 부은 얼굴로 사정을 들었다. 뿔난 수수깡 청년과 하룻밤 만에 얼굴이 시꺼메진 리스의 증언이 마법사의 양쪽 귀를 괴롭혔다.

고개를 끄덕끄덕하며 경청하던 마틴은 한참 망설이다 결론을 내렸다.

"내 형제 로이의 하나 남은 보물을 못 쓰게 만들다니, 보통 같으면 당나귀로 만들어 한 달 내내 타고 다닐 중죄이지만……."

"그, 그렇지만?"

숨죽여 듣던 제이미가 침을 꼴깍꼴깍 삼켰다.

"젬 마키나 소개로 왔으니 문전박대하는 것도 도리는 아니고……."

테이블 위에 놓인 카퍼레 화보집은 이미 회생이 불가능한 상태였다. 색이 진하고 걸쭉한 건강주였던 게 문제였다. 제이미가 제 아빠 얼굴을 못 알아볼 정도였으니 말 다했다.

제이미가 두 손을 기도하듯 모아 쥐고 울먹였다. 눈물이 그렁그렁한 눈이며 달아오른 뺨 따위가 제법 애처로웠다. 아무리 숙취로 부었다 해도 본판은 어디 가지 않는 법이었다.

마틴이 헛기침한 뒤 말을 이었다.

"시키는 일에 절대 복종하거라. 네 일하는 걸 보고, 치료 여부를 결정하겠노라."

"……잡일꾼 대신 당나귀 하면 안 됩니까."

제이미가 "삼촌!" 하고 뺙 소리를 질렀다. 마틴이 곰방대에 불을 붙이며 "아니?" 했다.

"넌 그걸로 부족해. 요즘 당나귀 타고 돌아다닐 일도 별로 없거든."

시모 산맥 순행 계획이라도 있었다면 망설임 없이 당나귀로 변신시켰을 법한 말투였다. 불길했다. 차라리 축생이 되어 시든 당근이나 씹어 먹는 게 편할 거란 예감이 들었다.

마틴이 천장을 향해 흰 연기를 뿜었다. 알싸하고 씁쓰름한 냄새가 공기 중에 확 퍼졌다. 마틴이 얄미운 미소를 지었다.

"석 달. 석 달간 넌 내 종이야. 내가 시키는 일엔 절대 복종. 반항, 항명은 금지."

"……그냥 돌아가겠습니다."

"어이, 핑크 요정. 쟤 그냥 가겠다는데? 다음에 왔을 때 내가 여기 있을지 없을지는 나도 몰라. 알지?"

리스가 눈썹을 꿈틀했다. 낄낄거리는 마틴과 정반대로 아이는 속이 부글부글 끓는 표정이었다. 아이와 의사소통이 되는 사람은 분명 자신과 누님뿐일 텐데, 마틴은 마치 대화하듯 아이를 다루곤 했다.

……리스. 냉정하게 생각해 봐. 이대로 돌아가면 쟴이 뭐라 생각하겠어?

'평생토록 야채 인간으로 살아야 하다니, 얼마나 불쌍합니까. 더 잘해 주실지도 모르죠.'

리스가 될 대로 되라는 듯 콧방귀를 꾸자, 아이가 날개를 푸드득 떨었다.

그러다 젬이 실망하면 어떡할 건데?

리스가 입을 달싹이다 다물었다.

젬의 실망. 리스가 가장 두려워하는 단어 중 하나였다. 이곳
까지 온 것도 그것과 무관하지 않았다.

리스가 젬에게 품은 감정은, 젬에게는 짐 이상이 될 수 없음을
알기 때문이었다. 리스는 제 주제를 잘 알고 있었다. 혈연이라
생각할 때보다 지금이 더 무서웠다.

아이가 부러 입꼬리를 단단히 굳혔다.

**힘들게 여기까지 와선 시시한 이유로 포기하려고? 칼을 뽑았으면 무
라도 썰어야 한다고, 젬이 그렇게 강조한 것 잊었어?**

딴엔 맞는 말이었다. 리스는 이대로 돌아갈 수 없었다. 초록
피부가 문제가 아니라 자기 탓이었다. 아직 마음을 어떻게 할지,
젬을 무슨 얼굴로 볼지 아무것도 정한 게 없었다.

낭떠러지 앞에 선 기분이었다. 리스가 입술을 잘근잘근 씹었
다. 앞에는 마틴, 옆에는 아이였다. 자존심을 택할 것이냐, 실리
를 택할 것이냐.

선택의 여지 없이 후자여야 하건만, 눈앞에서 빙글대는 마틴
의 미소가 너무도 얄미웠다. 당장 아이를 졸라 저 면상에 요정
가루를 뿌리고 싶을 만큼!

리스가 주먹을 쥐고 침묵하자, 뒤에서 숨죽이던 제이미가 대
뜸 테이블을 주먹으로 내리쳤다. 빈 머그잔이 덜그럭덜그럭 몸

을 떠웠다.

"마법사님! 나, 나도 할게요! 몸종! 잡일꾼! 그러니까!"

"제, 제이미 군?"

"그러니까 우리 삼촌 쫌만 봐주세요! 어헝헝헝헝헝!"

제이미가 테이블에 엎어져 와아앙 울음을 터뜨렸다. "키도 작고 얼굴도 저 모양인데 녹즙 인간이 됐으니 이를 어쩌면 좋으냐! 사람이 아니라 야채 요정이라 해도 믿겠다! 저 인간 나이가 저래 봬도 스물여섯인데, 저 꼴로 늙어 죽으면 내가 그 뒷바라지를 어찌 감당하느냐!" 고래고래 꺼이꺼이 울부짖었다.

미소년의 비통한 절규에 로이가 소매로 눈물을 찍었고, 마틴이 끄응, 소리 내며 괴로운 표정을 지었다.

가만히 있던 리스만 속에서 용암이 끓고 천불이 치솟았다. 천하에 호로 잡놈, 배은망덕 눈치 빵점 조카 놈 같으니라구! 오늘에야말로 버릇을 고쳐 주리라! 리스가 전신의 기를 끌어모아 주먹에 담을 때였다.

"……어쩜. 갸륵한 친구네요."

"이거 어쩔 수 없군. 그럼 이렇게 하지."

마틴이 곰방대를 재떨이에 탁탁 두드렸다. 잿가루가 작은 모래성처럼 소복이 쌓였다.

"……특별 서비스다. 둘 다 잡일꾼으로 일하는 대신 기간을 줄여 주마. 한 달. 그동안 내가 방법을 찾아 보도록 하지. 거기 이름이 뭐라고 했지? 뭔 마키나?"

리스가 주먹을 쥐었다 폈다 하며 짓씹듯 중얼거렸다.

"······리스 마키나."

"그래, 너."

마틴이 곰방대를 내려놓고 팔짱 꼈다.

"젬 마키나 동생이라면, 마법약은 만들 줄 아나?"

"기초적인 거라면······."

"그래?"

마틴이 씩 웃었다.

그렇게 리스의 지옥은 시작되었다.

텃밭 지옥, 솥단지 지옥, 청소 지옥, 장작 지옥, 하나하나 꼽자면 끝이 없었다. 제이미가 따순 산장에서 간식을 얻어먹거나 가끔 로이의 사진 모델이 되어 주는 동안, 리스는 밭을 일구고, 장작을 캐고, 약초를 다듬고, 마틴에게 괴롭힘을 당했다.

그뿐만이 아니었다. 마틴이 약 올리듯 사람 정신을 고문한다면, 로이는 잔소리로 고막을 괴롭혔다. 한겨울 시모 산맥이 얼마나 무서운지 아느냐며 사사건건 트집을 잡기 일쑤였다.

낯선 곳에서 바닥은 무조건 지팡이로 찔러 보고 건너라, 언제 땅이 꺼질지 모른다. 산에선 절대 큰 소리 내지 마라. 눈사태가 날지도 모른다. 절대 혼자 돌아다니지 마라. 해마다 행방불명되는 사람이 다섯은 꼭 나온다. 어쩌고저쩌고, 돌림 노래를 불렀다.

리스는 망설임 없이 평했다. 마틴은 개소리 지옥, 로이는 잔소리 지옥이라고.

밤마다 탈출하는 꿈을 꾸는 건 물론이었다. 몽유병 환자처럼 숲 속을 거닐다 아이에게 맞아 잠에서 깨기도 했다.

지옥 같은 2주가 지났다. 앞으로 2주만 더 버티면 답이 나올 터였다. 리스는 천막 구석에 줄을 하나 더 그었다. 두 줄이 된 십자 표시를 보니 가슴이 뿌듯하고도 무거웠다. 리스가 손바닥에 묻은 목탄 가루를 탁탁 털었다.

리스는 아직 고민하고 있었다. 버릴 수 없는 마음을 간직한 채 젬이 있는 곳으로 돌아갈 것인지, 모든 것을 포기하고 모른 척 멀리 떠날 것인지.

* * *

18일째 아침. 아침 식사 담당은 로이었다. 창틈으로 냉기가 들어와 발가락을 얼렸다. 맹탕에 가까운 야채 스튜가 맛있게 느껴질 만큼 공기가 시렸다.

제이미가 세 그릇째 싹싹 비우고 입맛을 다시고 있었다. 또 한 그릇 먹을까 말까 고민하는 기색이 역력했다. 저 맹한 낯짝을 보고 누가 유라레 왕위 계승권자 1위라 하겠는가. 왕족이 아니라 각설이 아들이 따로 없었다.

리스는 그릇을 휘휘 젓다가 그대로 내려놓았다. 맞은편에 앉아 있던 마틴이 리스에게 눈짓했다. 그러곤 먼저 계단을 올라가 버렸다.

리스? 더 안 먹어?

"……잘 먹었습니다."

입맛이 없었다. 오랜만에 누님의 꿈을 꾼 탓일까. 몸이 무겁고 나른했다. 아이가 억지로 입에 물려 준 소시지 조각을 여물처럼 씹으며 리스가 계단을 올랐다.

천장이 높고 너른 다락방, 구석에 회색 천이 구름처럼 펼쳐져 있었다. 안 쓰는 가구며 상자 따위에 얹힌 것이었다. 조명이라곤 정면에 뚫린 삼각 창이 유일했다. 창고치고 먼지가 적어 공기가 차분했다.

세모꼴로 뚫린 창 앞에 마틴이 서 있었다. 역광에 비친 그림자가 삼나무처럼 길었다. 창이 새하얬다. 멀리 진눈깨비가 날리고 있었다.

"오늘은 뭡니까?"

그간 체득한 바, 시키는 일을 얼른 끝내는 게 빨리 쉴 수 있는 길이었다. 마틴이 곰방대로 창턱을 툭툭 두드렸다.

"앉아."

마틴이 눈짓했다. '빨랑 끝내고 나를 보내 달라!' 하는 리스의 눈빛 공격 따위 씨알도 안 먹혔다. 지금껏 인고한 시간이 아까워, 리스는 어쩔 수 없이 창턱에 기대어 앉았다. 마틴이 곰방대를 입에 물었다.

"……내가 젬을 어떻게 고쳤는지는 들었냐?"

"시간을 돌린 게 아닙니까? 마법 기운이 충돌하기 전으로……."

"그래. 나중에 안 일이지만 네 누나의 몸속엔 요정의 힘이 뒤섞여 있었거든. 그리고 너는……."

마틴이 곰방대를 우물우물하다가 뒤늦게 불을 붙였다. 뱀 꼬리처럼 길쭉한 연기가 천장으로 솟았다.

리스가 눈을 깜박였다.

자신이 야채 인간화된 것은 어디까지나 우연의 일치였다. 막말 뱉는 제이미 탓에 아이가 전에 없이 열을 냈고, 자신은 습관처럼 제이미를 감쌌더랬다.

끽해야 요정 가루에 종일 기침이나 하겠거니 했건만, 예상외의 충격이 몸을 덮쳤다. 그것은 몸보다 정신을 흔드는 공격이었다. 극심한 어지럼증과 헛구역질 뒤, 리스는 눈을 떴다.

그 결과가 이것이었다. 야채 인간 리스 마키나.

"그래서요?"

"……어제 핑크 요정과 얘기를 좀 했어. 정신은 그대로, 몸만의 시간만 돌리는 덴 아주 섬세한 작업이 필요해. 환자의 정신이 불안정할 경우, 위험은 배가 되지."

"제 정신 상태가 불안해 보인단 뜻입니까?"

마틴이 몰라서 묻느냐는 듯 눈을 가늘게 뜨고 연기를 뿜었다. 눈빛에 답이 이미 나와 있었다. 기분 나쁠 일은 아니었다. 리스 스스로 자신을 평가해도 비슷한 의견일 터였다.

본래 지고 있던 누님 걱정보다, 여기 와서 진 사람 스트레스가 어마어마했다. 존재 자체가 지옥인 두 사람과 야생 원숭이 한 마리는 자기 죄를 알 필요가 있었다.

의외긴 했다. 지금껏 잘 숨겨 왔다고 생각했기 때문이었다.

"솔직해 말해 봐. 너, 정말 그거 고치고 싶긴 한 거야?"

"……당연한 걸 물으십니다."

당연히 거짓말이었다. 피부야 어쨌든 평생 숨기고 살면 그만이었다. 박쥐 코트는 또 다른 제 피부였다. 피부는 물론, 잠옷까지 숨겨 주는 최강 갑옷이었다.

어차피 자신은 성장이 지나치게 느린 돌연변이었다. 당당히 모습을 드러내고 살 날 따위 평생 오지 않을지도 몰랐다.

이 또한 운명이러니 했다. 리스는 그저 숨죽여 이 삶이 다하는 날을 기다릴 생각이었다.

단 하나 욕심이 있다면, 누님의 곁에서 그러고 싶었다.

누님. 리스의 은인이자 빛, 피가 이어지지 않았다 해도 리스의 세상을 만들어 준 사람.

그러나, '내게 그럴 자격이 있는가?' 울면서 묻는 자신이 있었다. 맞은편에서 '자격이 필요한가?' 하고 콧방귀 뀌는 자신이 있었다.

답이 나오지 않는 질문이었다. 리스는 저도 모르게 고개를 저었다.

"……."

"자세한 사정은 모르겠지만, 요정이 통 사정을 하더군. 젬의 부탁이라면 나도 들어주고 싶은 게 사실이고 말이야. 그런데 영 마음에 걸리는 게 있어서 말이지……."

리스가 무뚝뚝한 말투로 "뭐가 말입니까" 하자 마틴이 곰방대를 깊게 빨아들여 연기를 마셨다. 코와 입에서 연기가 짙게 퍼졌다.

"너, 돌아가고 싶지 않은 건 아니냐?"

"……네?"

리스는 말문이 막혔다. 허를 찔린 탓이었다. 곧이어 헛웃음이 터졌다. 마틴이 리스의 웃음을 조용히 관찰했다.

"그럴 리가요. 왜 그렇게 생각하십니까?"

"실은 내가 그동안 가만히 논 게 아니거든. 나름 선심을 좀 써 봤다, 이 말씀이야."

"……무슨 뜻인지 모르겠군요."

"너한테 마법이 안 통하더라고."

마틴이 심드렁한 표정으로 곰방대를 빨았다. 희고 짙은 연기가 안개처럼 퍼졌다. 잠시 입을 달싹이던 리스가 웃음 섞인 목소리로 빈정거렸다.

"실력이 녹슨 건 아니고요?"

"……한 마디만 더해 봐라. 당나귀로 변하고 싶다면 말이지."

마틴이 곰방대를 흔들었다.

"마법이 안 들을 이유는 하나뿐이야. 너."

마틴이 몸을 돌려 눈 내리는 풍경을 보았다. 비처럼 여리던 진눈깨비가 어느새 함박눈처럼 몸을 불렸다. 내리는 속도가 소낙비 못잖게 거셌다.

"……무슨 뜻인지 도통……."

"정 모르겠으면 돌아가라."

마틴이 리스를 흘깃하며 연기를 뱉었다.

"……사람을 반달이나 종처럼 부려 놓고 지금 그게 할 소립니까?"

"이봐, 난 시간이 금인 사람이야. 자기가 어디에 서 있는지, 뭘 하고 있는지도 모르는 떼쟁이에게 허비할 시간 따윈 없단 뜻이야."

마틴이 어깨를 으쓱했다. 말에 뼈가 있었다. 리스는 잠시 그를 노려보다 뒤돌아 계단을 내려갔다.

쿵쾅쿵쾅, 부러 밟는 발힘에 나무 바닥이 소리 내어 울었다. 아래쪽에서 "사, 삼촌?", "리스 군?" 하고 소란이 일었다. 쾅, 하고 문을 박차는 소리가 뒤이었다.

마틴이 한숨처럼 연기를 뱉었다. 창밖에 눈 덮인 삼각 천막이 보였다. 천막 쪽으로 향하는 작은 인영과, 그 뒤를 따르는 핑크 요정의 빛이 폭설 속에서도 선명했다.

"이렇게 보면 정말 똑같은 데 말이야."

마틴이 들릴 듯 말 듯 중얼거렸다. 저 빌어먹을 박쥐 코트는 젬에게서 물려 입은 게 분명했다. 하필이면 몸집까지 비슷해서 더 열 받았다. 계단 밟는 소리와 함께 로이가 올라왔다.

"싸웠어?"

"쟤랑 내가 싸울 군번이냐? 싸우긴 무슨. 지 혼자 삐진 거지."

"아하. 그래?"

로이가 보란 듯이 팔짱 꼈다. 이쪽을 보는 눈빛이 심히 불손했다.

"뭘 하든 상관없는데, 내 노력까지 헛수고로 만들진 말아 줘. 제이미 군이랑 오랜만에 얼마나 재밌었다구. 창고 정리도 하고, 옛날 얘기도 하고……."

"사진도 찍고?"

"어쨌든! 재료도 거의 다 모았단 말이야! 제이미 군이 얼마나 기대했다구!"

마틴이 볏짚머리를 벅벅 긁었다.

"야, 해도 안 되는 걸 나보고 어쩌란 말이야? 리스란 놈, 생긴 것 답지 않게 속이 쇠심줄보다 딱딱하다구! 암시도 안 먹혀, 마법도 튕겨 내, 도통 뭐하던 놈인지 모르겠다니까? 유령처럼 밤에 돌아다니질 않나, 제기랄! 그거 알아? 나 어제 오줌 쌀 뻔했다구!"

"까짓것, 내가 알게 뭐야."

마틴이 홧김에 곰방대를 휘둘렀다. 바닥에 쏟아진 담뱃재가 바람에 쓸린 것처럼 흩어졌다.

"정말이지 귀찮은 녀석! 나도 몰라! 모르겠다구!"

로이가 계단을 눈짓했다. 잠시 버티던 마틴이 잔뜩 찌푸린 낯으로 계단 난간에 몸을 기대 아래쪽을 살폈다.

천사처럼 예쁜 꼬마 놈이 보석 같은 눈물을 뚝뚝 흘리고 있다. "내가 못 살아, 삼초온, 흑흑흑" 하며 훌쩍이는 제이미였다. 마틴이 신음처럼 중얼거렸다.

"놈이 화풀이로 쥐어박기라도 했어?"

"설마. 당장 짐 싸고 나갈 준비나 하라고, 그냥 통보했을 뿐이야."

"……그게 울 일인가?"

로이가 미처 사라지지 못한 잿가루를 발로 문질렀다.

"나도 몰라. 제이미 군이 리스 군을 몹시 따른다는 것밖엔……."

*　　*　　*

젬이 실망할 거다, 화낼 거다, 뭐라 하던 아이는 급기야 너 그러고 평생 살 거냐고, 정신 차리라고, 앞으로 살날이 창창한데 그래도 사람 꼴을 하고 살아야 하지 않겠느냐 애원까지 했다.

평소라면 아이의 말에 쩔쩔맸을 리스가 오늘은 꼭 귀가 멀은 것처럼 굴었다.

마법사는 "돌아가고 싶지 않은 게 아니냐"고 물었다.

원래 피부로 돌아가는 걸 묻는다면, 답은 반반이었다. 돌아가면 그만, 안 돌아가면 어쩔 수 없는 거였다. 그 정도의 문제였다.

만약 그 질문이 누님의 곁으로 돌아가는 걸 물은 거라면?

리스는 가방에 짐을 쑤셔 넣다 말고 멈칫했다.

젬과 리스를 잇는 매개는 그리 많은 편이 아니었다. 둘이 피가 이어진 남매가 아니라면 더 그랬다.

젬은 리스의 세계를 이루는 근간이었다. 모든 이름과 존재 위에 그녀가 있었다. 그것이 리스의 비극이었다. 리스의 세계는 그녀가 가르쳐 준 것투성이인데, 젬에게 리스는 제일이 될 수 없었다.

리스는 젬과 연관된 것이 좋았다. 많으면 많을수록 좋았다. 젬이 쓰던 박쥐 코트, 젬이 공부한 마법약, 젬이 만났다는 사람들, 젬이 앓았다는 초록 피부.

소중한 이름 젬 마키나, 모이라이.

그녀가 불러준 이름 리스, 리스 마키나. 자신의 것임에도 한없이 낯선 이름.

"리스 군?"

감각이 열린 듯 현실감이 몰아쳤다. 매섭고 찬바람이 뒤통수를 때렸다. 리스가 뒤를 돌아보았다.

바람에 날아갈 것처럼 가는 청년이 천막 입구를 꼭 붙잡고 있었다. 리스가 쉰 소리로 중얼거렸다.

"……화보집은 미안하게 생각합니다. 돌아가는 대로 비슷한 물건을 찾아보겠습니다."

"제이미 군이 울어요."

"놈은 항상 웁니다. 바로 데리고 떠나겠습니다."

"리스 군?"

두꺼운 천막이 귀 아픈 소리를 내며 펄럭였다. 굵은 눈송이가 삽시간에 천막 바닥에 담요처럼 쌓였다. 로이의 이쑤시개 같은 손가락이 추위에 얼어 푸른색으로 보였다.

"날씨가 너무 안 좋아, 리스 군. 일단 산장에 돌아가요. 한겨울 시모 산맥이 얼마나 무서운지 모르죠? 눈바람에 얼어 죽는 건 아무것도 아니야. 폭설에 눈사태까지 겹치면 답이 없다고요."

"저는 괜찮습니다."

"제이미 군도 그럴까요?"

리스가 느릿하게 눈을 깜박였다. 제 뺨을 더듬는 온기가 있었 다. 아이와 리스의 눈이 마주쳤다. 물기 가득한 요정의 눈동자에 염려가 뚝뚝 떨어졌다.

리스는 불현듯 깨달았다.

이렇게 짐을 싸서 어디로 간단 말인가. 또 아무 일도 없었다는 듯 누님의 곁으로? 떠나올 때와 무엇 하나 다르지 않은, 제 마음 하나 정리하지 못한 이 상태로 다시 젬의 곁에?

마법사는 돌아가고 싶지 않으냐고 물었다. 리스는 스스로에 게 물었다. 정말 상관없느냐. 본래 피부로 돌아가면 젬과의 인연 이 하나 끊어지는 것 같아 무서웠던 것은 아니냐.

리스는 자신이 왜 답을 내리지 못하는지 알고 있었다. 답을 내리기 싫은 탓이었다. 젬과 멀어지고 싶지 않아서였다. 불안정한 애정이어도 상관없이, 그저 곁에 있고 싶어서였다.

작은 기침 소리가 들렸다. 로이었다. 리스가 엉거주춤 자리에서 일어섰다. 로이가 살았다는 듯이 미소 지었다.

"다행이다. 제이미 군, 눈이 녹을 것처럼 울어대니까 어찌해야 할지 모르겠더라라니까요. 계속 삼촌만 부르고 있거든요."

리스는 겨우 "……폐를 끼쳤습니다" 한마디 하곤 비틀비틀 산장으로 돌아갔다. 잠깐 새 눈이 발목까지 쌓여 있었다. 리스가 허우적거리며 만든 길을 로이가 종종걸음으로 따라 걸었다.

"젬 님 동생이라 그런가. 알게 모르게 어딘가 닮은 것 같기도 해요. 그죠, 요정님?"

대답을 기대하지 않는 말이었다. 아이는 "글쎄" 하고 중얼거렸다. 역시 듣기를 기대하지 않은 읊조림이었다.

리스는 울고 있는 제이미를 보자마자 딱 한마디했다. 우는 얼굴 진짜 못생겼단 소리였다. 제이미는 바로 눈물을 뚝 그치고 떼쟁이 원숭이로 회귀했다.

눈은 해가 질 때까지 그쳤다 다시 내리길 반복했다. 무슨 조환지 산장 주변은 덜하긴 했으나, 숲에 가까운 쪽은 나무가 쓰러질 정도로 적설량이 어마어마했다. 멀리서 가늠하기에 그 높이가 사람 키와 맞먹었다.

제이미는 로이와 함께 방에 틀어박혔고, 리스는 먼지 쌓인 다락방에서 일찍 잠을 청했다. 생각에 무게가 있어 몸이 짓눌리는 듯했다. 온몸이 물먹은 걸레처럼 무거웠다.

리스는 늪에 가라앉듯 잠에 빠졌다. 눈 내리는 소리가 선명히 들릴 만치 고요한 밤이었다.

*   *   *

시퍼런 달빛이 천장에 드리웠다. 알싸한 약초 냄새와 먼지 묵은내가 코를 간질였다. 두꺼운 커튼 밑으로 냉기가 슬금슬금 지렁이처럼 기었다.

작업실 간이침대에 홀로 누운 제이미는 옆으로 앞으로 몸을 뒤척이다가 한숨을 푹 내쉬었다. 억울해서 잠이 안 왔다.

거의 다 됐는데, 이제, 진짜로 다 됐는데! 하필이면!

제이미가 이불자락을 잘근잘근 물고 씹었다. 눈물이 핑 돌아 코까지 찔끔 샜다.

산장에 온 첫날, 로이가 술김에 자신에게 해 준 말이 있었다. 마틴이 젬을 치료할 때 먹였던 약 레시피를 자기도 안다는 거였다.

로이는 미스터 블랙이란 사람과 자신이 힘을 합쳐 약초를 찾았고, 젬은 그날 바로 원래 피부로 돌아갔다고 했다.

미스터 블랙! 신비의 약초!

제이미는 눈을 반짝였다. 특히 미스터 블랙이란 이름이 마음에 들었다. 그렇게 멋진 이름은 태어나서 처음 들어 봤다. 제이미는 대체 그가 어떤 인물이었느냐 얘기를 졸랐으나, 로이는 의미심장한 미소만 지었다.

이튿날, 제이미가 그 약은 어찌 만드는 거냐 묻자 로이는 깜짝 놀랐다. 술김이라 기억 못 할 줄 알았다고 했다.

잊을 리가 없었다. 사연이 사연이었다. 안 그래도 예민한 삼촌의 병을 키운 게 자신이었다.

로이는 기억을 더듬어 필요한 약재 목록을 작성해 주었다. 약초학이나 마법약학에 문외한인 제이미로선 죄 낯선 이름뿐이었다.

로이는 산장 창고를 뒤져 말린 재료를 찾아 주었다. 제이미는 생전 안 보던 식물 사전을 뒤적이며 로이와 함께 약 만드는 법을 배웠다.

머리가 깨질 것 같았으나 몸으로 고생하는 리스를 보고 있자면 그럭저럭 견딜 만했다.

제이미는 가끔 꿈을 꾸었다. 저택 중앙에 캠프파이어가 불타오르고, 제이미 비장의 패션이 재가 되어 흩날리던 밤이었다.

민망한 기색으로 뭐라 말하던 리스 삼촌의 얼굴이 제이미의 말에 밀가루처럼 표백되었다. 사라지지 않는 그 장면이 밤잠을 괴롭혔다.

제이미는 소가 되새김질하듯 기억을 곱씹었다. 해선 안 되는 말이었다. 설사 그게 사실이라 하더라도 감히 입에 담아선 안 되는 말이었다.

제이미는 꿈속의 자신을 꼬집고 깨물고 할퀴었으나 언제나 결과는 같았다. 새침데기 친구로만 봤던 요정이 처음 보는 무서운 얼굴로 덤볐고, 리스가 온몸으로 자신을 감쌌다.

코에 확 끼치던 박쥐 코트 묵은내, 뼈가 부딪칠 만큼 마른 몸체, 아이처럼 가벼운 무게가 바로 어제 일처럼 생생했다.

그날 이후 제이미는 전처럼 요정을 대할 수 없었다. 요정은 리스와 제이미에게, 제이미는 요정과 리스에게 분명 사과를 나눴으나 제대로 마무리된 것은 하나도 없었다.

기형적으로 성장이 더딘 삼촌이었다. 무엇을 숨기리. 형처럼 따르던 사람이 어느 날 자기보다 작아졌단 걸 깨달았을 때, 다른 사람들이 그를 손가락질한다는 걸 알았을 때 제이미는 난생처음 삼촌이 부끄러웠다. 그런 생각을 한 자신 역시 몸서리칠 만큼 부끄러웠다.

리스 삼촌은 똑똑하고 눈치가 빨랐다. 그가 제이미의 속내를 모를 리 없었다. 그럼에도 망설임 없이 요정의 공격에서 제이미를 감쌌다.

제이미는 삼촌의 초록 피부가 자신이 치러야 할 벌이라고 생각했다. 이대로 두면 삼촌은 셀러리 야채 인간으로 평소의 두 배이상 손가락질당하며 살 게 분명했다. 절대 안 될 일이었다.

자신은 귀가 얇은 인간이므로, 언제 또 야채 인간 삼촌을 부끄러워할지도 몰랐다. 그런 일이 또 일어나선 안 됐다.

제이미는 하나하나 계획을 세우고 있었다. 일단 초록 피부를 원상 복구시키는 게 먼저였다.

그 뒤 무사히 수도에 돌아가기만 하면, 그렇게만 된다면, 제이미는 리스의 저 빌어먹을 박쥐 코트부터 태워 버릴 작정이었다.

그런 뒤 제이미가 사랑해 마지않는, 최고로 핫하고 섹시한 옷을 찾아 일류 디자이너를 찾아가는 거다.

제이미가 판단하기에 리스가 손가락질받는 덴 박쥐 코트의 역할도 지대했다. 안 그래도 왜소하고 작은 사람이 꼬질꼬질한 만년 코트만 입고 다니니 더 초라해 보이는 것이다.

나쁘게 말해 자라지 않는다지, 좋게 말하면 최강 동안이 아닌가. 당당한 게 최고였다. 유라레에서 최고로 비싸고 화려하고 핫한 옷을 입힌다면 손가락질도 한결 줄어들게 분명했다.

제이미가 입을 오물오물하다가 몸을 배배 꼬았다. 엄마는 자신보다 리스 삼촌에게 한없이 약한 경향이 있었다. 삼촌과 함께 입는다면, 리스의 최첨단 패션도 못 이기는 척 봐줄지도 몰랐다.

안 되겠다! 역시 포기 못 하겠도다!

제이미가 이불을 확 걷어 내고 상체를 벌떡 세웠다. 묵은 먼지가 승천하며 코가 근질근질했다. 제이미는 아랑곳 않고 천장을 향해 두 주먹을 불끈 쥐었다.

마틴이 엄마를 고칠 때 먹였다는 약은 반쯤 완성된 상태였다. 딱 하나, 달맞이개구리풀이라는 약초 하나가 문제였다. 재고가 아예 없는 건 아니었다. 있긴 있었다. 그게 초록색 개구리 발을 닮은 약초가 아니라, 말라 비틀어진 파뿌리처럼 보인단 게 문제였다.

로이는 새로 뜯어 오는 게 나을 것 같다며 트리비아 성 뒤편에 이런 류의 약초가 널려 있다고 했다. 그게 딱 어제 일이었다.

시간이 부족했다. 리스 성격에 날이 밝고 눈이 그치면 제이미를 끌고 바로 산을 내려가 버릴지도 몰랐다. 눈이 오지 않았다면, 하다못해 삼촌이 마틴과 싸우지만 않았다면 무사히 완성했을 테지만······.

아무것도 안 하고 삼촌에게 끌려 돌아가는 것보다, 하는 시늉이라도 하고 후회하는 게 나았다. 제이미가 손바닥으로 두 뺨을 짝짝 치곤 침대 위에서 내려서려 할 때였다.

창밖에서 이질적인 소리가 들렸다. 뽀득뽀득한 발소리, 단단히 쌓인 눈이 내는 소리였다.

제이미가 무릎걸음으로 침대를 기어 소매로 창을 벅벅 문질렀다. 안개처럼 짙게 낀 성에가 흐리게 번졌다.

산장을 중심으로 눈이 완만한 경사를 이루고 있었다. 숲에 가까워질수록 몸을 세운 파도처럼 높았다. 밝은 달빛 아래, 작은 그림자 하나가 눈밭을 헤치고 있었다. 그림자는 막힘없이 일직선으로 숲을 향하고 있었다.

뭐지?

제이미가 창에 코를 가까이 대고 눈을 가늘게 떴다. 바람에 펄럭이는 코트 자락이 이상하리만치 눈에 익었다.

제이미는 눈을 곧장 크게 떴다. 우당탕탕 침대에서 굴러 되는 대로 옷을 챙겨 문을 박찼다. 잠옷에 털옷, 목도리, 모자를 부지런히 겹치며 제이미가 속으로 외쳤다.

'저 망할 삼촌이 죽으려고 환장을 했나!'

못 알아볼 리가 없었다. 비틀비틀 넋 나간 사람처럼 눈밭을 가로지르는 그림자는, 다름 아닌 리스 마키나였다.

　　　　　*　　　*　　　*

제이미는 어렸을 적부터 리스와 함께 자랐다. 리스는 말버릇도 손버릇도 고약했지만, 젬과 요정에게만은 거짓말처럼 상냥했다. 고드름과 설탕 인형이 공존하는 격이었다.

그는 저택 식구 일부를 제외하곤 타인에게 관심이 없었다. 젬은 그에게 자주 대인 관계를 권했지만 적극적인 태도는 아니었고, 리스는 거기에 응석을 부려 젬과 붙어 있는 시간을 늘렸다.

젬이 리스를 엄히 대하지 못하는 이유를, 제이미는 어렴풋이 짐작하고 있었다.

리스는 제이미가 아무것도 모르는 줄 알지만 천만의 말씀이었다.

리스는 불치의 이중인격 환자에 몽유병 증세가 있었다.

저택에 살 때도 한밤에 유령처럼 돌아다니는 삼촌 탓에 오줌 지린 적이 한두 번이 아니었다. 뭣 모르는 리스는 오줌싸개 제이미라며 눈을 흘겼지마는⋯⋯.

오밤중, 저택을 배회하는 리스의 모습은 제각각이었다. 아예 혼이 나간 사람처럼 멍하다가도, 여우 귀신에 쓴 것처럼 요상 야릇한 미소를 짓고 있기도 했다.

어느 쪽이든 반갑진 않았으나 후자는 좀 더 섬뜩한 면이 있었다. 꼭 딴사람 같았다. 안경도 안 쓰는 사람이 안경 고쳐 쓰는 시늉을 한다든가, 웃을 때 쓰는 근육이 평소와 판이한다든가 그랬다. 딱히 저택 식구에게 해를 끼친 적은 없지만, 볼 때마다 등골이 오싹했다.

제이미는 참다못해 엄마를 찾았더랬다. 아들의 고민 상담에 젬은 묵묵히 머리를 쓸어 주었다. 그리고 신신당부했다. 절대 리스에게 티 내지 말라고, 혼란스러워할 거라고 말이다.

자존심 센 삼촌 성격에 잘못 건드렸다간 핵꿀밤이나 말폭탄 공격으로 끝나지 않을 일이긴 했다. 제이미는 비밀을 지켰다.

그 뒤로 가끔 달밤에 조용히 함께 앉아 있는 리스와 젬, 혹은 리스와 아이를 볼 수 있었다. 그때 달빛에 비친 리스의 미소는 꼭 평소 삼촌이 엄마를 볼 때와 닮아 있어서, 제이미는 그게 제정신인 리스인지, 몽유병에 홀린 허깨빈지 가늠이 안 갔더랬다.

요 몇 년은 잠잠하다 했건만, 시모 산맥에 들어와서부터 병이 자주 도졌다. 뭐가 원인인지 모를 리 없었다.

저 멀리 검은 숲으로 향하는 그림자가 보였다. 자그마한 발자국이 설원에 푹푹 패여 있었다. 달빛이 그의 뒷모습을 아스라이 비추었다.

제기랄! 야밤에 이게 웬 고생이란 말이냐! 제이미가 입술을 깨물었다.

"삼촌!"

제이미가 발자국을 따라 재게 뛰었다. 흔들흔들. 갈대처럼 휘청이는 그림자는 멈출 생각이 없어 보였다.

높고 짙은 침엽수림이 마치 검은 늪이 펼쳐진 것처럼 보였다. 평소엔 좁게만 느껴지던 공터가 오늘따라 왜 이리 넓고 황량한지 영문을 알 수 없었다.

달 때문일까? 눈 때문일까? 눈밭에 발이 푹푹 패여 잠깐 새 신발이며 바지가 무릎까지 다 젖었다. 몸속에 고드름이 파고든 듯 뼈까지 냉기가 쟁쟁했다.

숲 초입에 다다른 박쥐 코트가 발을 헛디뎠는지 비틀거리며 말라 죽은 나무 기둥을 짚었다.

저러다 큰일 나려고! 제이미가 속도를 올렸다.

제이미가 막 리스의 어깨를 쥘 찰나였다. 나무 기둥에 몸을 기댄 채 허공을 보던 리스가 벼락 맞은 듯 몸을 움찔 떨었다. 제이미가 놀라 "사, 삼촌!" 하고 외쳤다.

제이미의 말이 끝나기도 전, 리스의 검은 코트 자락이 펄럭이기 시작했다. 산바람이 아니었다. 아래에서 위로 솟는 바람은 리스에게서 흘러나오고 있었다.

"이, 이게 뭐야?"

리스가 천천히 고개를 돌렸다. 반쯤 뜬 눈에 흰자가 한 바퀴 돌았다. 제이미는 온몸에 솜털이 거꾸로 섰다. 뭐라 입을 달싹거리던 찰나, 시야가 거꾸로 돌며 세계가 뒤집혔다.

눈 덮인 설원과 늪을 닮은 숲이 허공으로 솟구치고, 높이 뜬 보름달이 바닥에 까무러졌다. 제이미는 저도 모르게 손에 쥔 것을 꼭 움켜쥐며 소리쳤다.

"엄마야아! 삼초오오온! 사람 살려어어어억!"

암흑이 덮쳤다.

*　　*　　*

사나운 바람 소리가 고막을 할퀴었다. 이상도 하지. 이토록 구슬픈 소린데 바람결에 냉기라곤 한 톨 찾을 수 없었다. 푹신한 이불에 감싸인 것처럼 편안하고, 아늑했다.

제이미가 입맛을 쩝쩝 다시다 미간을 찌푸렸다. 꿈에서 깬 듯 감각이 돌아왔다. 냉동육처럼 굳어 버린 엉덩이며 쇠막대처럼 빳빳해진 손발 뼈, 지척에 선 기척까지 한꺼번에 닥쳤다.

제이미가 상체를 벌떡 세웠다. 왜 그리 편안히 느꼈는지 불가사의할 정도로 울퉁불퉁한 잠자리였다. 바람만은 잔잔한 게 맞았다. 마치 주변과 공기를 차단한 것처럼.

"더 자도 됩니다. 제이미."

"헉."

제이미가 저도 모르게 벽에 몸을 바짝 붙여 움츠렸다. 선명한 달빛 아래, 벽을 보고 선 소년이 제이미를 보고 눈웃음쳤다. 여우처럼 접힌 눈웃음이 어딘가 익숙했다.

빌어먹을. 제이미가 속으로 욕을 삼켰다. 잘못 본 게 아니었다. 빌어먹을 삼촌의 빌어먹을 이중인격이셨다. 제이미가 저도 모르게 바닥을 짚었다. 리스가 후후후, 하고 낮게 웃음소리를 냈다.

"……자고 일어나면 모든 게 꿈처럼 느껴질 겁니다. 걱정 말아요. 당신만큼은 무사히 젬이 있는 곳으로 보내 줄 테니까요. "

제이미는 애써 목을 가다듬었다. 침착을 잃어선 곤란했다. 상대는 제정신이 아니었다.

"……자, 자는 거 좋지. 좋고말고. 흠흠, 삼촌 얼른 나 좀 일으켜 줘. 나, 나랑 다시 자러 가자."

"삼촌이라. 후후, 귀여운 제이미. 아직도 저를 그렇게 부르는 겁니까?"

……귀엽다니. 온전한 상태가 아닌 걸 알면서도 등줄기에 절로 소름이 돋았다. 제이미가 아는 삼촌이라면 죽어도 그에게 쓰지 않을 수식어였다. 제이미가 침을 꼴깍 삼키며 주변을 둘러보았다.

스치듯 본 적 있는 풍경이었다. 멀리 그림자처럼 우뚝 솟은 트리비아 성이 보였고, 바닥엔 은은한 상아색 자갈이 달빛을 반사했다. 눈이 무릎 넘게 쌓인 산장 주변과 달리, 분지 가까운 나무 숲엔 은가루만 솔솔 앉아 있을 뿐이었다.

제이미가 눈을 깜박이며 시선을 위로 돌렸다. 경사진 절벽이며 구름다리 위로 어마무시하게 쌓인 눈이 보였다. 아래에 쌓여야 할 눈이 모두 위에서 멈춘 것처럼. 거짓말 같은 광경이었다.

트리비아 성 뒷산, 깎아지른 백색 절벽이 있던 자리였다. 요정이 유난히 아련한 눈빛으로 바라보던 장소기도 했다. 제이미는 무의식중에 납득했다. 과연 마법이 보호한다던 트리비아의 중심다웠다.

산 한가운데에서 여기까지 무슨 수로 내려온 거람?

제이미는 정신을 잃기 전 리스가 뿜던 기이한 바람을 떠올리곤 어깨를 부르르 떨었다. 어쨌든 제정신도 아닌 사람이 이런 곳에 오래 있어서 좋을 게 없었다.

"사, 삼촌, 밤 산책도 무리하면 병나. 내일 몸살로 낑낑 앓지 않으려고 그래? 얼른 돌아가자. 어휴, 대체 여기까지 무슨 수로 온 건지 모르겠네. 설마 나 업고 내려온 건 아니지? 기가 막혀서, 참나."

"후후, 걱정해 주는 겁니까? 친절하기도 하지."

……이게 아닌데. 제이미는 소름이 끼쳤다. 평소 삼촌의 반응이 아니라 말 한 마디 뱉기가 무서웠다. 리스가 밀랍 인형처럼 서서 벽만 본 채라 더 그랬다.

삼촌의 다른 인격이 문제였다. 몇 번 마주친 적이 있다곤 해도 그때마다 도망치기 바빴던 제이미였다. 정면으로 얼굴을 마주하려니 어떤 말부터 해야 할지 감도 안 잡혔다.

제이미의 속내를 읽은 것처럼, 리스가 부드럽게 말을 이었다.

시선은 여전히 벽을 향한 채였다.

"……이건 그냥 벽이 아닙니다, 제이미. 오래전 이곳엔 깊고 깊은 동굴이 있었지요. 이끼처럼 다닥다닥 붙어 자란 수정 숲, 개미 떼처럼 바글바글한 흰 날개 요정……."

"삼촌이 그런 걸 어떻게 알아? 수도 촌놈 주제에……."

제이미가 슬금슬금 일어나 엉덩이를 털었다. 리스가 "글쎄요……" 하고 웃음기 띤 목소리로 중얼거렸다.

"인연이란 알 수 없어요. 이곳을 또 찾게 될 줄은 꿈에도 몰랐거든요. 비록 예전 모습은 찾을 수 없지만, 힘은 그대로라…… 마법석을 그대로 둔 채 입구를 막은 모양이에요. 꼼꼼히 작업한 흔적이 역력해요."

"……저기, 삼촌?"

"아마 이 기이한 기후도 여기 걸린 마법 덕분이겠지요. 솜씨가 제법이에요."

이 인간이 혼자 중얼중얼 뭐라는 거야. 진짜 오줌 쌀 것 같으니 그만해 줬으면 하는 바람이었다. 리스가 나지막이 제이미를 불렀다.

"아까 말했지요? 지금이라면 당신을 도와줄 수 있어요. 집에 가고 싶어 했잖아요, 제이미."

"……뭔 소리야?"

"날도 춥고, 눈이 내려 길도 위험하니 오히려 잘됐습니다. 굳이 시간 낭비할 필요도 없고요. 당신 방으로 보내 주면 될까요,

제이미? 아니면 젬의 부부 침실이 좋겠습니까?"

제이미가 눈을 끔벅끔벅하다 물었다.

"……집에 보내 준다고?"

리스가 벽에서 몸을 돌려 제이미를 보았다. 살풋이 접힌 눈웃음하며 살짝 올라간 입꼬리가 영락없는 달밤의 여우였다.

제이미가 얼떨떨해 다시 물었다.

"날? 우리 집에? 지금?"

리스가 고개를 끄덕였다. 제이미는 그를 미친 사람 보듯 보지 않기 위해 힘써야 했다.

아무리 생각해도 삼촌의 다른 인격은 심각한 망상증 환자였다. 이곳은 유라레 서쪽 끝, 국경과 접한 시모 산맥이었다. 여기서 수도 저택까지 어떻게 사람을 보낸단 말인가. 아까처럼 기이한 바람으로 기절시킨 뒤 업고 갈 요량일까? 가다가 허리뼈가 끊어질 거리였다.

아니 그보다, 제이미가 미덥잖은 음색으로 덧붙였다.

"……나만?"

"모이라이라면 걱정 마세요. 나중에 따로 보내 드릴 테니까요."

리스가 울퉁불퉁한 돌벽에 두 손을 대었다.

"아니, 내 말은 그게 아니라! 삼촌은, 삼촌은 어쩌려고?"

망상보다 삼촌의 태도가 더 마음에 걸렸다. 제이미만이라도 집에 보내 주겠다니. 마치 집에 돌아가지 않을 사람 같은 발언이 아닌가.

리스가 고개를 기울이며 후후, 웃었다. 리스의 머리 위로 비치는 보름달이 오늘따라 유난히 크고 가까웠다.

"전 당신의 삼촌이 아닙니다. 당신도 알 텐데요."

"……삼촌. 내가 진짜 이 말은 안 하려고 했는데, 침착하게 들어 줘."

제이미는 양심이 콕콕 찔려 아파 죽을 지경이었다. 삼촌의 이중인격이 깨어난 원인은 십중팔구 자신으로 짐작했다.

리스는 중증의 젬 의존증 환자였다. 젬과 리스가 혈연이 아닐지도 모른단 제이미의 발언에 돌이킬 수 없는 상처를 입어 버린 것이 틀림없었다.

"……듣고 놀라지 마. 침착해야 해."

제이미가 침을 꼴깍 삼켰다.

"……믿기지 않겠지만, 삼촌은 약간 정신병이 있어."

"제이미. 전 정신병자가 아닙니다."

리스가 고요히 대꾸했다. 그가 약간 간격을 두고 덧붙였다.

"……아닐 겁니다. 아마도요."

"심정은 물론 이해하지만, 삼촌. 정신병자가 자기 미쳤다고 하는 것 봤어? 거기다 아마도라니! 삼촌도 자신 없는 거잖아!"

"누가 보면 정신과 전문의인 줄 알겠군요, 제이미."

리스가 콧방귀를 뀌었다. 제이미는 단호히 고개를 저었다. 정신병이 확실했다.

이 시모 산맥 국경 오지에서 수도 유라레까지 한 방에 보내 주겠단 허풍, 달밤에 돌벽에 대고 흰 날개 요정이니 마법석이니 씨부리는 헛소리까지. 기가 막히고 코가 막히고 그냥 어이가 없었다.

달이 너무 밝은 탓에 정신머리가 미쳐 날뛰는 게 틀림없었다. 미쳐 버린 제2의 인격이 문제였다. 제이미에게 꼬박꼬박 존대하고 눈웃음치는 꼴만 봐도 분명했다.

리스가 쓰게 웃으며 고개를 저었다.

"제 입으로 한 말도 까먹은 겁니까? 사실이에요. 저와 젬은 피가 이어져 있지 않습니다."

"그, 그건 내가 사과했잖아! 말실수였다고!"

제이미가 뺨 맞은 사람처럼 울컥해 대들었다.

"제이미, 당신을 책하는 게 아네요. 사실을 말한 것뿐입니다."

"사과했잖아!"

"왜 그렇게 화가 났죠, 제이미?"

리스의 낯이 어찌나 무덤덤하고 태연한지 제이미는 머리 뚜껑이 날아가기 직전이었다. 삼촌은 늘 그랬다. 어른인 척, 돌봐 주는 척은 다 하면서 제 할말 다 하고 제 뜻대로만 움직였다.

제이미는 이를 악물었다. 이번에도 그런 식으로 넘어가게 둘 수는 없었다.

"……그래, 좋아. 백번 양보해서 날 집으로 보내 준다 처. 그럼 삼촌은 어떡하려고? 요정님과 단둘이 사이좋게 걸어오려고?"

작전상 후퇴였다. 상대의 망상을 자극하지 않는 한도 내에서 속내를 끌어낼 심산이었다. 리스가 픽 하고 바람 빠지는 소리를 냈다.

"전 돌아가지 않을 겁니다. 제이미. 적어도 당신이 살아 있을 동안은요."

"뭐, 뭐! 그거 무슨 뜻이야? 나, 나더러 자살이라도 하란 소리야?!"

"……리스가 왜 당신 머리에 그렇게 꿀밤을 먹이고 싶어했는지 조금은 알 것 같군요, 제이미. 전 당신을 해하고 싶은 마음은 조금도 없어요."

이게 대체 무슨 일이냐!

제이미는 귀가 멍해 머리까지 어지러웠다. 자신이 죽을 때까지 집에 돌아가지 않겠다니. 삼촌의 무의식이 얼마나 제이미를 싫어하는지 명확해졌다. 제이미는 눈물이 핑 도는 동시에 입이 말랐다.

말 한 마디에 원수도 되고 은인도 된다더니 옛 말씀 틀린 게 하나 없었다. 내 똥오줌 기저귀를 갈아 키웠다며 그렇게 콧대를 세우던 양반이, 이런 식으로 나를 원망할 줄이야.

시꺼메야 할 하늘이 노랗게만 보였다. 둥근 달이 꼭 찌그러진 늙은 호박처럼 보일 정도였다.

"……아, 안 가. 나 혼잔 못 가."

제이미가 무심결에 중얼거렸다. 리스가 흐릿한 미소를 지었다.

"리스는 당신들을 좋아하는 동시에 무서워해요. 미움받을까
봐, 실망시킬까 봐, 시궁쥐처럼 떨고 있죠. 가련하고 우습지만
싫진 않아요. 퍽 재밌고요. 인간의 가능성이 얼마나 무궁무진한
지 스스로에게 놀랄 정돕니다."

제이미가 코를 킁, 삼키며 저도 모르게 고개를 흔들었다. 시
궁쥐라니, 덜덜 떤다니. 제이미를 산 채로 씹어 먹고자 계획하고
있다면 몰라도, 말도 안 되는 일이었다. 또 다른 인격은 제이미
보다 리스를 잘 모르는 게 분명했다.

"사, 삼촌. 집에 돌아가면 상담부터 받아 보자. 이, 일단 킨 삼
촌부터 만나 보자구. 마파부 부장 아저씨 말이야. 그 아저씨 아
는 의사가 그렇게 많대."

리스가 고개를 저었다.

"전 리스도, 젬도 좋아합니다. 당신도요. 그런 의미에서, 이편
이 우리 셋에게 가장 어울리는 이별일 겁니다."

제이미가 눈썹을 세로로 세웠다. 이별이라니! 이 인간이 몽중
이라고 못하는 말이 없었다.

"삼촌, 진짜 자꾸 이럴 거야? 남자가 한 입 가지고 두말하는
거 아니랬잖아. 내 말이 개 짖는 소리랑 동급이라고 입에 달고
산 사람이 누군데! 말실수 한 번 한 거 가지고 자꾸 혼자 곱씹고
그럴 거야? 차라리 열 받을 때마다 내 머리에 꿀밤을 날려, 내가
참아 줄 테니까!"

"······리스는 참는데 지친 것 같아요, 제이미. 마음이 너무 커서 괴로운 모양이에요. 후후, 달콤한 고통이란 건 이런 걸 말하는 거겠죠."

약 먹은 것처럼 헛소릴 지껄이던 리스가 마치 꽃향기를 맡듯 숨을 크게 들이마셨다. 그가 벽에 댔던 두 손을 천천히 떼었다. 제이미는 눈을 의심했다.

리스의 주변에서 아지랑이 같은 흰빛이 피어오르고 있었다. 주먹을 쥐었다 폈다한 그가 제이미를 보았다. 주먹에 우유처럼 희디흰 빛이 응축되어 있었다.

제이미가 울퉁불퉁한 돌벽에 등을 바짝 붙였다. 자갈 밟는 소리가 느리게, 그러나 분명하게 한 걸음씩 가까워졌다.

일이 어떻게 돌아가는진 모르겠으나, 리스의 두 손에 어린 빛이 심상치 않았다. '설마, 진짜 마법 같은 건 아니겠지, 하하······' 하고 혼자 웃어 보려 했으나 목이 꽉 막혀 말하기도 어려웠다.

리스가 귀엽다는 듯 후후 웃음을 흘렸다. 월광에 비친 그 얼굴이 꼭, 길 잃은 아기를 꼬드겨 잡아먹는 마녀처럼 보였다. 제이미가 새된 소리로 외쳤다.

"뭐, 뭐하려는 거야 지금? 나, 나 죽이려고? 삼촌 미쳤어? 날 밝고 얼마나 후회하려고 그래! 인류의 보물을 이리 허망하게 없앨 셈이야?! 나 제이미야! 삼촌이 업어 키운 제이미! 기저귀 갈아 주던 제이미!"

"제이미, 제이미. 전 지극히 제정신이고, 당신을 해치지 않을 거예요. 그저 당신이 왔던 곳으로 돌려보내 줄 뿐입니다."

리스가 한 발짝 다가서며 "그리고 미쳤단 말 함부로 입에 담지 말아요" 하고 덧붙였다. 제이미는 등에 소름이 오소소 돋았다.

전신으로 번진 흰빛 탓일까. 리스의 미소가 어느 때보다 천진해 보였다. 그게 되레 무서웠다. 저게 정신병자의 살인 예고든, 진짜 귀환시키려는 사이비 마법이든 둘 다 노 땡큐였다.

전신에 솜털이 거꾸로 솟는 듯했다. 돌벽에 등을 긁히며 슬금슬금 뒷걸음질 치던 제이미가 돌연 "으아아아아악!" 하며 뒤돌아 뛰었다.

"제이미!"

제이미의 비명이 밤하늘을 꽝꽝 때리며 높이 높이 울려 퍼졌다. 자갈이 푹푹 패면서 돌이 사방에 튀었다.

돌벽에서 벗어난 순간, 고치에서 나온 것처럼 공기가 바뀌었다. 시린 칼바람이 콧구멍이며 고막, 피부를 날카롭게 할퀴었다. 매서운 숲 냄새가 폐부를 휘저었다.

"제이미! 제이미! 당장 소리 낮춰요!"

리스의 목소리가 바람에 섞였다. 제이미는 귓등으로도 안 들었다. 어려서부터 달리기 하나는 자신 있던 제이미였다. 가뜩이나 짧은 리스 삼촌 다리론 죽었다 깨도 제이미를 잡지 못할 터였다. 제이미는 있는 힘껏 소리 지르며 바닥을 박찼다.

존댓말 하던 삼촌의 비명이 어느새 "제이미! 이 미친놈아!"로 바뀌었다. 제2의 인격이 아니라 영락없는 삼촌 같았다.

저, 정신이 돌아온 걸까?

용기 내어 뒤를 돌아본 제이미는 달리면서 오줌 쌀 뻔했다. 먹잇감을 노리는 짐승처럼, 눈을 부릅뜬 야채 인간이 죽자 사자 뒤를 쫓고 있었다. 성난 얼굴, 눈동자가 점처럼 수축해 흰자가 도드라진 눈알이 귀신을 방불케 했다.

제이미는 세상 모든 사람이 들어줬으면 하는 심정으로 악을 썼다.

사람 살려! 나 죽는다! 난 저승에 안 갈 테다! 삼촌이 아니라 귀신이다! 아아아아아아아아악!

쩌렁쩌렁한 외침이 사방에 울려 퍼졌다.

자갈밭을 벗어나 숲 초입, 이끼 낀 흙바닥을 막 밟을 때에서야 가까스로 외침이 멈췄다. 숨이 차 목에서 쌕쌕 소리밖에 안 나왔다. 제이미가 무심결에 나무 기둥에 손을 대고 뒤를 돌아보았다. 조금 떨어진 곳에서 휘청휘청 달려오는 검은 코트가 보였다.

잡히면 죽을지도 모른다. 제이미가 다시 다리에 힘을 주려던 때였다. 천둥치는 소리와 함께 바닥에 뭔가가 툭툭 떨어졌다. 제이미가 "응?" 하고 몸을 바로 세웠다.

맑은 달밤에 천둥이라니?

본능처럼 쳐다본 머리 위에서 믿을 수 없는 광경이 펼쳐졌다. 높게 솟은 백색 절벽, 돌과 한 몸처럼 뭉쳐 있던 눈덩이가 꽈르릉, 소릴 내며 분리되고 있었다.

"어?"

제이미는 바보처럼 굳어 눈도 깜박이지 못했다.

경사에 뿌리박혔던 나무가 금방이라도 꺾어질 것처럼 몸이 기울고 있었다. 낮은 파도 소리 같은 것이 바닥에 깔렸다. 천둥도, 착각도 아니었다. 경사를 따라 켜켜이 쌓였던 눈이 무너지는 소리였다.

제이미가 몸을 시체처럼 **빳빳**이 굳혔다. 환청처럼 로이의 목소리가 스쳤다.

한겨울 시모 산맥은 무섭다고. 트리비아 분지를 제외한 모든 곳이 지뢰밭이나 다름없다고 끝없이 강조했었다.

언제 얼음이 깨질지, 산이 무너질지, 바닥이 꺼질지 모르는 게 이곳이라고. 절대 마틴이나 자신 없이 돌아다녀선 안 된다고. 특히나 눈 내린 이튿날은 위험하다고……

"제이미! 이 빌어먹을 새끼! 미친 원숭이 새끼!"

삼촌의 성난 목소리가 물먹은 것처럼 멀었다. 고무줄처럼 팽팽히 구부러지던 나무가 눈 무게를 버티지 못하고 부러졌다. 집채만 한 눈덩이가 폭포수가 쏟아지듯 떨어졌다.

'어, 이게 아닌데.'

제이미는 뇌가 얼음이 된 듯 생각이 둔해졌다. 달빛을 가릴 만치 거대한 눈사태가 얼굴에 그림자를 드리우는 듯했다. 이게 아닌데. 아닌 걸 아는데도 발이 돌에 끼인 듯 꼼짝할 수가 없었다.

엄마, 아빠, 삼촌!

제이미가 눈을 질끈 감았다.

"제이미!"

다급한 목소리, 작은 몸체가 제이미를 덮쳤다. 곧이어 거센 충격이 온몸을 휩쓸었다. 하늘이 무너지는 듯한 소리, 무언가 부서지도록 찢기는 소리가 뇌리를 흔들었다.

강한 힘이, 가느다란 무언가가 제이미의 몸을 죽자 사자 감싸고 있었다. 숨죽인 신음 소리가 귀에 익었다.

＊　　＊　　＊

태풍에 날린 낙엽처럼 정신없이 휩쓸렸다. 몸을 가누긴커녕 숨을 편히 쉬는 것조차 불가능했다. 제이미는 잠깐 뒤 정신을 차렸다. 무덤에 갇힌 듯 온몸이 무거웠고, 손가락 하나 까딱할 힘도 없었다.

제 아래를 적시는 뜨끈한 액체가 거짓말처럼 식어 갔다.

제이미는 참고 참던 제 오줌보가 터진 걸지도 모른다고 생각했다. 평생 놀림 받겠군. 오줌싸개 제이미. 그렇지, 삼촌?

대답은 없었다. 소리도, 빛도 없는 세계에 오로지 맞닿은 심장 고동만이 생생했다. 그 고동이 점차 느려지는 것 같은 착각이 들었다.

빗물에 젖은 성냥불처럼 속절없이 식어 가는 체온에 제이미는 애가 달았다. 어떻게든 몸을 움직여 보고자 끙끙 애를 썼으나 눈을 뜨는 것조차 불가능했다.

삼촌?

제이미는 멀어지는 정신을 붙잡으려 노력했으나 더는 무리였
다. 머릿속이 하얗고 검게 번지며 뇌가 진탕하듯 감각이 춤을 추
었다.

바보 같은 제이미, 천치 같은 제이미. 원숭이보다 못한 제이
미. 빌어먹을 말실수도, 빌어먹을 소리를 질러 눈사태를 부른 것
도 모두 자신이었다. 모든 게 제 탓이었다. 눈알이 뜨겁게 부푸
는 듯했다.

제발, 내가 다 잘못했으니까, 누군가 도와줘요.

맞닿은 체온이 얼음장처럼 식어 가고 있었다. 그저 눈물만이
뜨거웠다. 아득히 먼 곳에서 자신의 이름이 들린 것도 같았다.

                    *   *   *

"……에겐 뭐라 말하지?"

"……데려갈 생각이래?"

"일단 얘기부터……."

모기가 앵앵대듯 귀가 간지러웠다. 잠결에 입을 오물거리던
제이미가 불현듯 헉, 하고 몸을 일으켰다. 전신을 달리는 격통에
천장이 빙글빙글 돌았다.

"제이미 군!"

급히 다가온 로이가 제이미를 다시 눕혀 주었다. 제이미가 숨

을 고르며 주변을 살폈다. 물수건이 늘어진 대야, 반쯤 비운 약
그릇, 나뭇결 촘촘한 천장, 그리고 처음 본 날처럼 털옷을 껴입
은 마틴.

밤샌 듯 창백한 안색의 로이가 제이미 앞머리를 뒤로 넘겨 주
었다. 기침하는 제이미에게 미지근한 물도 먹여 주었다. 제이미
가 물을 넘기자마자 쉰 목소리로 물었다.

"……삼촌은요?"

로이가 마틴을 보았다. 마틴이 어깨를 으쓱했다.

"다락방에."

"……어때요? 괘, 괜찮아요? 많이 다쳤어요?"

입술이 제멋대로 부들부들 떨렸다. 쉬고 목이 메어 꼴사나운
음색이었다. 로이가 제이미 이마를 쓸어 주었다. 마틴이 심각한
표정을 풀고 희미하게 웃어 보였다.

"……한동안은 절대 안정이지만, 곧 괜찮아질 거다. 걱정하지
마."

"차, 참말이죠……."

저도 모르게 주르륵 흐르는 눈물을, 로이가 소매로 닦아 주었
다. "진짜죠? 거짓말 아니죠?" 하고 제이미가 중얼거렸다. 마틴
이 제이미 코끝을 아프게 잡아당겼다.

"천운인 줄 알아라. 눈사태 규모가 제법 컸어. 까딱했다간 송
장 치울 뻔했다."

"눈사태……."

마틴이 뒷머리를 벅벅 긁었다. 보기 드문 폭설에 눈사태까지 겹쳐 난리도 아니었다고 했다. 트리비아 성에 피해가 가진 않았느냐는 말에 로이는 쓰게 웃었다. 마틴은 시모 산맥이 무너져도 그곳만은 안전할 거라며 걱정 말라고 했다.

"사정은 대충 짐작이 간다. 리스가 잠결에 또 쏘다닌 모양이지?"

"······네?"

아직 멍한 제이미 이마를 마틴이 쓱쓱 문질렀다.

"어린 것이 고생 많았다. 더 자는 게 좋겠군."

"아니, 저는······."

삼촌이 그런 게 아네요. 내 잘못인데, 삼촌, 우리 삼촌 봐야 하는데······ 저 얼굴만 보고 오면 안 돼요?

칭얼대는 제이미를 누르며, 마틴이 그의 얼굴을 가볍게 쓸었다. 리스의 말은 옹알이가 되어 사라졌다. 언제 깼었냐는 듯 눈꺼풀이 굳게 닫혔다. 낮고 규칙적인 숨소리가 뒤이었다.

이불을 가슴까지 덮어준 로이가 소리 죽여 물었다.

"요정님은?"

"안에."

"리스는······."

"죽진 않을 거야. 내가 거짓말한 건 아니잖아."

마틴이 등 돌려 벽에 기대 둔 지팡이와 털모자를 챙겼다.

"마틴······."

"다시 아래쪽 좀 돌아보고 올게. 혹시 또 모르니까."

마틴은 대답을 기다리지 않고 나가 버렸다.

지옥 같던 새벽, 눈 속에 파묻힌 리스를 발견한 후부터 내내 저런 상태였다. 이해 못 할 것도 없었다. 로이 역시 혼란한 건 마찬가지였으니까.

리스 마키나. 젬 마키나의 동생이라는 청년.

로이는 천장을 올려다보며 숨을 죽였다. 마치 그렇게 하면 위층에서 샌 소리가 들릴 것처럼. 그러나 제이미의 숨소리와 멀리 눈 밟는 소리만이 선명할 뿐, 위에선 어떤 소리도 새어 나오지 않았다.

로이가 고개를 저으며 대야를 챙겼다.

　　　　　*　　　*　　　*

내가 왜 살아 있지?

가장 먼저 든 의문이었다. 제이미를 넝쿨처럼 칭칭 안고 휩쓸린 그때, 리스는 죽음을 예감했다. 파도처럼 덮치는 눈이며, 거기에 휩쓸린 나무와 흙, 돌 따위도 하나같이 위협적이었다.

자신이 왜 여기에 서 있는지, 왜 제이미가 저러고 있는지 묻고 따질 시간이 없었다. 리스는 본능적으로 제이미를 감쌌다.

등과 다리에 큰 충격이 연이었다. 하체가 통째로 찢겨 나가는 듯했고, 이내 척추에 불로 달군 쇠꼬챙이가 박힌 것처럼 격통이 달렸다.

온몸의 혈관이 울부짖듯 펄떡펄떡 뛰었고, 몸이 달군 쇠처럼 뜨거워지며 경련했다. 시린 냉기도 고통을 삭여 줄 수 없었다. 감각이 벌에 쏘인 말처럼 제멋대로 날뛰며 미쳐 돌아갔다. 마음대로 움직일 수 있는 건 두 팔뿐이었다.

리스는 구명줄을 잡듯 제이미를 꼭 안았다.

암흑 속에서 젬의 목소리가 들렸다. 푸른 하늘, 따뜻한 땅, 노래하는 바람, 향기로운 꽃, 푸르른 산과 솜사탕을 닮은 구름 조각들. 조곤조곤한 음색이 자장가처럼 이어졌다.

젬은 리스에게 사랑을 가르치려 했다. 모든 생명은 소중하고, 그것을 아낄 줄 알아야 한다고 강조했다.

사실, 리스는 그게 뭔지 알 수 없었다. 감이 안 잡혔다. 젬의 목소리는 달콤하고 계속 듣고 싶은 마력이 있었다. 젬과 아이는 특별했고, 저택에서 부딪치는 사람들도 싫진 않았다. 간혹, 부지불식간에 심장을 간질이는 순간도 있었다.

그러나 정말로 모든 생명이 소중하냐 묻는다면, 리스는 답을 내릴 수 없었다. 알고 싶지도 않았다. 낯간지럽고 허울 좋은 단어로만 느껴졌다. 시간이 지날수록, 머리가 찰수록, 저택 밖에서 사람을 겪을수록 그 생각은 더 짙어졌다.

리스는 티 내지 않을 자신이 있었다. 젬이 살아 있는 한, 젬이 원하는 리스의 모습을 유지해 주겠다고 생각했다. 세상에는 알아도 모른 척하는 게 나은 일이 있는 법이니까.

젬이 가끔 리스에게서 다른 무엇을 겹쳐 보는 것처럼, 이따금 왕이나 왕비가 자신을 혐오하는 눈빛을 흘리는 것처럼. 혹은, 아이가 자신에게서 그리운 무언가를 찾을 때처럼.

나는 대체, 왜 살아 있는 걸까.

핑크색 가루가 눈앞에 아른거렸다.

리스, 정신이 들어?

리스가 천천히 눈을 떴다. 살면서 이렇게 눈꺼풀이 무거웠던 적이 없었다. 어둑한 방, 삼각 창문을 가린 천이 느리게 펄럭였다. 부드러운 오렌지빛 마법석 조명이 다락방을 은은히 비추었다.

공기가 차고 맑았다. 리스는 순간 여기가 어딘가 했으나 바로 깨달았다. 마틴과 언쟁했던 회색 다락방이었다.

마법사는 마법산가 보군. 리스는 속으로 헛웃음을 지었다. 먼지 구덩이 창고가 아늑한 병실로 변해 버렸으니 말이다.

그래, 마법이란 게 날 다시 살린 모양이야.

리스는 몸을 일으키려다 멈칫했다. 그가 시선을 들어 요정을 보았다. 퉁퉁 부은 눈가에 부르튼 입술. 모이라이는 전에 없이 겁먹은 표정이었다.

리스가 중얼거렸다.

"……아이. 나 다리가 좀 이상한 것 같아."

……기분 탓이야. 한숨 자고 나면 멀쩡할걸?

리스가 말없이 아이를 올려다보았다. 먼저 시선을 피한 건 아이였다.

**제이미는 무사해. 네 덕분이야. 눈은 진작에 그쳤고, 그밖에 난리
난 건 마틴이 알아서 처리했어. 그리고······.**

리스가 멍하니 천장으로 눈을 돌렸다. 오렌지빛 그림자가 삼
각 천장에 춤을 추었다. 리스의 눈동자가 돌 맞은 웅덩이처럼 흔
들렸다. 그가 이불자락을 세게 움켜쥐었다.

"······아이, 이상해. 다리가 아파. 뜨거워. 그리고 너무, 너무
간지러워. 이것도 기분 탓이야?"

허리 아래로 이상한 감각이 요동쳤다. 오징어 다리가 하체에
붙은 듯했다. 아니, 붙은 게 아니라 하체가 연체동물이 된 듯했
다. 뼈가 아닌, 물컹하고 유연한 무엇이 신경을 간질였다. 구더
기가 상처에 알을 깐 것 같기도 했다. 그것은 조금씩, 분명하게
자라고 있었다.

착각일까?

목을 가누는 것도 힘들어 아래를 확인할 방법이 없었다. 리스
는 차라리 다행이라고 생각했다. 이불을 들추지 않아도 될 핑계
가 있으니까······.

······기분 탓이야. 그래, 동상 같은 거거든.

"아이. 내 몸이 왜 이래?"

리스는 저도 모르게 떨리는 입술을 애써 깨물었다. 애쓴 보람
없이 턱까지 덜덜 떨렸다. 볼썽사나운 목소리가 흘렀다.

리스······.

"착각이 아니었어⋯⋯."

전에도 비슷한 일이 있었다. 어릴 적, 리스는 왜 병원이 필요한지 이해할 수 없었다. 깁스의 필요성에 대해선 더더욱 의문이었다. 그에게 칼에 베인 상처는 침만 바르면 낫고, 부러진 뼈는 하루면 붙는 것이었기 때문이다.

젬은 리스를 쓰다듬으며 사람마다 상처가 낫는 시간이 다르다고 했다. 다치지 않는 게 최선이라고, 아픈 사람을 이해해 줘야 한다는 점을 강조하기도 했다.

그리고 덧붙였다. 상처가 눈 깜짝할 새 낫더라도, 다친 곳이 있다면 꼭 말해 달라고. 그래, 그랬던 적도 있었다.

아이는 대답하지 않았다. 바람이 불어 천이 흔들렸다. 희디흰 창밖 풍경이 나타났다 사라졌다. 이내 천이 빈틈없이 덮이며 방이 한결 어두워졌다.

⋯⋯더 자는 게 좋겠어, 리스.

"⋯⋯나 진짜 돌연변이야?"

꺼지기 직전 촛불처럼 미약한 목소리였다. 리스가 이를 악물었다. 아이가 애써 고개를 저었다.

넌 리스 마키나야.

"⋯⋯나 진짜 돌연변이야?"

답을 바라고 묻는 게 아니었다. 실핏줄 터진 눈동자가 그림자 진 천장을 눈도 깜박이지 않고 노려보았다.

이것 때문이었어.

심장이 걸레 짜듯 조였다. 오랜 궁금증이 풀리는 순간이었다. 왜 누님은 나를 그런 눈으로 보는지. 왜 나는 자라지 않는지. 왜 나는 이렇게나 사람들과 거리감을 느끼는지.

제이미 말이 하나 틀린 게 없었다. 돌연변이 난쟁이, 사람과 가족인 척하는 괴물. 그게 자신이었다.

리스는 괴물이었던 것이다. 자라지 않는, 죽지 않는, 자신을 모르는 괴물.

리스, 네가 생각하는 그런 게 아니야.

한참 뒤에야 아이가 뱉었다. 리스는 답하지 않았다.

자신도 콕 집어 설명할 수 없는 '내 생각'이 대체 무엇인지 굳이 따지고 싶지도 않았다. 아이가 리스 베갯맡에 섰다. 리스는 천장에 춤추는 그림자에서 눈을 떼지 않았다.

······제이미 말인데, 크게 다친 곳 하나 없이 무사해. 다 네가 지켜 준 덕분이야. 제이미, 없는 내내 울더라. 삼촌 미안해요, 엄마, 아빠, 하고. 콧물 때문에 돼지 소리까지 킁킁 섞어 가면서 말이야. 어찌나 서 러워 보이던지 말도 못 해. 차마 혼내지도 못할 정도로······.

아이의 화제 전환에 리스는 실소가 샜다. 구제 불능 사고뭉치 원숭이 자식 같으니. 뭘 잘했다고 질질 짜느냐. 내 죽을 때 죽더 라도 네놈 대가리에 꿀밤 천 대는 두드리고 떠날 것이다. 저도 모르게 두 주먹에 힘이 불끈 들어갔다.

입꼬리에 힘이 한결 풀리고 나니 우습고 허탈했다. 가슴에 구 멍이 뻥 뚫린 것 같았다. 어쩌면 이미 뚫려 있었는지도 모른다.

넌 돌연변이 같은 게 아니야, 리스. 그냥 그건 체질 같은 거야. 남들과 조금 다르지만, 그저 그뿐이야. 덕분에 제이미도 살았잖아.

아이 목소리에 힘이 하나도 없었다. 본인이 말하는데도 설득력이 바닥인 모양이었다.

'……놈을 죽게 내버려 뒀다면, 이런 일은 몰랐을 것을.'

리스는 무심결에 스친 생각을 입 밖에 내지는 않았다. 그런 생각을 해 버린 자신이 섬뜩하기도 했다.

그것도 잠시였다. 만사가 허무했다. 무섭고 아득했다. 하체의 기이한 감각이, 간질이는 고통이 점차 빠르고 격렬해지고 있었다.

이불 아래 대체 무슨 일이 벌어지고 있는 거지?

차라리 목에 칼을 꽂고 싶었다. 동시에 선명한 예감이 들었다. 목에 칼을 꽂든, 배를 칼로 가르든 쉽게 죽지 못하리라는, 몹시도 불길한 감각이었다.

누님.

리스가 고통을 참듯 눈을 질끈 감았다. 눈초리를 타고 뜨거운 물이 떨어졌다. 이런 상황에서도 젬 생각이냐며, 마음 한구석에서 상황을 냉정히 바라보는 자신이 있었다.

아무렴 어떠랴. 아득한 고통이 본능을 일깨웠다. 리스는 인정했다. 돌아가고 싶었다. 젬을, 누님을 보고 싶었다. 많이 아프냐고 달래 주길, 머리를 쓰다듬어 주길 원했다. 꼭 안아 주고 귓가에 괜찮을 거라 속삭여 주길 원했다.

옆에 있을 자격 따위 상관없었다. 그냥, 숨만 쉬어도 족했다. 온기가 필요했다. 젬의 온기여야 했다. 왜냐하면, 왜냐하면 젬은…….

이불자락을 쥐어뜯는 리스 곁에 아이가 살포시 앉았다.

……리스, 네가 정신을 잃은 동안, 유라레 쪽과 연락이 닿았어. 일이 워낙 큰 탓인지 마틴이 먼저 그러더라구. 젬에게 네 상태를 얘기해야겠다고 말이야. 마틴이 나서니 교장이란 놈도 한 번에 나타나더라. 그러니까, 그래서 말인데…….

리스는 조건반사처럼 젬의 이름에 눈을 떴다. 가까이 선 아이가 벌겋게 부은 눈으로 웃는 듯 마는 듯 입가를 허물었다.

글쎄, 젬이 현자의 돌을 발견했다지 뭐야. 닿는 것마다 황금으로 변하고, 같이 끓인 물은 만병통치약이 되는 것 같대. 완전 거짓말 같지? 이쪽이 말도 꺼내기 전에 어찌나 신나서 조잘대던지 말도 못해. 당장 너부터 치료하자고, 당장 데리고 오라고 성화를 부리더라고…… 너 가면 할 일 많을 거야. 너 그런 거 연구하는 거 좋아하잖아. 그치?

리스가 피식 바람 빠지는 소릴 냈다. 이제 하다 하다 말도 안 되는 거짓말까지 섞는군. 내 꼴이 참 볼만한 모양이야. 무엇보다 그런 말도 누님 소식이라 좋다고 반가워하는 자신이 가장 우스웠다.

웃는 것도 힘에 벅찼다. 불개미가 쏘는 듯한 고통이 점차 강해지고 있었다. 리스가 신음처럼 중얼거렸다.

"……아이, 네 말이 맞아. 좀 더 자는 게 좋겠어."

리스?

"……혼자 있고 싶어."

잠시 망설이던 아이가 문을 닫고 나갔다.

바람 소리가 거세졌다. 리스는 이를 악물었다. 전신에 신경이 조각조각 끊어지는 듯했다. 식은땀으로 시트까지 푹 젖었다.

저도 모르게 끙끙 신음이 샜다. 차라리 죽었으면, 하는 고통이었다. 앞이 깜깜했다. 어떻게 해야 할지 알 수 없었다.

젬의 온기여야만 하는 이유. 리스가 젬을 보면 가슴이 뛰는 이유. 아이와 젬과 있으면 마음이 부풀어 오르는 이유. 모든 것은 하나였다.

리스는 울음처럼 헛숨을 터트렸다. 괴물이라면 차라리 완벽한 괴물이고 싶었다. 감정 따위 몰랐다면, 이렇게 괴롭지 않았을 텐데. 리스가 고개를 모로 돌려 축축한 베개에 눈물을 삭였다.

젬의 곁에 있을 수 없다면, 차라리 혼자이고 싶었다. 마틴이나 로이처럼 외진 산골에, 아는 이 없이 혼자, 홀로 시간을 죽이고 싶었다. 끝이 올 때까지, 봄을 기다리는 벌레처럼 조용히 숨죽이고만 싶었다.

고통에 몸부림치던 리스는 어느 순간 정신의 끈을 놓았다. 찡그린 얼굴이 땀과 눈물로 범벅이었다. 커튼 사이로 들어온 하얀 달빛이 리스의 눈물 젖은 낯을 비추었다.

마틴은 백색 절벽 아래 서 있었다. 눈사태의 흔적은 말끔히 사라지고 있었다. 무너진 동굴 아래 마법석이 있는 한 언제까지고 유지될 보호 마법이었다.

눈 덮인 산맥 아래 황금 파도가 물결쳤다. 언제나처럼 평화로운 풍경이었다. 마틴이 털모자와 목도리를 바닥에 깔고 앉았다. 그가 곰방대에 불을 붙이며 중얼거렸다.

"그놈, 젬 동생 아니지?"

맞거든.

말없이 쫓아온 요정이 볼을 부풀렸다. 마틴의 손등에 요정 가루가 빠르게 글씨를 그렸다. 마틴은 벽에 등을 기대고 허공에 연기를 뱉었다. 핑크 요정이 성내듯 요정 가루를 마틴 얼굴이 뿌렸다. 마틴이 맥없이 기침했다. 걸쭉한 콧물에 코 막히는 소리가 났다.

마틴이 별 반응이 없자, 아이도 흥이 식어 금방 멈추었다.

"이상하단 말이야. 분명 본 적 없는 놈인데, 어딘가 익숙해. 젬의 핏줄인 탓인지, 그 빌어먹을 초록 피부 탓인지……."

……기분 탓이겠지.

"그래. 그건 그렇다 쳐."

마틴이 콧물 훔친 손을 백색 자갈에 문질러 닦았다. 발갛고 희게 부르튼 손이 딱 보기에도 추워 보였다.

"……보통 인간이라면 살아날 상처가 아니었어. 도대체 어떻게 된 거야? 기억을 건드려선 안 된다, 뭐다 한 거랑 관련 있는 거야?"

마틴이 큼직한 자갈을 주워 멀리 던졌다. 평화롭게 자갈밭을 뒤지던 파랑새 몇 마리가 숲으로 도망쳤다.

"초록 피부부터 이상했어. 힘의 충돌이 원인이라면, 놈 속에 네 기운이 있어야 한단 뜻이잖아. 놈이 젬 뒤를 이어 금서랑 계약하기라도 한 거야?"

그게 그렇게 중요해?

아이의 글씨가 신경질적으로 획을 그었다.

내가 너랑 로이 일 캐묻는 거 봤어? 이쪽도 남한테 말하기 곤란한 사정이 있다구. 제발 꼬치꼬치 캐묻지 좀 마. 꼬치 장사할래?

"……유우머 실력이 제법 늘었군, 핑크 요정. 훌륭해. 꼬치꼬치."

아이는 마틴 뒤통수에 꼬치를 꽂고픈 충동을 애써 참았다. 어찌 됐든 이번 구조엔 마틴의 도움이 컸다.

한동안 꼬치 구이는 먹지 않으리.

아이가 주먹만 한 자갈을 허공에 던졌다. 돌이 숲까지 날아갔다. 잠시 뒤 멀리서 새 떼가 높이 날았다. 잠시 침묵하던 마틴이 털옷 안주머니를 뒤졌다.

"……놈이 원한다면 이곳에 터를 잡는 것도 나쁘진 않을 거야. 누가 뭐래도 이곳은 대륙 어느 곳보다 마법에 가까운 곳이니까. 가끔 요정도 볼 수 있고, 뭐어, 나이 많은 마법사도 살고 말이야. 놈 같은 체질도, 그저 남들처럼 어울려 살 수 있을지도 모르지."

……난 모르겠어.

금빛 요정 가루가 빠르게 흩어졌다. 둘은 칙칙한 트리비아 성과 너른 밀밭, 그 너머 우뚝 솟은 얼음 산맥을 바라보고 있었다. 차가운 바람에 숲 냄새가 섞였다. 멀리 민가 쪽에서 뿌연 연기가 꼬리를 그리며 하늘로 올라갔다.

높이 솟은 삼나무, 짙고 습한 이끼 냄새, 숲에 숨은 짐승 누린내, 장작 타는 냄새, 쿰쿰하고 눅진한 사람 사는 냄새. 모든 게 한데 어우러졌다.

……뭐가 옳은 일인지 모르겠어.

"네가 옳다고 생각하는 게 뭐가 중요해?"

뭐?

마틴이 주머니를 뒤적여 곰방대를 꺼냈다. 성의 없는 손길에 바닥에 연초 가루가 조금 떨어졌다.

"걔 인생 아니야. 코찔찔이 애도 아니고, 지 인생 지가 결정해야지, 왜 네가 사서 걱정이야? 평생 같이 살아 줄 것도 아니면서."

……흥. 아는 척 씨부리긴.

평생 같이 살아 줄 사람이라.

아이가 혼잣말하며 마틴 손등에 요정 가루를 똥 모양으로 뿌렸다. 높이 새소리가 들렸다. 맑은 하늘에 쨍한 햇살처럼 울려 퍼지는 소리였다. 마틴이 곰방대에 불을 붙였다.

"금서의 계약자가 아니라면, 리스는 너와 무슨 관계야?"

아이가 멈칫했다. 마틴이 곰방대를 깊게 빨았다. 푸른 하늘에 점처럼 선명히 커다란 새가 날았다. 마틴과 아이는 활짝 날개 편 검은 새를 응시했다.

아이는 잠시 침묵했다.

리스와 함께 보낸 십몇 년은 절대 짧은 시간이 아니었다. "요정님, 요정님" 하던 아이가 젬처럼 "아이" 하고 자신을 부를 때까지, 많고 많은 이야기가 있었다.

아이는 리스에게서 반쪽을 보았다. 원수도 보았다. 아무것도 모르는 무구한 영혼도 보았다.

아이는 리스를 함부로 정의할 수 없었다.

답은 한참 뒤에 나왔다. 아이는 그 답을 굳이 입에 담지 않았다.

*　　*　　*

깊은 새벽, 삐걱이는 발소리가 조심스레 계단을 밟았다. 살금살금 올라온 도둑고양이의 정체는 다름 아닌 제이미였다.

오렌지빛 보드라운 조명 아래, 얼굴을 붉게 물들인 삼촌이 보였다. 창문은 검은 천으로 꼼꼼히 가렸고, 침대 옆엔 간이 의자가 하나 덩그러니 놓여 있었다.

침을 꼴깍 삼킨 제이미가 발꿈치를 들어 게걸음으로 이동했다. 어딜 어떻게 다쳤는지 몰라도 내내 끙끙 앓았다고 들었다.

마법등 옆에 준비해 온 물건을 소리 없이 놓았다. 어찌나 깨물고 괴롭혔는지 넝마가 된 삼촌 입술을 보니 억장이 무너졌다.

일이 이리될 줄 알았다면 엄마의 특제 마법약 레시피를 훔쳐 올 걸 그랬다. 아니면 진작에 마법약 공부를 하던가. 하다못해 의술이나 약초학이라도.

제이미가 훌쩍 코를 삼키며 살그머니 이불에 손을 댔다. 깨울 생각은 없었다. 어디가 어떻게 다쳤는지 확인만 할 요량이었다. 어디까지나 확인만. 어디가 아픈지 알아야 저 낡아 빠진 마법약 사전이라도 뒤져 볼 것 아닌가.

"……뭐 하는 겁니까."

"엄마야!"

제이미가 손을 헛짚어 협탁을 쳤다. 조명이 크게 흔들렸다. 삼각 천장에 그림자가 널을 뛰었다. 가까스로 몸을 세운 제이미에게, 리스가 무감한 음색으로 중얼거렸다.

"이불 걷지 말아요. 춥고, 귀찮으니까."

"사, 삼촌이야?"

"정말이지 어린 것들이란 귀엽고, 귀찮고……."

헛소리로 짐작건대 삼촌이 아니라 제2의 인격이 틀림없었다. 제이미는 괜히 주먹에 힘을 주었다. 예전 같았다면 벌써 도망갔겠으나 오늘은 달랐다.

제이미는 엉거주춤 협탁 옆에 섰다. 리스가 팔을 뻗어도 닿지 못할 거리였다. 또 손바닥을 희게 빛내며 "돌아가라!" 할까 무서운 탓이었다. 그가 말하는 종착지가 진짜 유라레 수돈지, 저승인지 헷갈리는 것도 이유였다.

제이미가 손가락을 만지작하며 아무 말이나 주워섬겼다.

"사, 삼촌. 있잖아. 그거 들었어? 아이랑 마틴이 유라레에 연락했대. 글쎄, 엄마가 여기까지 온다고 그랬다지 뭐야. 좀만 기다리라고, 금방 온다고 했어."

천장을 향해 느리게 눈을 깜박이던 리스가 한숨처럼 중얼거렸다.

"……진짠지 헛소린지 모르겠지만, 유라레에서 이곳까지 아무리 빨라도 열흘입니다. 그즈음이면 당신은 수도 저택에, 나는 멀리 숨고 없겠지요. 헛수고 말라고 얼른 연락 넣으세요."

평소라면 젬 이름만 들어도 똥줄이 탔을 텐데 반응이 사뭇 달랐다. 제이미가 입술을 뜯으며 삼촌 눈치를 살폈다. 촉촉한 눈망울에 오렌지빛 조명이 물결쳤다. 제이미가 조심스레 물었다.

"……저기, 리스 삼촌은 어때? 나랑 말하기 싫대?"

"……잡니다."

"그럼 삼촌은 뭐라고 부르면 돼?"

천장을 보던 리스가 눈만 움직여 제이미를 보았다. 여우처럼 휘어진 눈초리에 흥미가 서렸다. 제이미가 저 혼자 찔끔해 중얼거렸다.

"아, 아니 그냥 미안하다구……."

"……하고 싶은 말은 그게 답니까?"

제이미가 마법등 옆에 놓인 약병을 눈짓했다. 반으로 접힌 편지지가 그 옆에 기대어 있었다.

"……엄마가 녹즙 인간이었을 때 먹었던 약이래. 저거 먹은 이튿날 피부가 원래대로 돌아왔다고 그랬어."

"……그런가요."

생각했던 반응이 아니었다. "너의 정성에 감복했도다!" 하며 눈물을 훔치길 바란 건 아니지만 영 떨떠름했다. 제이미가 입술을 씹었다.

알고 있었다. 애초에 초록 피부에 발을 동동거린 건 리스보다 제이미였다. 리스는 언제나 그랬다. 젬이나 요정과 관련된 일이 아니면 한발 멀리서 냉정한 태도만 보이기 일쑤였다.

그런 리스가 한걸음 다가온 몇 없는 날이 제이미 패션 화형식 날이었다. 제이미는 제 말에 흔들리던 리스의 표정을 잊을 수 없었다. 그 낯에 일렁이던 연기와 불 그림자까지도.

한동안 잠잠하던 몽유병이나 이중인격이 재발한 것도, 한사코 제이미를 따돌리고 혼자 떠나겠다 외는 것도 다 자기 탓만 같았다. 습관처럼 눈에 뜨거운 눈물이 괴었다.

"……진짜로 집 떠나려고 그래? 혼자 멀리 숨으려고?"

"그편이 내게도 당신에게도 좋을 겁니다. 눈앞에 늪이 있는데 피하지 않을 이유가 어딨습니까."

리스 목소리가 한결 부드러워졌다. 갓난쟁이 다루듯 살풋 웃는 리스 얼굴을 보니 제이미는 울먹이는 한편, 속에서 천불이 솟았다.

하루가 멀다 하고 울다 보니 얼굴이 퉁퉁 붓고 피부도 부르텄다. 매일 아침 거울 보는 재미에 살았는데 요즘 그것도 영 시들했다.

제이미가 입술을 꾸욱 물었다. 자신이 아무리 천하의 죄인이라지만, 그렇다고 나잇살 먹은 어른이 가출 선언을 하면 쓰는가 말이다. 옷가지를 죄 훔쳐 팬티 바람으로 만들어서라도 꼼짝 못하게 하고 싶은 마음이 굴뚝이었다.

"……어차피 삼촌은 멀리 못 갈 거야."

"왜죠?"

"왜냐하면, 왜냐하면, 삼촌은 다리가 짧으니까!"

제이미가 될 대로 되어라 하는 마음으로 소리쳤다. 울컥하는 제 버릇 어디 안 갔다.

"쳇바퀴 도는 생쥐만도 못한 체력이니까! 힘만 셌지 둔해 빠져서 운동도 못 하는 바보! 머리에 든 것만 많지 활용할 줄 모르는 헛똑똑이! 그리고, 어쨌든, 삼촌은 안 돼! 이 마마보이! 엄마 없이는 하루도 못 살 주제에!"

리스에게 젬은 엄마가 아니었으나 제이미는 마음대로 소리질렀다. 깊게 생각할 여유도 없었다. 말을 맺을 즈음엔 목소리에 울음기까지 그득했다.

"……제이미?"

"삼촌은 바보 멍청이! 원숭이! 지렁이! 꼬질이!"

"으아아앙!" 하고 제이미가 계단을 뛰어 내려갔다. 급한 발걸음을 따라 나무가 꺽꺽 죽는 소릴 냈다. 막판에 넘어졌는지 어딜 부딪쳤는지 "쾅!" 하는 소리도 났다.

저게 열네 살인지 네 살인지 분간이 안 갈 지경이었다. 그는 제이미가 사라진 자리를 잠시 보다가 침대 헤드에 등을 기댔다.

소년이 여상한 몸짓으로 이불을 걷었다. 새것처럼 여리고 흰 다리가 보였다. 어두운 조명 아래서도 곱디 고운 피부였다. 아예 새로 태어난 셈이니 그럴 만도 했다.

하반신이 통째로 날아가다니. 오랜만에 겪는 고통이었다. 소년이 열 발가락을 꼼지락하다가 이불을 다시 덮었다. 마법등 아래 약병이 오렌지 색으로 빛을 반사했다.

진한 조명 탓에 제이미는 미처 눈치채지 못한 모양이었다. 소년은 더 이상 초록 피부가 아니었다. 하반신이 재생되는 과정에서 신체가 재구성된 것으로 추측했다.

소년이 가슴에 손을 얹었다. 평소보다 빠른 박동이 살갗으로 전해졌다. 이별이라. 아까 그가 한 말은 거짓이 아니었다. 그러나 완전한 사실도 아니었다.

리스는 도망치고 싶은 동시에 위로받고 싶어 했다. 어쩔 줄 모르는 아이나 마찬가지였다. 자신도, 세상도 무서워 그저 웅크린 달팽이 꼴이었다. 젬이 올지도 모른단 말에 흔들린 것 역시 사실이었다.

어쩌면, 소년은 생각했다.

어쩌면 리스가 젬에게 품은 감정이 진짜 사랑일 수도 있었다. 심장이 저릿하고 애틋한 감정은, 분명 그가 오래전에 잃어버렸던 감각과 닮아 있었다.

그와 리스는 둘이자 하나였다. 동전의 양면과 같았다. 본질을 공유하는 음과 양이었다.

리스는 자신을 기억하지 못할지라도, 자신은 리스의 모든 것을 알았다. 그의 감정 역시, 제 것처럼은 아니더라도 십분 이해할 수 있었다.

그에게 리스는 세상의 통로였다. 리스는 기뻐하고, 슬퍼하고, 놀랄 줄 알았다. 그가 결국 현실을 이기지 못하고 미쳐 버리더라도 소중할 거라고 생각했다. 적어도 자신의 감정을 오롯이 느낄 수 있는 인간이기에.

잠시 천장을 보던 소년이 제이미가 두고 간 약병과 편지를 집었다. 뚜껑을 열자마자 꼬릿한 걸레 냄새가 올라왔다. 재료가 썩었던지, 제약사 솜씨가 엉터리던지 둘 중 하나이리라. 소년이 약병을 제자리에 돌려 놓고 편지를 펼쳤다.

특유의 장식적인 필체가 먼저 눈에 들어왔다. 못 알아볼 리 없었다. 제이미 글씨였다.

'리스 삼촌에게. 죄송합니다. 지난 제 비장의 콜렉션 화형식이 있던 날……'로 시작해 반성문이 이어졌다.

자신의 똥 기저귀를 갈아 키운 삼촌에게 가암히 자신이 못할 말을 했노라. 자신은 천하에 죄인이요, 은혜를 모르는 원숭이다. 편지지 반 정도 자기 욕과 리스의 노고를 찬양하는 미사여구가 이어졌다. 부디 노여움을 풀고 함께 어려움을 헤쳐 나가자 운운하며 얘기가 계속되었다.

다시 보니 뒷면까지 빽빽하게 채운 편지지가 4장이나 되었다. 글쓰기 싫다고 작문 선생에게 엉덩이 똥침까지 날리던 녀석이 이 무슨 해괴한 짓거리냐. 소년은 헛웃음이 샜다.

아니나 다를까. 후반부에 갈수록 글씨는 괴발개발, 미사여구가 간데없이 사라졌다. 홀렁홀렁 편지를 넘기던 소년은 마지막 장에서 정지한 듯 멈추었다. 눈동자가 같은 곳을 맴돌며 저도 모르게 반복해 곱씹었다.

낯간지럽다 못해 유치찬란한 내용이었다.

마지막 문구를 따라 외던 소년이 문득 조용히 읊조렸다.

"……제이미는 리스를 퍽 아끼는 모양입니다. 진짜 가족처럼요."

제이미에게 넌 가족이 맞아, 리스. 똥 기저귀 얘기 입에 달고 산 게 누군데.

계단 근처 기둥에 숨어 있던 핑크 요정이 얼굴을 빼꼼 드러냈다.

"……리스는 지금 숙면 중입니다. 모이라이."

······너 울어?

요정이 얼떨떨한 낯으로 천천히 날아왔다. 소년이 뭔 소리냐는 듯 눈을 깜박이다 눈가를 훔쳤다.

손등에 물이 흥건했다. "세상에······" 하며 소년이 후후 웃었다. 눈물의 주인이 자신인지, 리스인지. 감정의 진원지가 어딘지 쉽게 가늠하기 어려웠다.

"기분이 아주 좋군요. 이 편지는 제 보물로 간직해야겠어요."

징그럽긴.

아이가 힐끔거렸다. 소년이 편지를 접어 꼭 쥐었다. 아이는 굳이 지적하는 대신 소년의 가슴 위를 날았다.

"밤이 늦었어요, 모이라이. 제이미라면 아까 내려갔습니다."

그렇게 요란을 떠는데, 제이미가 어딨는지 내가 왜 모르겠어?

소년이 가만히 요정을 응시했다.

"뭐죠?"

······진짜 젬을 떠나고 싶어?

대답 대신 조용한 눈빛이 돌아왔다. 아이는 그 시선을 피하지 않았다.

마틴은, 네가 돌아가고 싶지 않다면 이곳에 정착하는 것도 나쁘지 않을 거라고 했어. 제이미는 앓는 내내 나만 두고 가지 말라고 삼촌을 불러 댔고, 나는······.

입으로 하지 않아도 전해지는 말이 있었다. 소년이 편지를 쥔 손에 힘을 주었다. 아이와 소년의 시선이 살짝 비꼈다. 아이가 목소리를 낮추었다.

정말로, 그러고 싶은 거야?

리스를 보는 젬과 아이의 마음은 한 가지로 정의될 것이 아니었다. 그것이 책임감에 가까운지, 수감자를 감시하는 교도관에 가까운지 스스로도 콕 집을 수 없었다. 어쩌면 꽃이 피길 바라는 정원사의 마음일지도 몰랐다.

아직 젖은 소년의 눈동자가 반달로 휘어졌다.

"……기억나요, 모이라이? 젬은 가능성에 걸어 보라고 했어요. 내가 전과 같은 길을 걸을지 아닐지, 일이 어떻게 될지 누가 아냐고 큰소릴 쳤었죠."

소년이 혼잣말처럼 중얼거렸다.

"난 개소리라고 생각했었어요. 내가 이 길을 택한 건 그냥 욕심이었어요. 순간이라도 편해지고 싶었으니까요. 그러다 문득 눈을 떴을 때, 나는 내가 기억하는 내가 아니더군요. 과거의 내가 아니었어요."

그가 잠시 틈을 두고 말했다.

"……이제는 내가 뭔지, 나 자신도 모르겠군요."

처음 몽유병이 발발했을 때, 유리의 기억이 깜박 돌아왔을 때 젬과 아이가 얼마나 놀랐던가.

깊고 깊은 우물 감옥을 만들어야 하나, 말로 하지 못할 잔인한 상상을 실현해야 하나, 카피레들에게 이를 말해야 하나, 리스페는 정말 존재하는 것인가, 무엇이 정답인가, 별의별 상상을 다

했더랬다. 다시 떠올려도 아찔한 순간이었다.

그런 속을 아는지 모르는지 소년이 후후, 하고 웃음소리를 흘렸다. 평소 시큰둥한 리스 얼굴론 상상도 못 할 표정이었다. 이중인격이란 제이미 표현이 아예 틀린 말은 아니었다.

"그거 알아요? 이거 제이미가 만들었다는군요. 젬의 피가 다 어디로 갔는지 한탄스러울 지경이에요. 꼬린내하며, 약 상태하며 하품 중의 하품이에요."

소년이 약병을 들어 조명이 이리저리 돌렸다. 그 표정이 꼭 선물 받은 어린애처럼 반짝여서 아이는 속이 불편해졌다.

……마틴에게 말하면 새로 만들어 줄 거야.

소년이 고개를 저었다. 그가 소중한 것을 다루듯 약병을 두 손으로 쥐었다.

"그러니까 제 말은, 저도 걸어 보고 싶어졌단 거예요. 젬이 말한 가능성에요."

이 감정이 옳은지 그른지, 자신에게 자격이 있는지 없는지, 자신의 자아가 요정의 조각과 미치광이 학자의 노망 중 어디에 가까운지, 모든 것이 불분명했다.

이성은 여기서 헤어지는 게 현명하리라 보았다. 아름다운 추억으로 남기는 편이 좋으리라 속삭였다. 그러나 그에겐 감정이 있었다. 그는 기꺼운 마음으로 마음에 판단을 맡기기로 했다. 그것이야말로 오롯한 인간의 특권이기에.

소년이 약 뚜껑을 땄다. 아이가 뭐라 입을 달싹였다. 그가 병에 시선을 고정한 채 물었다.

"……젬이 저를 걱정했단 게 사실인가요?"

……워낙에 중상이었으니까. 지금쯤 미친 듯이 달려오고 있지 않을까? 아님 마과부를 닦달하고 있던가.

"그런가요?"

그래.

아이가 말을 딱 잘랐다. 소년이 약병에 코를 대고 쿵쿵 맡더니 어깨를 으쓱했다. 아이가 퉁명스레 물었다.

대신 버려 줄까?

"후후. 괜찮아요. 먹고 죽을 일은 없으니까. 이런 몸인 게 다행인 때도 오는군요."

소년이 독약 삼키듯 물약을 한입에 비웠다. 망설임 따윈 없었다.

자기 약이 사약 취급받는 걸 알았다면 꺼이꺼이 흐느낄 제이미였으나 다행히 그에게 사실을 알려 줄 사람은 없었다.

쓰러지듯 잠에 빠진 리스를, 아이가 고이 눕혀 주었다. 유리창에 밤바람이 잘게 울었다. 짙은 조명이 리스의 얼굴에 그림자를 새겼다.

아이는 그 모습을 오래도록 바라보았다. 죽은 듯 고요한 리스의 낯에 그리운 누군가의 흔적이 분명 있었다.

*　　　*　　　*

제이미의 물약이 의외로 효과가 괜찮았던지, 리스는 전에 없이 숙면을 취할 수 있었다. 그러니까 한 3일 정도.

제이미는 자기가 삼촌의 피부를 돌린 대신, 생명을 앗았다며 목매달기 직전까지 몰렸다. 3일째 되는 날 새벽, 막 산장에 도착한 젬과 카피레는 커다란 나뭇가지에 매달려 흔들리는 새끼줄을 보고 기절초풍했다.

카피레는 지팡이 들고 뛰쳐나온 마틴을 보자마자 야생 고릴라에 빙의했다. 수수깡 청년은 멀리서 그 모습을 지켜보며 속으로 미스터 블랙을 연호했다.

젬은 아이와 함께 날 듯이 다락방으로 올랐다. 막 눈뜬 리스와 젬이 서로를 마주 보았다. 꿈인지 생시인지 아리까리한 상태에서 리스는 젬 이름을 부르며 웃었다.

푸르스름한 새벽빛이 삼각 창으로 들어와 리스의 얼굴에 부서졌다. 그의 앳된 미소가 꼭 아무것도 모르는 아기와 같아서 젬은 저도 모르게 리스의 이마를 쓸고 깊이 안아 주었다.

리스는 오랜 꿈을 꾸었다. 검고 차가운 자신과, 희고 따뜻한 자신, 잿빛의 미지근한 자신이 손을 잡고 빙글빙글 춤을 추는 꿈이었다. 춤추던 와중 다리에 불이 붙어 몸이 까맣게 탔다. 타고 남은 하얀 잿더미에서 무언가 새로 태어났다.

여러 영상이 스쳤다. 제이미가 울며 사과를 했고, 몸에 좋다는 약을 직접 만들어 주었다. 맛은 없었지만, 다디단 코코아를 먹은 것처럼 몸이 따뜻해졌다.

아이가 다가와 너를 믿는다고 입 맞춰 주었다. 리스페, 라는 처음 듣는 이름에 가슴이 콩콩 뛴 것도 같았다. 마지막으로 누님이 그를 품에 안으며 다행이라고 눈물을 흘렸다.

행복한 꿈이었다. 언제까지고 이어졌으면 하는, 간절한 꿈.

리스는 그리운 냄새에 얼굴을 묻으며 중얼거렸다.

부디 이 꿈에서 깨지 않게 해 달라고.

〈부탁해요, 미스 젬! 완결〉